MANUELA INUSA

Das wunderbare Wollparadies

Buch

Susan liebt Weihnachten, Gemütlichkeit und ihren kleinen Wollladen in der Valerie Lane. Hier verkauft sie kuschelige Eigenkreatio-
nen und alles, was man zum Häkeln und Stricken braucht. Ihr Laden
ist aber auch ein beliebter Treffpunkt für die Bewohnerinnen der
Valerie Lane, denn bei der warmherzigen Susan lässt es sich gerade in
den kalten Wintermonaten wunderbar aushalten: Man sitzt in ge-
mütlicher Runde zusammen, es wird gehäkelt und gestrickt, und
natürlich dürfen auch Lauries Tee und Keiras Pralinen dabei nicht
fehlen. Susans Leben ist eigentlich perfekt – sie liebt ihren Beruf,
ihre Freundinnen und ihr Hündchen Terry. Doch während draußen
der Schnee fällt und Weihnachten immer näher rückt, erkennt
Susan, dass ihr vielleicht doch etwas fehlt – und sie erlebt einen
Winter, der alles verändert …

Autorin

Manuela Inusa wurde 1981 in Hamburg geboren und wollte schon als
Kind Autorin werden. Kurz vor ihrem dreißigsten Geburtstag sagte
die gelernte Fremdsprachenkorrespondentin sich: »Jetzt oder nie!«
Nach einigen Erfolgen im Selfpublishing erscheinen ihre aktuellen
Romane bei Blanvalet. Ihre »Valerie Lane«-Reihe verzauberte die
Herzen der LeserInnen und eroberte auf Anhieb die SPIEGEL-Best-
sellerliste, genau wie ihre »Kalifornische Träume«-Reihe. Die Autorin lebt mit ihrem Ehemann und ihren beiden Kindern in ihrer Hei-
matstadt. In ihrer Freizeit liest und reist sie gern, außerdem hat sie
eine Vorliebe für Duftkerzen, Tee und Schokolade.

Von Manuela Inusa bereits erschienen
Jane Austen bleibt zum Frühstück
Auch donnerstags geschehen Wunder

Die Valerie Lane
Der kleine Teeladen zum Glück · Die Chocolaterie der Träume · Der
zauberhafte Trödelladen · Das wunderbare Wollparadies · Der fabelhafte Geschenkeladen · Die kleine Straße der großen Herzen

Kalifornische Träume
Wintervanille · Orangenträume · Mandelglück · Erdbeerversprechen
· Walnusswünsche · Blaubeerjahre

Besuchen Sie uns auch auf www.instagram.com/blanvalet.verlag
und www.facebook.com/blanvalet.

MANUELA INUSA

Das wunderbare Wollparadies

Roman

blanvalet

Penguin Random House Verlagsgruppe FSC® N001967

7. Auflage
Copyright © der Originalausgabe
2018 by Blanvalet in der
Penguin Random House Verlagsgruppe GmbH,
Neumarkter Str. 28, 81673 München
Redaktion: Angela Küpper
Umschlaggestaltung: © Johannes Wiebel | punchdesign,
unter Verwendung von Motiven von Shutterstock.com
(Terri Francis; Ron Zmiri; CO Leong; NatalyP; photographyfirm;
Chansom Pantip)
JF · Herstellung: sam
Satz: KCFG-Medienagentur, Neuss
Druck und Bindung: GGP Media GmbH, Pößneck
Printed in Germany
ISBN 978-3-7341-0627-9

www.blanvalet.de

Für alle Weihnachtsfans.
It's beginning to look a lot like Christmas …

PROLOG

An einem eisig kalten Abend Anfang Dezember ging eine Frau mit ihrem Cockerspaniel im verschneiten Oxford spazieren. Sie war dick eingemummt in einen langen Mantel und einen selbst gestrickten lilafarbenen Schal, den sie sich mehrmals um den Hals gewickelt hatte. Mütze und Handschuhe wärmten Kopf und Hände, und sogar der Hund trug ein eigens für ihn angefertigtes Jäckchen, damit er bei ihrem allabendlichen Spaziergang nicht fror.

Die Frau mit den dunklen Augen, die, wenn man ganz genau hinsah, bis in ihre Seele blicken ließen, schüttelte einen Schwall Schnee ab, der vom Dach direkt auf ihre rechte Schulter gefallen war. Es würde ein frostiges Weihnachten werden, da war sie sich sicher, und irgendwie freute sie sich sogar darauf, hatten sie hier in Oxford doch nur selten das Glück, weiße Weihnachten erleben zu dürfen.

Der Hund zog an der Leine, und die Frau machte ihn los, damit er die kleine alte Gasse allein erkunden konnte. Sie atmete die kühle Winterluft ein, betrachtete die vielen Lichter, die sie und ihre Freunde in der vergangenen Woche aufgehängt hatten und die nun zusammen mit Mistelzweigen und Stechpalmen die Valerie Lane schmückten. In den kleinen Tannenbäumen, die sie in die Kübel vor ihren Läden gepflanzt hatten, hingen hübsche Christbaumkugeln. Die alten Straßenlaternen waren mit festlichen Schleifen verziert, und jedes einzelne Schaufenster der sechs Geschäfte strahlte eine unglaubliche Wärme aus, hatte sich doch jeder der Inhaber wieder einmal selbst übertroffen mit der individuellen weihnachtlichen Dekoration.

Ihr Blick fiel auf das Antiquariat schräg gegenüber, das einst der Gemischtwarenladen der guten Valerie gewesen war. Valerie Bonham hatte vor über hundert Jahren das allererste Geschäft in dieser kleinen Straße geführt, die nach ihr benannt worden war. Man lauschte noch heute voller Spannung den Geschichten, die man sich über Valerie erzählte – manche von ihnen klangen fast ein wenig märchenhaft.

Die Frau mit dem lilafarbenen Schal sah nun zu ihrem eigenen Laden, einem Wollladen, neben dessen Eingangstür zu beiden Seiten eine Stechpalme stand, und sie musste lächeln. Hier in dieser Gasse ansässig zu sein, bedeutete mehr Glück für sie, als sie sich jemals erhofft hatte. Ja, sie hatte schwere Zeiten durchlebt, Zeiten, an die sie nicht gern zurückdachte und über die sie niemals mit jemandem hier in der Valerie Lane gesprochen hatte, doch sie hatte all das hinter sich gelassen. Jetzt war sie einfach nur froh, ihren Hund zu haben, ihre gutherzigen Freunde und ihr eigenes Geschäft.

Sie rief das einzige männliche Wesen in ihrem Leben herbei, und es kam gleich freudig kläffend auf sie zugerannt. Dann zog sie den Schlüssel aus der Manteltasche, schloss die Tür direkt neben dem Laden auf und lief die Treppen hinauf. Ihr Hund folgte ihr. Oben an der Tür atmete sie noch einmal tief durch, bevor sie die gemütliche Wohnung betrat, die ihr Zuhause war, ihr jetzt zur Weihnachtszeit jedoch noch ein kleines bisschen stiller erschien als sonst.

Mit einer Tasse Marzipan-Kirsch-Tee aus dem Teeladen ihrer Freundin von gegenüber machte sie es sich auf dem Sofa bequem und sah sich einen Weihnachtsfilm an. Für einen kurzen Moment vergaß sie, wie sehr sie einmal enttäuscht worden war, und wünschte sich nichts sehnlicher, als dass auch ihr an diesem Weihnachten die Liebe begegnete.

KAPITEL 1

Mit einem breiten Lächeln im Gesicht schloss Susan ihren Laden auf. Sofort strömte ihr der Geruch von getrockneten Orangenscheiben und Zimtstangen entgegen, die sie in Schalen überall im Geschäft aufgestellt hatte. An der Decke hingen festliche Girlanden, im Schaufenster standen ein Weihnachtsmann und Rentierfiguren. Ja, sie musste gestehen, sie liebte Weihnachten mit all dem Kitsch, den man zu dieser Zeit des Jahres in den großen Kaufhäusern der Umgebung fand. Erst am Tag zuvor hatte sie, sosehr es ihr auch widerstrebte, bei der Konkurrenz einzukaufen, mit Begeisterung die wundervollen Schaufensterdekorationen entlang der Cornmarket Street angesehen. Glücklicherweise verirrten sich oft genug Leute zu ihnen in die Valerie Lane, die von der Hauptstraße abging, und besonders das Weihnachtsgeschäft lief jedes Jahr so gut, dass Susan sich die folgenden Monate kaum Sorgen um ihre Finanzen zu machen brauchte.

Sie alle hier in der Valerie Lane liebten ihre kleine Straße, die gemütlichen Lädchen und die besondere Atmosphäre, die alles umgab. Manchmal kam es Susan so vor, als wäre Valerie mit ihrer guten Seele noch immer anwesend. Und dann dachte sie, besonders zur Weihnachtszeit, in der man doch tatsächlich noch an Engel glauben konnte, dass sie vielleicht sogar vom Himmel aus auf sie alle heruntersah und ihnen ihren Segen gab.

»Susan!«, hörte sie jemanden rufen.

Sie blickte sich um und sah Tobin auf sich zukommen. Er führte nebenan den Blumenladen Emily's Flowers, den er nach seiner Grandma, die stille Teilhaberin war, benannt hatte. Tobin war erst seit einem Dreivierteljahr in der Valerie Lane, der Neuzugang unter ihnen, doch sie alle hatten ihn bereits ins Herz geschlossen. Er war ein echter Freund geworden, immer für andere da und immer mit einem Lächeln auf den Lippen. Ja, er passte gut in die Valerie Lane, das dachte Susan in letzter Zeit sehr oft.

Sie ließ ihren Hund Terry, mit dem sie gerade einen kleinen Spaziergang unternommen hatte, von der Leine und wandte sich an Tobin, der mit seinem blonden Haar, der Stupsnase und dem spitzbübischen Lächeln nicht annähernd wie dreißig aussah.

»Guten Morgen, Tobin. Wie geht's dir?«

»Prima, danke. Und dir?«

»Sehr gut. Ich erfreue mich an der Kälte und hoffe, dass wir endlich mal wieder weiße Weihnachten haben werden.«

»Na ja, es sind zweieinhalb Wochen bis Weihnachten, das Wetter kann sich noch ändern.«

»Nun nimm mir doch nicht meine Illusionen«, sagte Susan und lachte. »Sag mal, bleibt es bei unserer Verabredung?« Sie hatten abgemacht, in dieser Woche zusammen auf den Weihnachtsmarkt zu gehen.

»Ja, natürlich. Das wollte ich auch dich fragen. Wann hast du Zeit?«

Sie musste kurz überlegen. Es war Mittwoch, da traf sie sich immer abends mit ihren Freundinnen. »Wie wäre es mit morgen?«, schlug sie vor.

»Perfekt. Der Weihnachtsmarkt in der Broad Street eröffnet morgen, da haben wir es nicht weit.«

»Perfekt«, stimmte Susan zu.

»Gleich nach Ladenschluss?«, fragte Tobin lächelnd.

»Von mir aus gerne. Ich muss dann nur noch kurz mit Terry Gassi gehen und ihm sein Futter geben.«

»Warum nimmst du ihn nicht einfach mit?«, fragte Tobin, ging in die Knie und streichelte sein Fell.

»Es würde dir nichts ausmachen?«

»Ach, warum denn? Ich mag den kleinen Racker.«

»Hmmm …« Susan überlegte. »Auf diesen Weihnachtsmärkten ist es immer so voll, ich hab ein bisschen Angst, dass man meinen Kleinen niedertrampelt. Gehen wir besser ohne ihn, ja?«

»Wie du willst.« Tobin kraulte Terry hinter den Ohren und lachte. »Du hast ja einen hübschen Pulli an, mein Freund.«

»Hab ich selbst gestrickt«, informierte ihn Susan.

»Das hätte ich mir beinahe gedacht.« Er grinste. »Da sind ja Schneemänner drauf.«

»Wenn du willst, bekommst du auch so einen. Zu Weihnachten.«

Tobin verzog das Gesicht. »So gern ich den Winter mag, trage ich doch lieber schlichte Pullover. Aber Laurie kannst du bestimmt eine Freude mit so was machen. Die hab ich gestern in einem riesigen roten Kleid mit Sternen und Glitzer gesehen.«

Laurie, die Inhaberin des Teeladens, war im neunten Monat schwanger. Ende des Jahres sollte ihr erstes Baby zur Welt kommen, und sie und ihr Mann Barry, der außerdem ihr Teehändler war, freuten sich wie verrückt.

»Da wüsste ich aber gar nicht, ob ich ihn in Übergröße machen soll oder lieber schon fürs nächste Jahr.«

»Am besten ein paar Nummern kleiner. Kommt das Baby nicht bald?«

Susan nickte. »Gleich nach Weihnachten. Am 30. Dezember ist Stichtag.«

»Vielleicht wird es ja ein Christkind.«

»Wäre das nicht schön?« Susan strahlte, denn sie freute sich so unglaublich für ihre Freundin, die ihr Glück gefunden hatte.

»Du stehst wirklich auf Weihnachten, oder?«, fragte Tobin jetzt.

»Ich liebe Weihnachten über alles.« Immerhin waren da viele gute Dinge geschehen, so hatte sie zum Beispiel ihren Laden in der Vorweihnachtszeit eröffnet.

»Na gut, dann bis morgen Abend. Ich freu mich.«

Susan freute sich auch. Sie fand es einfach schön, mit einem Mann befreundet zu sein, von dem sie nichts zu befürchten hatte, da er ganz offensichtlich Gefühle für eine andere hegte. Tobin und Susan hatten sich in den letzten Monaten angefreundet und unternahmen öfter was zusammen. Natürlich achtete sie darauf, dass sie dennoch genügend Zeit für ihre Freundinnen hatte. Das waren neben Laurie aus dem Teeladen noch Ruby aus dem Antiquariat, Keira aus der Chocolaterie und Orchid aus dem Geschenkartikelladen. In Letztere war Tobin hoffnungslos verliebt, selbst wenn er es niemals zugegeben hätte, denn Orchid war seit Jahren in festen Händen. Allerdings spürte Susan jedes Mal, wenn die beiden aufeinandertrafen, eine gewisse Spannung, wie sie nur Verliebten zu eigen war, und die war wohl auch der Grund, weshalb Tobin nicht sehr häufig an ihren Mittwochabendtreffen teilnahm.

Sie hatten diese wunderbare Tradition, die Valerie Bonham eingeführt hatte, übernommen, und trafen sich jeden Mittwoch nach Ladenschluss in Laurie's Tea Corner, wo jeder willkommen war, der ein offenes Ohr, eine Schulter zum Anlehnen, einen guten Ratschlag oder einfach eine Tasse Tee brauchte. Susan hätte für nichts auf der Welt auf diese Treffen verzichtet. Ein Leben ohne ihre Freundinnen konnte sie sich gar nicht mehr vorstellen. Sie war glücklich und dankbar, dass sie sie hatte.

»Komm doch heute Abend mal wieder in der Tea Corner vorbei«, sagte sie zu Tobin.

»Das geht nicht, ich habe nämlich ein Date.«

»Oh, ehrlich? Mit wem?«

»Mit Christine, du weißt schon, das ist die Krankenschwester, die über Rubys Laden wohnt.«

»Tatsächlich?«

Susan war überrascht. Denn Christine war mit ihren schwarzen Haaren und der eher molligen Figur so ein ganz anderer Typ als Orchid.

»Ja. Ich habe mir gestern beim Blumenbinden ziemlich tief in den Finger geschnitten und musste zum Arzt.« Er hob eine Hand hoch, und erst jetzt sah sie den Verband.

»Oje, du Armer. Ich hoffe, es ist nicht allzu schlimm?«

»Es musste genäht werden. Ja, und rate mal, wer mein Wehwehchen verbunden hat!«

»Christine?«

Er grinste. »Genau. Sie hat mich um ein Date gebeten. Ich dachte mir, warum nicht? Und nun gehen wir essen.«

Susan sagte ihrem Gegenüber nicht, dass er sich das Date auch sparen konnte, da sowieso nicht mehr daraus werden würde – da war sie sich einfach sicher. Aber hey, warum nicht nett essen gehen?

»Dann wünsche ich dir viel Spaß. Mit Christine.«

»Danke. Und ich wünsche dir einen geschäftigen Tag.«

Sie lächelte und sah Tobin hinterher, dann endlich betrat auch sie ihren Laden. Terry machte es sich sogleich in seiner Kuschelecke bequem, und Susan nahm sich ein paar Wollknäuel aus den vielen Regalfächern, in denen sie farblich sortiert untergebracht waren. Sie hatte soeben beschlossen, Tobin dennoch einen Pullover zu Weihnachten zu schenken. Wenn er keine Schneemänner mochte, würde der eben ganz schlicht ausfallen. Blau war eine Farbe, die ihm gut stand, sie passte perfekt zu seinen warmen Augen.

Um Punkt zwölf machte Susan wie jeden Tag Mittagspause. Sie nahm Terry mit, der sich gleich an seinem Lieblingsbaum erleichterte, und kaufte sich ein indisches Curry, das sie im Laden essen wollte. Denn sie schloss ihre Tür zwar jeden Mittag ab, blieb aber nie länger als eine Viertelstunde weg. Ihre Kunden wussten und schätzten das.

Als sie wieder in die Valerie Lane einbog, war Susan

plötzlich nach einer guten heißen Tasse Tee. Deshalb machte sie noch einen kurzen Halt bei Laurie.

»Hallo, meine Liebe«, begrüßte ihre Freundin sie. Ihre Wangen passten farblich beinahe zu ihrem langen kirschroten Haar, so rosig waren sie. »Was kann ich dir Gutes tun?«

Susan staunte. Jedes Mal, wenn sie Laurie sah, kam ihr diese noch ein wenig runder vor. »Was kannst du mir empfehlen?«

»Wie ich sehe, hast du dir gerade etwas zu essen geholt?« Sie deutete auf die weiße Papiertüte in Susans Hand.

»Ich habe mir ein Gemüsecurry beim Inder gekauft.«

»Hmmm ...«, machte Laurie und ließ den Blick über die Teedosen gleiten, die auf der Theke standen. Das waren die Sorten, die sie ausschenkte. In etlichen Regalen und einer alten Kommode, deren Schubladen offen standen, hatte sie all die Tees ausgestellt, die sie zum Verkauf anbot. Es waren unglaublich viele, sie kamen aus aller Welt. Susan hatte darunter schon einige ganz wunderbare Mischungen entdeckt, die sie zuvor nicht gekannt hatte. Ein Besuch bei Laurie war immer wie eine Reise in ferne Länder. »Wie wäre es mit einem Apfeltee? Der unterstreicht das Aroma von Gewürzen wie Kardamom und Koriander, die sicher in deinem Curry sind.«

»Eigentlich hatte ich eher an etwas Weihnachtliches gedacht.«

Laurie lächelte. Natürlich, denn sie wusste von ihrer Vorliebe für Weihnachten. »Dann nimm den Bratapfeltee.«

»Oh, das hört sich gut an. Immer her damit.« Susans Augen nahmen wie immer, wenn sie ihre Sinne öffnete, einen gewissen Glanz an – sie freute sich schon jetzt darauf, den Tee riechen und vor allem schmecken zu dürfen.

Laurie füllte einen großen Becher, und Susan gab ihr zwei Pfund achtzig.

»Ich bringe dir den Becher heute Abend wieder.«

»Alles klar. Lass es dir schmecken.«

»Danke. Du, Laurie …« Susan fiel im Gehen etwas ein, und sie drehte sich noch einmal um. Mit Blick auf Lauries dicken Bauch fragte sie: »Wollen wir in diesem Advent eigentlich wie üblich einen Weihnachtsmarkt organisieren?«

Es gab in Oxford wie in allen größeren Städten schon genügend festliche Märkte, aber sie hatten es dennoch schön gefunden, so etwas auch in der Valerie Lane zu veranstalten. Ein Weihnachtsmarkt, der über mehrere Wochen ging, wäre nicht möglich gewesen, da die meisten von ihnen bisher allein im Laden gestanden hatten. Inzwischen hatten Laurie und Keira Aushilfen, Ruby hatte ihren Freund Gary, der ihr im Laden half, und Tobin hatte die in der Valerie Lane ansässige Barbara halbtags eingestellt. Nur Orchid und sie selbst waren allein, doch für ein Wochenende ging es irgendwie immer. Im letzten Jahr zum Beispiel hatte Susan eine Bekannte aus dem Strickkränzchen gefragt, ob sie an ihrem Weihnachtsmarktstand aushelfen würde.

»Oh ja, natürlich. Auf jeden Fall! Ich liebe unseren Weihnachtsmarkt.«

»Aber nur, wenn du das auch wirklich schaffst. Es sind

ja dieses Jahr besondere Umstände, und wir haben schon mal ein Jahr ausgesetzt.«

Das war das Jahr gewesen, in dem Rubys Mutter Meryl gestorben war. Meryl, die Inhaberin des Antiquitätenladens, war ganz plötzlich von ihnen gegangen. In dem Winter war ihnen allen nicht weihnachtlich zumute gewesen. Doch dann war Ruby in die Fußstapfen ihrer Mutter getreten, hatte den Laden übernommen und später daraus ein Antiquariat gemacht. Ruby war ihnen inzwischen eine genauso gute Freundin, wie Meryl es gewesen war. Sie alle erkannten Meryls Güte und ihr großes Herz in ihr wieder.

»Das war doch etwas ganz anderes«, widersprach Laurie. »Wir sollten unseren Weihnachtsmarkt unbedingt wie gewohnt stattfinden lassen. Ich kann nicht glauben, dass wir noch gar nichts Konkretes geplant haben. Wir haben zurzeit wohl einfach alle zu viel anderes im Kopf. Am besten sprechen wir das Thema heute Abend gleich an und finden einen passenden Termin, ja?«

Susan lächelte zufrieden. »Das machen wir. Hab noch einen schönen Tag, Laurie. Und grüß Barry von mir.« Sie wusste, dass Lauries Mann, seit sie schwanger war, jeden Mittag vorbeischaute und ihr etwas zu essen brachte.

»Danke, das werde ich.«

Laurie strahlte, und Susan überquerte die kleine kopfsteingepflasterte Straße, den Bratapfeltee in der Hand, dessen Duft ihr in die Nase stieg und auch ihr Gesicht erstrahlen ließ. Weihnachten war nah, ganz nah, und sie hoffte, dass die nächsten Wochen ganz langsam vergingen, damit sie jeden Moment voll auskosten konnte.

KAPITEL 2

Als sie am Abend Laurie's Tea Corner betrat, musste Susan wie immer lächeln. Denn mit dem Öffnen der Ladentür boten sich ihr wieder einmal ein ganz besonderes Bild und eine wunderbare Atmosphäre. Ihre vier Freundinnen saßen bereits in heimeliger Runde beisammen, tranken wohlduftenden Tee und lachten über dies oder das.

»Guten Abend, Susan und Terry«, sagte Laurie, »schön, dass ihr hier seid.«

Susan schickte Terry in die Ecke, in der er es sich immer bequem machte, wenn sie ihn mittwochabends mit rüberbrachte. Laurie hatte extra für ihn eine kuschelige Decke auf den Boden gelegt.

»Das riecht ja herrlich. Bekomme ich auch so was, was immer es ist?«

»Das ist Sternanis-Orangen-Tee, und natürlich bekommst du einen Becher«, sagte Laurie und schenkte ihr ein.

Ihr fiel der Becher vom Mittag ein, den sie sich in die Manteltasche gesteckt hatte, und sie stellte ihn auf die Theke. An einem der Fenstertische entdeckte sie Mr. Monroe, einen Anwohner der Valerie Lane, und Mary, Keiras Mutter, und winkte ihnen zu. Die beiden hatten einige Monate zuvor miteinander angebandelt, als sie sich an einem Mittwochabend in der Tea Corner begegnet waren. Seitdem waren sie ein Herz und eine Seele. Auch jetzt unterhielten sie sich angeregt.

Susan setzte sich auf den leeren Platz zwischen Ruby und Keira und tätschelte beiden die Hände. »Wie geht es euch?«

»Sehr gut, und dir?«, erwiderte Keira.

»Mir geht es großartig, ich liebe die Vorweihnachtszeit, wie du weißt.« Leiser fragte sie: »Sag mal, deine Mum scheint ja richtig verknallt in Mr. Monroe zu sein?«

»Oh ja. So habe ich sie noch nie gesehen«, ließ Keira sie wissen. »Ich finde es so schön, dass wir die beiden zusammengebracht haben.«

»Das dürfte dann ja wohl mein Verdienst sein«, meldete Orchid sich zu Wort.

Sie war stolz darauf, die Kupplerin unter ihnen zu sein. Schließlich hatte sie auch schon Laurie und Barry auf die Sprünge geholfen, als die beiden sich damals so schüchtern aneinander herangetastet hatten, dass sie wohl ohne Orchids Hilfe immer noch über nichts anderes als Tee reden würden.

»Ach komm, eigentlich war das ein Gemeinschaftsding, oder?«, fragte Susan. »Immerhin habe ich Mary beim Frühlingsfest eingespannt. Sie hat mir an meinem Stand geholfen, und an dem Tag hatten die beiden ihr erstes Date.«

»Wenn ich Mr. Monroe aber nicht verraten hätte, dass Mary auf gelbe Rosen steht, und er sie ihr nicht geschenkt hätte, was sie als Zeichen des Schicksals betrachtet hat, hätte sie sich vielleicht nie in ihn verliebt.«

»Nun hört schon auf, Mädels. Die Hauptsache ist, meine Mutter ist glücklich, egal, wer nun was zu ihrem Glück beigetragen hat«, schlichtete Keira die kleine Zankerei und wandte sich an Ruby, die nie sehr viel sagte, sondern lieber stille Zuhörerin war. »Wie geht es denn deinem Dad, Ruby?«

»Dem geht es sehr gut, danke der Nachfrage. Seit Gary bei uns eingezogen ist, hat er einen neuen besten Freund. Die beiden spielen ständig Schach oder Schiffeversenken. Daddy isst sogar ab und zu wieder ganz normal mit, besonders wenn Gary kocht.«

Gary hatte nach einer schlimmen Tragödie jahrelang auf der Straße gelebt, genauer gesagt an der Ecke Cornmarket Street und Valerie Lane. Ruby und er hatten schon immer eine besondere Verbindung gehabt, die sich mit der Zeit in Liebe verwandelt hatte. Im Juni war Gary bei Ruby und ihrem, nun ja, ein wenig verwirrten Vater Hugh eingezogen und hatte ihrer beider Leben positiv verändert. Ruby, die nach dem plötzlichen Tod ihrer Mutter ihr Studium in London hatte aufgeben und zurück nach Oxford ziehen müssen, um sich um ihren Vater und den Laden zu kümmern, war wie ausgewechselt. Sie hatte ihre Traurigkeit abgelegt, war zwar noch immer sehr introvertiert, denn so war Ruby einfach, aber sie lief viel öfter mit einem Strahlen im Gesicht umher.

»Er will nicht mehr eine ganze Woche lang nur Bananen essen?«, fragte Susan.

»Oder Gewürzgurken?« Orchid kicherte.

Ruby schüttelte den Kopf. »Er hat zwar noch immer seine festen Wochen, in denen er sich auf ein ganz bestimmtes Nahrungsmittel konzentriert, aber er akzeptiert jetzt auch mal kleine Abweichungen. Wenn zum Beispiel Bohnen an der Reihe sind, gibt er sich mit Burritos zufrieden. Sind es Nudeln, isst er sie mit allen möglichen Saucen und Beilagen. Ich bin wirklich erleichtert, dass er sich in der Hinsicht ändert, das ist außerdem viel gesünder.«

Allerdings. Susan mochte sich gar nicht vorstellen, wie die Verdauung verrücktspielen musste bei einer Woche Bananen und nichts anderem.

»Das freut mich für dich, Kleines«, sagte sie zu Ruby. »Du kannst deinen Dad gerne mal wieder an einem Mittwochabend mitbringen, wenn er Lust hat. Und Gary natürlich auch.«

Ihr fiel auf, dass die beiden Männer schon seit einer ganzen Weile nicht mehr dabei gewesen waren.

»Würde ich, aber die zwei gehen mittwochabends jetzt immer zum Bowling. Da gibt es einen Rentnerrabatt.«

»Ist ja toll. Wie lieb von Gary, dass er so viel mit deinem Vater unternimmt.«

»Ja, er ist ein Schatz«, bestätigte Ruby und sah dabei ganz glückselig aus.

»Was gibt es sonst Neues?« Susan sah in die Runde. »Orchid, wie läuft es mit Patrick?«

Orchid und Patrick waren seit dreieinhalb Jahren ein Paar.

»Alles beim Alten.«

Hm, das ist aber eine knappe Antwort, dachte Susan und überlegte, ob sie nachhaken sollte. Nicht, weil sie so neugierig war, sondern weil sie unbedingt herausfinden wollte, ob zwischen Orchid und Tobin nicht doch mehr möglich wäre. Natürlich wollte sie Orchid und ihren Patrick nicht auseinanderbringen, aber sie hatte Tobin so gern, und er verdiente es ihrer Ansicht nach einfach, dass die Frau, die er anbetete, seine Gefühle erwiderte. Zu dumm nur, dass er sich ausgerechnet Orchid ausgesucht hatte.

»Wie verbringt ihr Weihnachten?«, erkundigte sie sich also nun bei Orchid.

»Wie immer bei meinen Eltern. Phoebe, Lance und Emily kommen auch. Wir essen ganz traditionell Plumpudding, trinken Glühwein und spielen Schrott-Wichteln.« Phoebe war Orchids Schwester, Lance deren wunderbarer Ehemann und Emily ihr zuckersüßes Baby.

»Was ist denn Schrott-Wichteln?«, fragte Laurie.

»Kennst du das nicht? Das ist wie normales Wichteln. Man verpackt kleine Geschenke und häuft sie in der Mitte des Tisches auf. Es wird reihum gewürfelt, wer eine sechs hat, darf sich eins nehmen. Wenn alle Päckchen weg sind, darf man bei den anderen klauen. Das ist lustig, vor allem, weil man beim Schrott-Wichteln statt hübscher Geschenke irgendwelche billigen, unnützen Dinge verpackt, die man entweder seit Jahren im Schrank hat und nicht mehr braucht oder die man im Poundland für ein Pfund besorgt.«

»Wie zum Beispiel?«

»Lass mich überlegen … Letztes Jahr hab ich eine Suppenkelle und eine Packung Kondome bekommen.«

Keira lachte. »Wer hat die denn verpackt?«

»Das war Phoebe. Meine Schwester hat einen komischen Humor.« Sie verzog das Gesicht.

»Na, man soll doch das verpacken, was man selbst nicht mehr benötigt, und Kondome brauchte sie letztes Jahr zu Weihnachten nun wirklich nicht mehr, da war sie hochschwanger.«

»Stimmt. Genauso wie unsere Laurie dieses Jahr zu Weihnachten hochschwanger ist«, schwärmte Susan.

Ihr entging Rubys sehnsüchtiger Blick, der auf Lauries Bauch fiel, nicht. Ob sie sich wohl ebenso Kinder wünscht?, fragte sie sich. Vor einigen Wochen hatte Ruby ihnen anvertraut, dass Gary schon einmal verheiratet gewesen war und auch ein Kind gehabt hatte. Seine Frau und der Kleine waren bei einem Autounfall gestorben, und Gary hatte Ruby gesagt, dass er kein zweites Mal eine Familie gründen wollte – zu sehr schmerzte die Erinnerung.

»Ja, und was ich besonders genießen werde, ist, dass ich essen kann, was und so viel ich will«, sagte Laurie nun und streichelte ihre Kugel.

»Nur den Champagner im Haus deiner Eltern musst du leider diesmal weglassen«, warf Keira ein. Laurie und Keira waren seit Jahren die allerbesten Freundinnen.

»Hab ich euch das noch gar nicht erzählt? Die Schicki-micki-Party bei meinen Eltern fällt in diesem Jahr aus, da die beiden Weihnachten auf Maui verbringen werden.«

»Wo ist Maui?«, fragte Orchid.

»Hawaii, glaube ich. Wie auch immer, sie sind nicht da, und ich muss keinen ganzen Abend lang mit einem aufgesetzten Lächeln herumlaufen und die Fragen der High-Society-Ladys beantworten. ›Warum hast du denn nur einen Teeladen eröffnen müssen?‹ – ›Weshalb wirst du nicht endlich Mitglied im Country Club?‹ – ›Denkst du über eine Hautstraffung nach der Geburt des Kindes nach?‹«

Lauries Eltern waren stinkreich. Ihr Vater William besaß eine Wellnesscenter-Kette, und ihre unausstehliche Mutter kannte keine anderen Gesprächsthemen als Botox und Designermode. Laurie hatte sich oft genug bei ihren Freundinnen über die beiden ausgelassen. Wobei sie ihren Vater trotz seines Snobismus um Welten lieber hatte als ihre Mutter. Eigentlich war er sogar ein echt netter Kerl, er hatte Ruby zu ihrer Ladenneueröffnung einen großen Karton mit wertvollen Büchern aus seiner hauseigenen Bibliothek überlassen.

»Wie schade. Dabei hattest du dich so auf die Weihnachtsfeier gefreut«, sagte Keira und zwinkerte Laurie zu.

»Ja, schaaade.« Laurie zwinkerte zurück.

»Apropos Weihnachten und feiern«, warf Susan ein. »Laurie und ich haben vorhin schon kurz drüber gesprochen. Wollen wir in diesem Jahr wie gehabt einen Weihnachtsmarkt veranstalten?«

»Auf jeden Fall!«, kam es sofort von Orchid.

Keira nickte. »Selbstverständlich. Solange Laurie sich fit genug fühlt?«

Alle sahen Laurie an.

»Ich würde sogar an meinem Stichtag dabei sein, wenn der früher wäre!«

»Da bin ich aber froh«, sagte Ruby. »Ich habe nämlich schon eine besondere Idee, was ich in diesem Jahr verkaufen könnte.«

Susan fragte sich, was das wohl sein mochte. In den

letzten Jahren hatte Ruby, die im Gegensatz zu den anderen nichts aus ihrem Laden anbieten konnte, weil es sonst eher nach einem Flohmarktstand als nach einem Weihnachtsmarktstand ausgesehen hätte, meist etwas Selbstkreiertes verkauft. Im Jahr zuvor hatten sie und Ruby sich an ein paar Abenden getroffen und zusammen kleine Wichtel gebastelt, die Ruby aus massiver Pappe zusammengeklebt und bemalt und denen Susan dann Mäntelchen und Mützchen gehäkelt hatte. Die hatte Ruby für sechs Pfund das Stück verkauft, wovon sie die Hälfte an das Obdachlosenheim gespendet hatte.

»Willst du diese hübschen Lesezeichen verkaufen, die du bei dir im Laden anbietest?«

Ruby machte sie selbst im Vintage-Stil, und sie waren wirklich außergewöhnlich. Susan hatte ihr inzwischen schon fünf Stück abgekauft.

»Nein, ich habe an etwas ganz anderes gedacht.« Alle sahen sie neugierig an. »An Marmelade.«

»Etwa …?« Lauries Augen begannen zu glänzen.

»Ganz genau, Valeries berühmte Kirschmarmelade. Ich habe noch haufenweise Schattenmorellen eingefroren.«

Die Legende besagte, dass die gute Valerie ihre Marmelade aus den Schattenmorellen des Baumes am Ende der Straße gemacht hatte. Dieser stand bis heute dort und trug jeden Sommer aufs Neue so viele Früchte, dass jede von ihnen sie kiloweise mit nach Hause nahm.

»Ooooh, wie toll«, rief Keira aus. »Steht denn in einem der Tagebücher das Rezept dafür?«

Was sie alle nämlich erst seit Kurzem wussten, war, dass Ruby Valeries Tagebücher besaß. Sie hatte sie als Kind unter einer Holzdiele im Antiquitätenladen ihrer Mutter gefunden, der ja vor langer Zeit Valerie Bonham gehört hatte. Ruby hatte ihr Geheimnis all die Jahre für sich behalten und die Freundinnen erst im vergangenen Sommer daran teilhaben lassen. Susan war ein wenig verletzt gewesen, dass Ruby ihnen so etwas Bedeutendes vorenthalten hatte. Dann allerdings hatte sie sich ins Gedächtnis gerufen, dass auch sie einiges vor ihren Freundinnen verbarg, und das hatte sie milder gestimmt. Jeder Mensch hütete doch Geheimnisse, und die meisten hatten gute Gründe dafür.

»Ja, in Buch Nummer sieben steht das Rezept«, erzählte Ruby ihnen nun.

Seit das Geheimnis gelüftet war, brachte Ruby an jedem Mittwochabend eines der Tagebücher mit und las ihnen daraus vor. Sie waren erst beim dritten Buch angelangt, doch Susan fand das ganz gut, denn so würden sie noch eine kleine Weile etwas davon haben.

»Ich finde die Idee großartig«, sagte Laurie.

Ruby lächelte verzückt. »Ich dachte mir … dass ich sogar noch eine zweite Sorte anbieten könnte.«

»Von Valerie?«, wollte Orchid wissen. Sie saß im Schneidersitz auf ihrem Stuhl und spielte mit dem Ende ihres blonden Pferdeschwanzes.

»Nein. Die Weihnachtsmarmelade meiner Mutter.«

Susan war für einen Moment von Nostalgie ergriffen. »Die mit Äpfeln und Zimt?«

Ruby nickte.

»Die habe ich geliebt. Ich fände es wundervoll, wenn du sie auf unserem Weihnachtsmarkt verkaufen würdest. Ganz, ganz wundervoll.«

Die anderen stimmten Susan zu, denn sie alle (außer Orchid, die war damals noch nicht in der Valerie Lane gewesen und hatte sie leider nie kennengelernt) vermissten Meryl schrecklich. Es wäre doch eine schöne Sache, eine ihrer Traditionen wieder aufleben zu lassen. Susan erinnerte sich gut daran, wie Meryl jedes Jahr im Dezember Dutzende Gläser Weihnachtsmarmelade gekocht und jeder von ihnen einige geschenkt hatte. Es waren keine simplen Marmeladengläser gewesen, nein, sie waren beklebt mit goldenen Glitzersternen und einem weißen Schild mit goldenem Glitzerrand, auf das Meryl in schnörkeliger Schrift *Weihnachtsmarmelade* und das Datum der Herstellung geschrieben hatte. Jedes Glas war zudem mit einer goldenen Schleife verziert gewesen.

»Susan hat recht«, sagte Laurie. »Das solltest du auf jeden Fall tun. Eine tolle Idee.«

Keira stimmte ihr begeistert nickend zu.

»Oh, seht mal, wer da kommt!«, rief Orchid, und sie alle blickten zum Fenster, an dem in diesem Augenblick ihre liebe alte Freundin Mrs. Witherspoon mit ihrem Göttergatten Humphrey vorbeiging. Humphrey hielt seiner Liebsten die Tür auf, und sie betraten den Laden.

Laurie erhob sich sofort, was ihr gar nicht mehr so leichtfiel.

»Hallo, Mrs. Witherspoon. Humphrey. Wir freuen uns, dass Sie uns beehren.«

»Hallo, ihr Lieben«, erwiderte Mrs. Witherspoon, die bereits auf die neunzig zuging.

Humphrey zog zum Gruß seine blaue Flugkapitänsmütze, die seiner Zeit als Pilot entstammte und ohne die

er nie aus dem Haus zu gehen schien. Er verbeugte sich.
»Ladys, es ist mir eine Freude.«

Susan musste schmunzeln. Laurie bot den beiden Tee
an. Dann versuchte sie, einen der metallenen weißen
Tische heranzuziehen, damit sie in größerer Runde bei-
sammensitzen konnten. Sofort eilte Susan ihr zu Hilfe.
»Du sollst so schwere Sachen nicht mehr machen, Laurie.«

Orchid zog zwei Stühle heran, auf die die beiden Alten
sich nun setzten.

»Wie geht es dir, Laurie?«, fragte Mrs. Witherspoon
interessiert. »Wann ist es denn so weit?« Die Gute war
früher einmal Hebamme gewesen und hatte Tausenden
Kindern auf die Welt geholfen.

»Stichtag ist der 30. Dezember, und mir geht es fantastisch, danke der Nachfrage. Na ja, ich kann zwar meine
Schnürsenkel nicht mehr allein zubinden, und nachts
schlafen kann ich überhaupt nicht mehr, weil die Kleine
mich so tritt, aber …«

»Die Kleine?«, fragte Orchid. »Es wird ein Mädchen?«

Laurie errötete. »Ja … Ich weiß, ich weiß, eigentlich
hatten wir vor, uns überraschen zu lassen. Barry war nun
allerdings so neugierig, dass er die Ärztin bei unserem letzten Termin einfach gefragt hat, während ich mich wieder
angekleidet habe. Und verheimlichen kann mein Mann
mir rein gar nichts. Ich weiß es seit zwei Tagen.«

Susan schüttelte belustigt den Kopf. Laurie und Barry
konnten wirklich überhaupt nichts voreinander geheim
halten. Nur zu gut erinnerte sie sich an die Hochzeit der
beiden, die an einem warmen Augusttag stattgefunden

hatte. Sie alle waren dabei gewesen und hatten Laurie in ihrem wunderschönen weißen Kleid bestaunt, unter dem man bereits eine kleine Wölbung hatte erkennen können. Natürlich hatte der Bräutigam das Kleid schon lange vor der Hochzeit gesehen, und auch die Gelübde hatten sie miteinander geprobt. Aber Susan glaubte kaum, dass das im Fall von Laurie und Barry Unglück bringen würde. Die beiden waren einfach füreinander geschaffen.

»Oh, ich freu mich für dich«, sagte Ruby, erhob sich und umarmte Laurie.

»Habt ihr schon einen Namen?«, wollte Orchid wissen.

»Wir sind uns noch nicht ganz einig. Ein paar hübsche Ideen haben wir aber.«

»Lass hören!«

»Barry findet Delphine total schön. Ich hätte lieber etwas Klassisches wie Clara oder Joanna.«

»Ich finde, die hören sich alle schön an«, sagte Ruby.

»Mrs. Witherspoon, Sie haben in Ihrem Beruf doch sicher einige außergewöhnliche Namen zu hören bekommen, oder?«, fragte Keira. »Waren da auch ein paar verrückte dabei? Nennen auch ganz normale Leute ihre Kinder Apple oder Brooklyn, oder tun das nur die Prominenten?«

Mrs. Witherspoon legte eine Hand ans Kinn und runzelte die Stirn. Sie schien zu überlegen. Dann zeigte sie ihnen ihr entzückendes Lächeln. »Oh ja, da waren einige außergewöhnliche Namen dabei. Eine junge Mutter hat ihr Kind zum Beispiel Caramel genannt, weil es während der Schwangerschaft ihre liebste Süßigkeit gewesen war. Ein sehr religiöses Paar hat sein Kind Jesus Christ genannt.

Einige haben ihre Kinder nach dem Ort benannt, an dem sie gezeugt worden waren, darunter Milano oder Athens. Und dann waren da noch die Paare, die einen bestimmten Nachnamen hatten und unbedingt wollten, dass ihr Kind haargenau so heißt wie eine berühmte Persönlichkeit.«

»Nennen Sie uns ein Beispiel«, bat Susan.

»Hm, lasst mich überlegen. Da hatten wir einen Mr. und eine Mrs. Shakespeare, die 1962 einen kleinen Jungen auf die Welt brachten.«

Susan war schwer beeindruckt, wie gut das Gedächtnis der alten Dame noch immer war.

»Sagen Sie bloß, die haben den Kleinen William getauft?«, wollte Orchid wissen.

»Und ob.« Mrs. Witherspoon lachte. »Es gab auch einen Mr. und eine Mrs. Churchill.«

»Nein, das arme Kind«, bemitleidete Keira den jungen Winston, der inzwischen ein Erwachsener sein musste. Ob er wohl ebenfalls Politiker geworden war?

»Erzählen Sie uns mehr!«, bat Orchid.

»Ach, Kinder, es gab so viele Namen. So viele Babys.« Mrs. Witherspoons Gesicht nahm einen nostalgischen Ausdruck an. Die Gute hatte zu ihrem Leidwesen nie selbst Kinder bekommen, was Susan unglaublich traurig fand. Denn dann hätte sie jetzt eine Familie gehabt, die sich um sie kümmerte. Hätte sie die Frauen aus der Valerie Lane und natürlich auch ihren Humphrey nicht, wäre sie wirklich arm dran. Aber glücklicherweise war sie im hohen Alter noch einmal der Liebe begegnet und seit einem halben Jahr nun Mrs. Graham – für sie alle würde sie dennoch immer Mrs. Witherspoon bleiben.

»Darf ich noch jemandem Tee nachschenken?«, fragte Laurie.

Ruby und Keira nahmen dankend an. Und Orchid erzählte Mrs. Witherspoon, dass sie auch in diesem Jahr wieder einen Weihnachtsmarkt planten.

»Oh, wie fein. Euren Weihnachtsmarkt mag ich am allerliebsten. Er ist so schön gemütlich und persönlich. Er wird dir gefallen, Humphrey.«

»Na, da bin ich gespannt. Was verkaufen Sie denn so auf diesem Markt?«

»Da überlegen wir uns jedes Jahr etwas Neues«, ließ Laurie ihn wissen. »Ich zum Beispiel biete immer ein paar weihnachtliche Teesorten an. Die kann man gleich draußen am Stand trinken, um sich aufzuwärmen, oder auch hübsch verpackt kaufen. So ein Tee ist ein schönes Weihnachtsgeschenk.«

Humphrey sah zu Keira, die neben Laurie saß. »Und Sie?«

»Ich kreiere jedes Weihnachten ein paar ganz besondere Pralinen oder Plätzchen. In diesem Jahr wird auf jeden Fall etwas mit Marzipan dabei sein, denke ich. Ich könnte mich zurzeit in Marzipan hineinsetzen.«

Oh, dachte Susan. Sind das etwa ganz spezielle Gelüste, die Keira da verspürt? Sie wusste, wie sehr diese sich ebenfalls ein Baby wünschte. Sie und Thomas waren zwar noch nicht mal ein Jahr zusammen, doch sie ahnte irgendwie, dass der Nachwuchs nicht mehr lange auf sich warten lassen würde. Bald würde wahrscheinlich eine ganze Schar von Kindern in der Valerie Lane umherlaufen. Bei solchen Gedanken wurde Susan wie immer ein wenig traurig. Sie setzte aber ein Lächeln auf und antwortete Humphrey, der nun auch sie fragte.

»Ich werde wahrscheinlich wieder selbst gestrickte Schals und Handschuhe verkaufen, die kommen immer sehr gut an.«

»Oho. Ich weiß, wer einen neuen Schal gut gebrauchen könnte«, sagte er und schielte zu seiner Liebsten hinüber.

Mrs. Witherspoon brauchte einen neuen Schal? Sie hatte ihr doch erst einen gestrickt, oder? Bei genauerem Überlegen wurde ihr bewusst, dass das auch schon wieder eine ganze Weile her war. Sie hätte ihr sofort einen neuen gefertigt, doch wie es schien, hatte Humphrey eine Idee für ein Weihnachtsgeschenk, und die wollte sie ihm nicht verderben.

»Meine Lieblingsfarbe ist ja zurzeit Grün«, gab Mrs. Witherspoon Humphrey einen kleinen Wink mit dem Zaunpfahl. »Ruby, was hast du denn vor, an die Leute zu bringen?«

»Ich hab's schon erzählt, bevor Sie gekommen sind. Dieses Jahr werde ich etwas ganz Besonderes anbieten, das mir sehr am Herzen liegt. Marmelade. Kirschmarmelade nach dem Rezept der guten Valerie und die Weihnachtsmarmelade meiner Mum.«

Mrs. Witherspoon legte beide Hände ans Herz. »Meryls Weihnachtsmarmelade … Ich erinnere mich noch so gut daran, dass sie mir jedes Jahr im Dezember ein Glas vorbeigebracht hat. Weißt du noch? Schon als du ein kleines Kind warst, hat sie dich immer mitgenommen.«

»Ja, das weiß ich noch.« Ruby lächelte mit Tränen in den Augen. Auch alle anderen wurden sentimental.

»Ach, mein gutes Kind. Das ist eine so schöne Idee. Ich habe die Weihnachtsmarmelade richtig vermisst, wie deine liebe Mutter. Aber du bringst sie wieder ein Stück weit zu uns zurück. Und das nicht nur mit deiner Marmelade, Herzchen.«

Jetzt musste Ruby sich ein paar Tränchen wegwischen und die Nase schnäuzen. Susan legte ihr einen Arm um die Schultern.

Als sie sich alle wieder gefangen hatten, fragte Mrs. Witherspoon die Letzte im Bunde. »Und was ist mit dir, Orchid?«

»Es ist zwar sehr aufwendig, aber ich glaube, ich verkaufe selbst gemachte Kerzen. Die sind schon im Laden superbeliebt. Wenn die so gut laufen, wie ich es mir erhoffe, kann ich Patrick vielleicht sogar doch noch ein Silvesterwochenende in Paris schenken.«

»Paris …«, schwärmte Laurie.

»Paris ist eine grandiose Stadt«, meldete Humphrey sich zu Wort. »Ich bin sehr oft hingeflogen. Manchmal hatte ich einen Tag Aufenthalt zwischen zwei Flügen. Falls Sie hinfahren, sollten Sie unbedingt die Champs-Élysées entlangflanieren. Und Sacré-Cœur ist immer einen Besuch wert.«

»Alles klar. Falls es was wird mit der Reise, werde ich mich wegen Sightseeing-Tipps bei Ihnen melden.«

»Immer gern.«

»Waren Sie schon mal in Paris?«, fragte Ruby Mrs. Witherspoon nun.

»Ich? Nein, nein, mein Kind. Ich bin in meinem ganzen Leben nicht aus England rausgekommen.«

So ging es Susan auch. Sie hatte es kein einziges Mal über die Grenze geschafft. Ja, einmal hatte sie eine Reise in die Ferne geplant, die hatte dann aber leider nicht stattgefunden …

»Nun seht mich doch nicht alle so mitleidig an.« Mrs. Witherspoon lachte. »Ich finde das gar nicht schlimm. Ich bereue kein bisschen, dass ich nie in Paris oder sonst wo war. Hier in Oxford bin ich zu Hause, hier habe ich alles, was ich brauche, und jetzt habe ich ja Humphrey, der mir von fernen Ländern erzählen kann.«

Susan freute sich aufs Neue, dass Mrs. Witherspoon Humphrey gefunden hatte. Wie schön es doch war, besonders an Weihnachten nicht allein zu sein.

Sie sah zu Mr. Monroe und Mary hinüber, die sich noch immer angeregt unterhielten. Und Humphrey, der ihr schräg gegenübersaß, nahm die Hand seiner Frau nun in seine. Ja, die Liebe lag in der Luft, und hätte Susan den Männern nicht schon längst abgeschworen, hätte sie sich beim Anblick dieser charmanten Herren vielleicht davon überzeugen lassen, dass es doch noch gute gab. Nur sie hatte solch einen leider nicht gefunden, für sie war die Liebe nicht bestimmt.

Sie seufzte innerlich und spürte, wie etwas an ihrem Bein zog. Es war Terry, der anscheinend bereit für seinen Gute-Nacht-Spaziergang war.

»Ich glaube, ich werde mich so langsam verabschieden«, ließ sie die anderen wissen und streichelte Terry über sein Köpfchen. Wie dankbar sie war, ihn zu haben.

»Ruby hat uns doch noch gar nicht vorgelesen«, sagte Keira.

Stimmt, das hatte sie noch nicht. Susan wusste, dass sie es erst tun würde, wenn alle anderen gegangen waren. Die Tagebücher waren nur für die fünf Freundinnen bestimmt.

»Ich weiß, aber es ist spät, und Terry möchte Gassi gehen. Ich höre beim nächsten Mal wieder zu, ja?«

»Da kommen auch schon Gary und mein Dad, um mich abzuholen«, sagte Ruby, als die Ladentür geöffnet wurde.

»Wie schade.« Laurie schien ehrlich traurig zu sein.

»Wie wäre es denn, wenn wir uns morgen Abend zu fünft treffen und Ruby uns vorliest?«, schlug Keira vor.

»Morgen kann ich leider nicht«, sagte Susan, verschwieg aber, dass sie vorhatte, mit Tobin auf den Weihnachtsmarkt zu gehen. Das hätte nur wieder Orchid aufgeregt, die sich immer mehr als seltsam benahm, wenn von Tobin die Rede war.

»Ich auch nicht«, kam ihr ausgerechnet Orchid zu Hilfe. »Patrick und ich sind zu einer Geburtstagsfeier eingeladen.«

»Und Freitag?«, fragte Laurie hoffnungsvoll.

Da konnten alle, und deshalb verabredeten sie sich für Freitagabend um acht bei Laurie zu Hause, damit diese sich ein bisschen schonen konnte. Jeder wollte etwas zu essen mitbringen, und sie würden einen netten Abend ganz zu Ehren Valeries verbringen. Susan freute sich schon darauf, jetzt aber wollte sie endlich Terry seinen Wunsch erfüllen und mit ihm spazieren gehen.

Sie verabschiedete sich von allen und nahm ihren Cockerspaniel an die Leine. Als sie aus der Tea Corner trat, fielen dicke Schneeflocken vom Himmel. Susan legte den Kopf in den Nacken und schloss die Augen. Schnee … Nur für sie.

»*It's beginning to look a lot like Christmas* …«, sang sie vor sich hin und ging mit Terry die Valerie Lane hinunter.

KAPITEL 3

»Bist du bereit?«, fragte Tobin, der den Kopf in Susan's Wool Paradise steckte und sie inmitten eines Berges voll Selbstgestricktem vorfand. »Was tust du denn da?«

Susan lachte und löste sich aus einem langen, bunt gestreiften Schal, der sich um sie gewickelt hatte, als sie die vielen Sachen, die sie im Laufe des Jahres für ihr besonderes Projekt gestrickt hatte, zählen wollte.

»Ich habe mich gerade ein wenig verheddert. Bin aber gleich für dich da. Ich kann auch morgen weiterzählen.«

»Und was zählst du, wenn ich fragen darf? Etwa Schals?« Tobin trat in den Laden und bückte sich, um den schwanzwedelnden Terry zu kraulen.

»Du hast es erfasst. Schals. Und Handschuhe und Mützen und Socken.«

»Hast du die etwa alle selbst gemacht?« Er staunte.

»Das habe ich. Für die Leute, die ich Heiligabend immer im Obdachlosenheim besuchen gehe.«

»Susan, du bist echt unglaublich, weißt du das?«

»Ach …« Sie winkte ab.

»Nein, ehrlich. Du tust so viel Gutes. Hast du nicht am Valentinstag eine ähnliche Aktion gemacht?«

»Die hundert Paar Handschuhe nach Valeries Vorbild? Ja, die habe ich mit Müh und Not noch rechtzeitig fertigbekommen. Ich dachte schon, ich schaffe nur achtzig oder neunzig.«

Tobin schüttelte schmunzelnd den Kopf. »Unglaublich, sag ich ja.«

Susan hatte den Schal, der hartnäckig wie eine Schlange zu sein schien, endlich von sich gelöst, warf ihn zurück in den Karton und machte einen großen Schritt, um aus dem Chaos herauszukommen.

»Ich bin so weit!« Ein wenig aus der Puste stand sie da und strahlte Tobin an.

»Das sieht mir aber ganz und gar nicht so aus.«

»Das geht schon. Dann komme ich morgen halt ein wenig früher in den Laden.«

»Okay, wenn du meinst. Wir können den Weihnachtsmarktbesuch aber auch verschieben.«

»Um nichts in der Welt. Ich freue mich schon den ganzen Tag auf den leckeren Glühwein. Und auf einen Bratapfel.«

»Oh, da hätte ich auch Lust drauf. Na, dann los!« Er hielt ihr seinen Arm hin, und sie hakte sich ein.

»Komm, Terry.« Sie brachten den Hund schnell noch nach oben, Susan stellte ihm eine Schüssel Futter hin, und dann konnte es losgehen.

Arm in Arm, als wären sie schon seit Jahren die besten Freunde, schlenderten Susan und Tobin durch die Straßen Oxfords, vorbei an der St. Michaels Church mit dem rechteckigen Saxon Tower – angeblich Oxfords ältestes Gebäude – und einer Gruppe von Weihnachtssängern. Die Männer und Frauen mittleren Alters waren ganz in Grün gekleidet und sangen lauthals *Oh Holy Night*. Susan fühlte sich richtig besinnlich, und sie schloss für einen Moment die Augen und ließ die Stimmen auf sich wirken.

Als sie vor der nächsten Kirche, der St. Mary Magdalen, rechts um die Ecke bogen, glaubte sie, schon wieder Musik zu vernehmen. Sie musste aus dem Innern des Gotteshauses kommen.

Susan hatte jahrelang keine Kirche betreten, nicht einmal zu Weihnachten – bis die Hochzeiten von Mrs. Witherspoon und Laurie es unumgänglich gemacht hatten. Doch noch immer bewirkten Kirchen bei ihr, dass sie sich mehr als unbehaglich fühlte. Und das würde sich sicherlich niemals ändern, nicht nachdem …

»Da vorne sehe ich schon einen Bratapfelstand«, rief Tobin und deutete nach schräg rechts.

Richtig, sie wollten ja Bratäpfel essen. Nur, dass sie mit einem Mal gar keinen Appetit mehr verspürte. Sie hatte so sehr gehofft, dass sie dieses Jahr endlich darüber hinweg sein würde, dass die Vergangenheit sie nicht wieder einholen würde. Es war immerhin acht Jahre her, verdammt noch mal! Aber ein wahrer Verlust brachte eben Schmerzen mit sich, die wahrscheinlich niemals nachlassen würden. Auch nicht in einer Million Jahren. Nur warum musste all das ausgerechnet heute wieder hochkommen?

»Ich glaube, ich brauche erst mal einen Glühwein«, hörte sie sich sagen und marschierte schnurstracks auf einen der vielen Stände zu. Sie entschied sich für einen Kirschglühwein, und Tobin, der nie Alkohol trank, vergnügte sich mit einem Kinderpunsch. Sie pusteten in die heißen Getränke, und nachdem Susan ein paar Schlucke getrunken hatte, ging es ihr schon ein wenig besser.

»Alles gut, Susan?«, fragte Tobin besorgt.

Sie nickte. »Natürlich. Wieso?«

»Du wirkst auf einmal ein wenig … bedrückt.«

»Ich habe nur gerade an etwas aus meiner Vergangenheit denken müssen. Es ist aber alles okay«, beruhigte sie ihn.

»Ja, ich glaube, an Weihnachten kommt einiges wieder hoch, das wir das Jahr über gar nicht so im Sinn haben, oder?«

»Das kannst du laut sagen. Wenn ich das ganze Drumherum nicht so lieben würde, fände ich Weihnachten wahrscheinlich sehr deprimierend«, gestand sie.

»Na, zum Glück bist du trotz allem so ein Weihnachtsfan und machst das Beste draus. Machst andere Menschen glücklich.«

»Ach …«, sagte sie wieder und winkte erneut ab.

»Nun sei doch nicht immer so bescheiden, Susan.«

»Was tue ich denn schon?« Sie merkte, wie sie leicht errötete, war sich aber nicht sicher, ob das vom Glühwein kam oder von Tobins Worten.

»Das fragst du ernsthaft? Du … und die anderen Ladeninhaberinnen aus der Valerie Lane, ihr tut so unheimlich viel. Ich habe nie zuvor so gutherzige Menschen getroffen, und du kannst dir gar nicht vorstellen, wie froh ich bin, nun ein Teil von euch zu sein. Ich meine …« Jetzt kratzte er sich verlegen am Hinterkopf, wobei seine blaue Mütze verrutschte. »Ich weiß ja nicht, ob ihr das genauso seht, immerhin seid ihr seit Jahren eine eingeschweißte Truppe.«

Susan zupfte ihm die Mütze wieder zurecht. »Natürlich

sehen wir das genauso, Tobin. Du bist jetzt einer von uns, und das wirst du auch bleiben.«

»Das freut mich wirklich sehr.« Und man konnte es Tobin ansehen, denn er strahlte wie ein Honigkuchenpferd.

»Und uns auch.« Susan lächelte zurück. »Sag mal, wie war eigentlich dein Date gestern Abend? Du hast noch gar nichts erzählt.«

»Das Date.« Er versteifte sich ein wenig. »Ich denke, Christine und ich werden nur Freunde werden, mehr nicht.«

»Klar, wie könntet ihr auch?«, sagte Susan.

»Wie meinst du das?«, fragte Tobin ein wenig verwirrt.

»Na, wie könntest du denn mit Christine zusammenkommen, wenn du eigentlich eine ganz andere magst?«

Nun sah er überrascht aus. »Das tue ich?«

»Nun komm schon, Tobin. Gesteh es dir endlich ein. Du bist bis über beide Ohren in Orchid verknallt, das sieht doch ein Blinder.«

Erschrocken starrte er sie an. »Ist das so offensichtlich?«

»Na, ich weiß es, und meine Freundinnen wissen es auch.«

»Orchid etwa auch?« Jetzt schien er einer Panik nahe.

Susan musste lachen. »Nein, nein. Die ist noch viel dümmer als du.«

»Hey. Wieso bin ich denn jetzt auf einmal dumm?«

»Weil du dich in eine Frau verliebt hast, die seit Jahren in festen Händen ist.«

Tobin ließ die Schultern hängen. »Ja, das ist wohl ziemlich dumm, was?«

»Na, sehr schlau ist es nicht. Oder hoffnungsvoll.«

»Sie ist echt glücklich mit Patrick, hm?«

Ist Orchid das?, fragte sich Susan. Nun, sie war sich da schon eine ganze Weile nicht mehr so sicher. Denn Orchid sprach seltener von Patrick, auch holte er sie kaum noch von der Arbeit ab. Ja, ganz allgemein würde Susan sagen, war die Beziehung der beiden nicht mehr so harmonisch, wie sie es noch vor einem Jahr gewesen war – bevor Tobin aufgetaucht war.

»Warum fragst du sie das nicht einfach selbst? Du solltest ihr endlich gestehen, was du für sie empfindest«, riet sie Tobin.

»Sie hat doch aber einen Freund. Das wäre nicht sehr korrekt.«

»Tobin …« Susan legte ihm eine Hand auf den Arm. »Nur wenn sie es weiß, kann sie entscheiden, was sie wirklich will, verstehst du das denn nicht?«

»Und wenn sie mich nicht will?«

»Dann bist du auch nicht schlechter dran als jetzt.«

»Oh doch. Dann wäre es nämlich äußerst peinlich, ihr zu begegnen, und ich müsste mit meinem Laden wegziehen aus der Valerie Lane.«

»Nun denk doch nicht gleich an das Schlimmste.«

Er trank seinen Kinderpunsch auf Ex. »Nein, nein, ich behalte meine Gefühle erst mal für mich. Ich möchte kein Paar auseinanderbringen.«

»Das ist sehr nobel von dir«, erwiderte Susan und trank ihrerseits den Glühwein aus. »Hast du jetzt Lust auf einen Bratapfel?«

»Ich dachte schon, du fragst nie.« Tobin lächelte

44

bereits wieder und hielt ihr abermals seinen Arm hin. »Ich lade dich ein.«

»Oh! Womit habe ich das denn verdient?«

»Nun stell doch nicht so dumme Fragen, Susan. Ich dachte, ich wäre der Dumme von uns beiden.« Er zwinkerte ihr zu, und sie musste lachen.

»Vielleicht sind wir ja beide dumm.« Ja, das glaubte sie wirklich, zumindest was sie betraf. Denn wäre sie es nicht, würde sie keinem Mann nachtrauern, der sie vor mehr als acht Jahren verlassen hatte.

Der Abend verlief wie im Flug. Sie schlenderten über den beleuchteten und wohlduftenden Weihnachtsmarkt, betrachteten die Auslagen der Stände, ließen sich inspirieren, verlocken und verführen. Am Ende hatte Susan eine Tüte Glühweinbonbons, ein Paar flauschige Hausschuhe und eine Kerze mit Zimtduft gekauft, von der sie Orchid nichts erzählen durfte, da diese ja selbst Kerzen in ihrem Laden anbot und womöglich noch beleidigt wäre, weil ihre Freundin bei der Konkurrenz kaufte.

»Ist es okay, wenn ich mich von hier aus auf den Heimweg mache? Ich könnte gleich an der Ecke den Bus nehmen. Wenn du möchtest, begleite ich dich aber auch noch bis in die Valerie Lane«, bot Tobin an.

Susan sah auf ihr Handydisplay und stellte fest, dass es erst kurz vor halb zehn war.

»Ach, so spät ist es ja noch nicht, außerdem kann ich ziemlich gut allein auf mich aufpassen.« Sie schenkte Tobin ein warmes Lächeln. »Fahr du nur nach Hause. Danke für den schönen Abend und die Gesellschaft.«

»Ich habe zu danken. Bis morgen, Susan. Komm gut heim.«

Sie umarmte Tobin leicht und machte sich auf den Nachhauseweg. Wenn doch nur alle Männer so wären wie Tobin, dachte sie. Dann wäre die Welt wahrlich eine bessere.

Als sie wieder an der Kirche vorbeiging, lief ihr ein Schauer über den Rücken. Sie machte, dass sie schnell weiterkam. Wie seltsam es doch war, dass ein Ort, der einem früher einmal so viel Wärme gegeben hatte, heute so kalt und trostlos war. Unwillkürlich musste sie an den Septembertag vor acht Jahren zurückdenken …

»Du siehst wunderschön aus«, sagte ihre Mutter zu ihr. »Wie eine Prinzessin.«

Sie standen in einem Raum im Anbau der Kirche und bereiteten sich auf den wichtigsten Tag in Susans Leben vor.

»Ehrlich? Findest du? Sehe ich auch nicht fett aus? Merkt man es, Mum, dass ich schwanger bin?«

Sie stand vor einem Spiegel, strich ihr Kleid über dem Bauch glatt und betrachtete sich von allen Seiten.

»Wenn man es nicht weiß, sieht man gar nichts«, versicherte ihre Mutter ihr.

»Na toll. Das heißt, man sieht schon etwas, oder?«

»Du erwartest ein Baby, Susan, das ist ein Geschenk Gottes. Du solltest dich freuen, dass du es in dir trägst, und dir keine Gedanken darüber machen, dass man eine winzige Rundung sieht.«

»Die Leute werden aber denken, Steven und ich heiraten nur, weil ich einen Braten in der Röhre habe.«

Ihre Mutter musste lachen. »Wie du es ausdrückst ... Jetzt hör mir mal zu, mein Kind.« Sie nahm Susans Kinn in die Hand und drehte ihr Gesicht zu sich, damit ihre Tochter ihr auch wirklich aufmerksam zuhörte. »Es ist egal, was die Leute denken. Dir passiert heute etwas Wunderbares. Du heiratest den Mann deiner Träume. Es wird der schönste Tag deines Lebens, also fang endlich an, ihn in vollen Zügen zu genießen.«

Susan konnte es sich selbst nicht erklären, aber plötzlich hatte sie Tränen in den Augen. Ihre Mutter hatte ja recht. Heute würde der schönste Tag ihres Lebens werden. Die anderen waren egal, nur Steven und sie und das Baby zählten.

»Danke, Mum.« Sie fiel ihrer Mutter um den Hals.

»Nun pass aber auf, dass du deine Frisur nicht ruinierst. Und die Schminke! Kind, deine Wimperntusche zerläuft ja.«

»Ist doch egal«, sagte sie und drückte ihre Mutter nur noch fester.

Eine Stunde später stand sie vor dem Altar.

Sie bog in die Valerie Lane ein und seufzte. Weihnachten war nah. In nur zweieinhalb Wochen würde sie das Fest der Liebe feiern. Ohne einen Mann, denn der hatte sie verlassen. Ohne ihre Mutter, denn die war längst von ihr gegangen. Ohne ... Sie seufzte erneut, es war eher ein jämmerliches Schluchzen. Dann atmete sie einmal tief ein und sah zum Himmel, und langsam fing sie sich wieder.

Sie hatte immerhin ihre Freundinnen, sagte sie sich, und Tobin. Und Terry. Weshalb also sollte sie jammern? Es gab doch so viele Menschen, die weit schlechter dran waren als sie. Sie hatte es gut, hatte viele Gründe, glücklich zu sein. Ja, so war es. Und deshalb würde sie sich

Weihnachten, ihre liebste Zeit des Jahres, auch nicht vermiesen lassen.

Sie schloss ihre Wohnungstür auf, trat aber nicht ein. »Komm, Terry!«, rief sie ihrem Hund zu, und der tapste sogleich an. »Hast du mich vermisst?«, fragte sie und leinte ihn an. »Ja, ich hab dich auch vermisst, mein Kleiner.«

Sie gingen die Treppen hinunter und die Valerie Lane entlang. Nur noch zwei Fenster waren erleuchtet: das von Barbara, die mit Mr. Spacey am Küchenfenster stand, und das von Christine, die gerade eine Lichterkette aufhängte.

Ob sie sich wohl mehr erhofft hat, was Tobin angeht?, fragte Susan sich. Falls ja, tat sie ihr leid, aber es war das Beste so. Wer wollte schon mit einem Mann zusammen sein, der im Grunde eine andere liebte? Susan wollte mit überhaupt keinem Mann mehr zusammen sein. Das hatte sie sich geschworen, aller Sehnsucht zum Trotz. Da konnte kommen, wer wolle. Sie würde ihrem Vorsatz treu bleiben.

KAPITEL 4

»Wie genau muss ich die Masche hier aufnehmen?«, fragte Barbara, die wie immer geduldig bei der Sache war. Sie hatte ihre halb fertiggestrickte Weihnachtsweste neben einem roten Wollknäuel auf dem Schoß liegen. In ihren braunen Bob hatte sie sich einen grünen Glitzerhaarreifen gesteckt, sie sah schon richtig weihnachtlich aus.

»Ich weiß, dieses Muster ist ein wenig kompliziert. Warte, ich zeige es dir«, erwiderte Susan, legte ihre eigenen Stricksachen beiseite und eilte zu Barbara, um ihr zu erklären, wie sie den Faden führen musste.

Barbara war eine der Frauen, die sich freitagnachmittags in Susan's Wool Paradise einfanden. Susan liebte diese Stunden, in denen sie ihr Wissen weitergeben und mit ansehen durfte, wie wunderhübsche Dinge aus Wolle entstanden. In ihrem früheren Leben, bevor sie den Laden eröffnet hatte, war sie Modedesignerin gewesen. Sie hatte Modedesign sogar studiert und einige Jahre für eine Bekleidungskette schicke Sachen entworfen und geschneidert. All das hatte zwar Spaß gemacht, aber so richtig erfüllen tat sie erst die Arbeit in ihrem eigenen kleinen Geschäft, wo sie neben jeder nur erdenklichen Art von Wolle auch Selbstgestricktes und -gehäkeltes anbot. Sie hatte ihre Bestimmung gefunden, ihren Platz in der Welt, wo sie die Dinge auf ihre Weise tun konnte und sich nach niemand anderem richten musste.

Seit gut fünf Jahren nun fanden sich an jedem Freitagnachmittag gegen vier ein paar Damen aus der Nachbarschaft ein, und zusammen saßen sie mitten im Wollladen, meist in einem Kreis, und gaben sich den Handarbeiten und dem neuesten Klatsch und Tratsch hin. Dabei genossen sie leckere Pralinen aus Keiras Chocolaterie und leckeren Tee von Laurie, von dem Susan sich an Freitagnachmittagen immer gleich eine ganze Kanne mitgeben ließ. Sie wollte diese besonderen Momente nicht mehr missen.

Seit einer Weile nahm auch Laurie an diesen Stricknachmittagen teil, wie alle sie nannten. Und zwar ganz genau, seit Laurie schwanger war. Sie hatte wohl das Bedürfnis, ein Nest zu bauen und Dinge vorzubereiten, und das mit eigenen Händen. Außerdem hatte sie seit einiger Zeit eine Aushilfe in der Tea Corner und konnte so ganz unbesorgt für ein paar Stunden herüberschlüpfen. Allerdings war Laurie leider nicht ganz so geduldig wie Barbara.

»Susan, kannst du auch gleich mal zu mir kommen? Ich habe hier echt Schwierigkeiten mit dem Bund.« Laurie war noch nicht so weit, eine Weihnachtsweste zu stricken, auch wollte sie viel lieber etwas für ihr Baby anfertigen, also hatte Susan ihr, nachdem sie schon eine kleine Kuscheldecke gehäkelt hatte, die Aufgabe gegeben, es mit einer Mütze zu versuchen. Was noch nicht so richtig klappen wollte, zumindest war das Teil mehr schief als hübsch, doch dem Baby würde es wohl herzlich wenig ausmachen.

»Aber sicher.« Sobald Susan mit Barbara fertig war, ging sie weiter zu Laurie. »Das sieht doch schon sehr gut aus. Wo liegt das Problem?«

»Sieh mal, der Bund ist irgendwie uneben. Diese Hubbel da, wie bekomme ich die denn wieder weg?«

Susan nahm die Mütze in die Hand, ribbelte das Gehäkelte ein Stück weit auf und setzte selbst die Nadel an, dann reichte sie alles wieder ihrer Freundin. »Versuch's aufs Neue. Es ist noch kein Meister vom Himmel gefallen.«

»Das hat meine Mutter immer gesagt«, kam es von Edith, einer Mittsechzigerin, die fast keinen Freitagnachmittag versäumte.

Es waren außerdem noch Keiras Mutter Mary, die eine Leidenschaft für Handarbeiten entwickelt hatte, seit sie Susan ein paarmal ausgeholfen hatte, und Jane, eine dreiundzwanzigjährige Anglistik-Studentin, anwesend. Jane sagte, dass das Stricken sie von ihrem stressigen Studienalltag ablenke und sie auf diese Weise super entspannen könne. Susan fand es erfrischend, dass Frauen aller Altersstufen zusammenfanden und dass sie nicht nur gemeinsam strickten, sondern sich auch in anderer Hinsicht austauschten, miteinander quatschten, sich Legenden und Geschichten erzählten, Süßes aßen und Tee oder Kaffee tranken – beinahe so, wie es an den Mittwochabenden in Laurie's Tea Corner gehalten wurde. Es kamen nicht jedes Mal dieselben Menschen zusammen, aber immer war es eine gemütliche, vertraute Runde, und man war froh, Gleichgesinnte zu treffen.

»Wisst ihr schon das Neueste?«, fragte Barbara nun.

»Wir sind ganz Ohr«, erwiderte Susan.

»Meine Agnes hat sich von Jimmy getrennt.«

»Jimmy?«, fragte Edith. »War das der deutsche Freund?«

»Nein, das war doch der Punk, oder?«, wusste Jane es besser.

»Genau, der Punk mit den grünen Haaren.«

»Na, da wirst du aber erleichtert sein, was?«, erkundigte sich Mary.

»Ach, eigentlich mochte ich ihn ganz gern. Ich habe Menschen noch nie allein nach ihrem Äußeren beurteilt«, erwiderte Barbara.

Susan lächelte zufrieden. So sollte man es handhaben.

»Allerdings muss ich sagen, dass ich ihren Neuen noch um ein Hundertfaches sympathischer finde.«

»Sie hat bereits einen Neuen?« Susan staunte. Sie konnte sich nicht daran erinnern, dass Agnes in den letzten Jahren überhaupt mal ohne Freund gewesen war. Ach, warum denn nicht?, sagte sie sich. Agnes war Anfang zwanzig, sie genoss ihr Leben in vollen Zügen. Theoretisch müsste man sogar ein wenig neidisch sein auf diese Sorglosigkeit und Abenteuerlust.

»Oh ja. Sie hat ihn mir vor ein paar Tagen vorgestellt. Er heißt Steven und macht eine Ausbildung zum Bankkaufmann.«

Susan erstarrte.

»Was? Ein Bankkaufmann?«, sagte Mary so laut, dass Terry aufblickte. Doch keine fünf Sekunden später legte er den Kopf auch schon wieder auf die Decke und schloss die Augen. »Ich kann mir Agnes gar nicht mit solch einem … seriösen jungen Mann vorstellen.«

»Doch, doch. Sie scheint sogar für ihn mit Jimmy Schluss gemacht zu haben. Sie muss ihn wirklich mögen, hat sich die pinken Haare wieder braun gefärbt.«

»Sie sollte sich aber keinesfalls verbiegen für ihn – oder irgendeinen Mann«, fand Jane, die Agnes nur vom Sehen kannte.

»Ach, ich glaube nicht, dass sie das tut. Meine Agnes ist der selbstbewussteste Mensch, den ich kenne. Die würde sich für niemanden verbiegen.«

»Dann ist ja gut. Susan, alles okay mit dir?«

Susan bemerkte, wie plötzlich alle sie anstarrten. Die Frauen hatten innegehalten mit ihrer Arbeit und sahen leicht besorgt aus.

»Alles … alles gut, wieso?«

»Du bist ein bisschen blass um die Nase«, entgegnete Barbara.

»Es … ist nichts, ehrlich. Ich … ich … habe nur gerade …« … an die Vergangenheit gedacht. Als Barbara nämlich erwähnt hatte, dass Agnes einen Steven datete, der Bankkaufmann war oder zumindest werden würde, war es ihr eiskalt über den Rücken gelaufen. *Ihr* Steven war ebenfalls Bankkaufmann gewesen. Es war ein dummer Zufall, das wusste sie, und dennoch hatte es ihr für einen Moment den Atem geraubt. Sie hatte sich so fest vorgenommen, dieses Weihnachten nicht an ihn zu denken, und trotzdem wurde sie an allen Ecken an ihn erinnert.

War das etwa fair? Warum konnte die Vergangenheit nicht endlich aufhören, sie immer wieder einzuholen? Wieso konnte das Schicksal ihr keine neuen Erinnerungen bescheren? Schöne Erinnerungen. Welche, die so schön waren, dass sie alles andere auslöschten.

Weil das Leben kein Wunschkonzert war und weil es eben keinen Weihnachtsmann gab, der einem den Wunsch, den man auf einen Zettel geschrieben und an den Nordpol geschickt hatte, ohne Wenn und Aber erfüllte. Dies war das wirkliche Leben, und hier galt es, besonders in der emotionalen Adventszeit, einfach weiterzumachen und die Tage dabei irgendwie zu überstehen.

»Susan? Jetzt machst du mir ein bisschen Angst. Du hast seit gut zwei Minuten nichts gesagt, hast nur vor dich hingestarrt«, sagte Laurie und fasste ihr an den Arm.

»Können wir irgendwas für dich tun, meine Liebe?«, fragte Mary.

Susan schüttelte den Kopf, ein wenig zu überschwänglich, sodass ihr leicht schwindlig wurde. »Tut mir leid. Ich war in Gedanken ganz woanders. Es ist die Weihnachtszeit, da träume ich manchmal einfach vor mich hin. Macht euch keine Sorgen, es ist alles in Ordnung. Ich schwöre es«, fügte sie hinzu, weil noch immer alle besorgt dreinschauten.

»Ehrlich, Süße?«, hakte Laurie nach.

»Ehrlich.« Sie sah auf ihre Armbanduhr. »Oh. Ich sehe gerade, dass es schon gleich sechs ist. So langsam sollten wir für heute Schluss machen. Laurie und ich haben nachher noch etwas vor.«

Alle erhoben sich, legten ihre Handarbeiten in den dafür vorgesehenen Korb und verabschiedeten sich voneinander.

»Fühlst du dich wirklich wohl genug, um jetzt noch mit

zu mir zu kommen?«, fragte Laurie, als die anderen weg waren.

»Na klar! Ich würde Rubys Vorleseabend um nichts in der Welt verpassen wollen.« Das war ein wenig geschwindelt, denn eigentlich wäre sie viel lieber hoch in ihre Wohnung gegangen, hätte sich etwas vom Chinesen bestellt, einen romantischen Film angesehen und mit Terry gekuschelt. Aber ihre Freundinnen hatten den Vorleseabend ihretwegen extra auf heute verschoben, da wollte sie nicht unhöflich sein.

»Okay, wenn du es sagst. Willst du Terry mitnehmen? Ich bin mit dem Auto hier, wir könnten gleich losfahren. Es sei denn, er ist zu kaputt und möchte lieber zu Hause bleiben.«

Laurie sah den armen Terry, der nicht einmal sieben war, scheinbar als alten Greis. Nur weil er ein paarmal Probleme mit seinen Gelenken gehabt hatte. Susan aber wollte noch gar nicht daran denken, dass auch er einmal in die Jahre kommen würde.

»Na, Terry? Willst du mitkommen zu Laurie?«, rief Susan dem kleinen Vierbeiner zu, der sofort hellwach war und angelaufen kam. »Ich glaube, das heißt, er will.« Susan grinste. »Ich muss ihm nur noch schnell was zu fressen geben und mit ihm Gassi gehen.«

»Gassi gehen können wir auf dem Weg zum Auto. Es steht unten am Kanal. Und an Futter habe ich natürlich gedacht und welches mit eingekauft.«

»Du verstehst es wirklich, für alle zu sorgen, Laurie. Du wirst eine ganz fantastische Mutter abgeben.«

»Glaubst du?«

»Da bin ich mir zu hundert Prozent sicher. Ach was, zu tausend, zu zehntausend.«

Laurie lachte. »Okay, du scheinst wirklich überzeugt zu sein.«

»Das bin ich.« Susan lächelte ihre Freundin noch einmal an, legte ihr einen Arm um die Schulter und führte sie langsam aus dem Laden. Terry folgte ihnen, und nicht nur er freute sich auf einen heimeligen Abend bei Laurie.

Nachdem Susan die vorbereiteten Blätterteigtäschchen mit Spinat und Lachs aus ihrer Wohnung geholt und Laurie noch schnell in die Tea Corner gesehen und sich vergewissert hatte, dass alles okay war und ihre Aushilfe Hannah alles im Griff hatte, machten sie sich auf zu Laurie. Dort wartete bereits Barry, der in der Küche stand und riesige Mengen zu kochen schien. Wie meistens hatte er ein Band-T-Shirt an, heute eins mit den Ramones, darüber trug er ein aufgeknöpftes Holzfällerhemd. Sein braunes Haar war ziemlich kurz geschnitten, wieder einmal fielen Susan sofort seine ungewöhnlichen Augen auf – eins war grün, das andere blau.

»Hallo, Barry«, sagte Susan. Terry lief gleich auf ihn zu und ließ sich kraulen.

Terry hat es gut, dachte Susan, er wird von allen verhätschelt. Sogleich bekam er von Barry auch noch ein kleines Leckerli.

»Hi, Susan. Wie geht's?«, fragte er.

»Mir geht es gut, danke. Und dir? Wie läuft das Teegeschäft?« Sie stellte das Tablett mit den Blätterteigtaschen auf den Küchentisch.

»Großartig, wie immer in der Weihnachtszeit.«

»Welcher ist denn der angesagteste Weihnachtstee in diesem Jahr?«

»Ohne Frage der Bratapfeltee, da scheinen die Leute ganz verrückt nach zu sein.«

»Der ist aber auch lecker. Laurie hat ihn mir vor ein paar Tagen angedreht und …«

»Angedreht?«, mischte Laurie sich gespielt empört ein. »Du hast mich doch gefragt, was ich empfehlen würde, und da du ein indisches Curry dabeihattest und was Weihnachtliches wolltest, war der einfach perfekt.«

»Einfach perfekt«, stimmte Barry zu. »So wie du, mein Schatz.« Er zog Laurie an sich und gab ihr einen innigen Kuss. »Wie war dein Tag?«

»Anstrengend.«

»Wie geht es unserer Kleinen?« Er legte eine Hand auf ihren Bauch. Dann bückte er sich ein wenig und begann mit dem Baby im Bauch zu sprechen: »Hallo, kleine Delphine. Ich hoffe, du hast deine Mummy heute wieder schön gekickt.«

»Hey!«, rief Laurie und trat einen Schritt zurück. »Du unterstützt das Ganze auch noch?«

»Sie muss doch schon mal üben, wenn sie eines Tages Profifußballerin werden will.«

»Ob sie das werden will, steht noch gar nicht fest«, erwiderte Laurie. »Ich bin ja dafür, dass unsere Tochter, die ganz bestimmt nicht Delphine heißen wird, ins Tee-Business einsteigt. Es sei denn, sie ist so schön, dass sie Supermodel werden kann.«

»Das wird sie sicher sein, da sie ihre Schönheit von dir

geerbt hat.« Er trat zu Laurie, und sie gaben sich ein paar zärtliche Nasenstupser.

Susan hielt es keine Sekunde länger aus.

»Ich muss mal ins Bad«, sagte sie und verschwand.

Im Badezimmer setzte sie sich auf den Wannenrand und wischte sich die Tränen weg, die aus ihren Augen schossen, obwohl sie angestrengt versuchte, sie zurückzuhalten.

Manchmal überkam es sie einfach, ganz unangekündigt und ungewollt, doch sie konnte nichts dagegen tun. Natürlich gönnte sie Laurie ihr Glück, sie war schließlich eine ihrer besten Freundinnen. Aber dieses Herumgeturtel, und dann auch noch dieses liebevolle Einbeziehen des ungeborenen Babys – das war einfach zu viel. Susan überlegte, wie sie diesem Abend doch noch entkommen konnte, als es an der Tür klingelte. Kurz darauf hörte sie die Stimmen von Orchid, Keira und Ruby, die anscheinend zusammen hergefahren waren.

»Okay, du wirst dich jetzt zusammenreißen und da wieder rausgehen. Ein wundervoller Abend wartet auf dich«, sagte Susan zu sich selbst und spritzte sich ein wenig kaltes Wasser ins Gesicht. Da sie sich nie schminkte, war da auch keine zerlaufene Mascara, die zu beseitigen war. Sie brauchte nur kurz durchzuatmen und konnte sich dem Abend stellen.

Vor der Badezimmertür wartete bereits Terry auf sie, der sie auf eine Weise ansah, als verstünde er ihren Schmerz.

»Ach, Terry«, sagte sie und ging in die Knie, um ihm einen Kuss zu geben. »Danke, dass du immer da bist. Ich hab dich lieb.«

Terry schleckte ihr mit der Zunge über die Wange, und Susan lachte. Dann hörte sie Orchids Stimme aus der Küche: »Barry, du kochst ja für eine ganze Fußballmannschaft! Dir ist schon bewusst, dass wir alle ganz zierliche Frauen sind, die auf ihre Linie achten?«

»Was ihr nicht esst, isst mein Frauchen. Laurie kann man in letzter Zeit überhaupt nicht mehr stoppen«, scherzte er, und Susan hörte schon wieder ein empörtes »Hey!« von Laurie.

Tapfer machte sie sich auf zu den anderen, von denen nicht eine Einzige wusste, was ihr damals vor acht Jahren widerfahren war. Meistens war das ja auch gut so, doch manchmal hätte sie sich schon gerne jemandem anvertraut, sich ausgeweint, einfach nur mal den Schmerz geteilt.

Nein ... Es würde sie nur viel zu sehr aufwühlen. Sie versuchte doch zu vergessen. Und sie hoffte, dass sie es dieses Weihnachten endlich schaffen würde. Sie hoffte es so sehr.

KAPITEL 5

»Und heute kurz vor Ladenschluss kam derselbe Kerl mit einer anderen Frau in meinen Laden und hat ihr ebenfalls das Kuschelkissen in Herzform geschenkt!«, erzählte Orchid brühwarm. »So ein Schwein! Am liebsten hätte ich ihm eine geknallt oder seiner Begleiterin die Wahrheit gesagt. Aber ich darf natürlich meine Kunden nicht vergraulen, also mische ich mich besser nicht in deren Privatangelegenheiten ein.«

»Wow!«, sagte Barry. »Die Masche mit den Herzkissen scheint wirklich zu ziehen. Muss ich mir merken.« Er grinste breit und erntete gleich wieder einen Boxhieb gegen die Schulter von Laurie.

Keira machte große Augen. »Hat der Typ zufällig dunkles Haar und eine Brille?«

»Ja, genau«, bestätigte Orchid. »Und er trägt immer viel zu enge Jeans.«

»Den kenn ich! Der kauft bei mir immer Pralinen für zwei verschiedene Frauen. So erscheint es mir zumindest, denn mal will er eine Zartbittermischung und dann wieder welche, in denen ja keine Zartbitterschokolade enthalten ist. Und beide soll ich hübsch verpacken mit Herzchen und allem Drum und Dran.«

»So ein Schuft«, sagte Laurie. »Glaubt ihr, der betrügt

60

seine Frau, oder fährt er einfach zweigleisig mit zwei hei-ßen Mädels?«

»Woher willst du wissen, dass sie heiß sind?«, fragte Keira grinsend.

»Sie hat recht!«, bestätigte Orchid. »Die eine ist heißer als die andere. Beide mit Megakurven und garantiert falschen Brüsten.«

Susan sah, wie Ruby den Kopf schüttelte.

»Ihr solltet keine voreiligen Schlüsse ziehen«, sagte das Nesthäkchen unter ihnen. »Vielleicht ist ja eine von ihnen nur seine Schwester oder so.«

Orchid lachte. »So, wie er der einen die Hand auf den Arsch gelegt und der anderen seine Zunge in den Hals gesteckt hat, ist ganz bestimmt keine von denen seine Schwester!«

»Orchid!«, schimpfte Laurie jetzt. »Du musst dir deine Ausdrucksweise dringend abgewöhnen. Wenn bald Kinder unter uns sind, kannst du echt nicht mehr so reden.«

»Du hast anscheinend keine Ahnung, wie die Kids heutzutage selbst reden.«

»Kleinkinder?«, entgegnete Laurie. »Ganz bestimmt nicht. Ich will nicht, dass die ersten Worte meiner Tochter obszön sind, hast du verstanden?«

»Verstanden, Mummy.«

»Dann ist ja gut.«

»Ich frage mich«, sagte Keira dann, »was wohl passieren würde, wenn ich einfach mal die Pralinen vertauschen würde. Ob dann alles auffliegen würde, wenn die falsche Frau die Zartbittermischung öffnet?«

»Du bist ja hinterlistig«, sagte Susan.

»Da würde gar nichts passieren«, war Orchid sich sicher. »Denn Männer sind, so dumm sie auch sein mögen, in dieser Hinsicht um keine Ausrede verlegen. Er wird einfach sagen, er hätte wohl im Laden nach der falschen Tüte gegriffen oder so. Hm, Barry? Was würde dir da einfallen?«, wandte sie sich an den Mann in ihrer Runde.

»Ich … ähm … Da hab ich keine Ahnung, ich würde so etwas nämlich niemals machen. Und ich glaube, ich gehe jetzt rüber ins Schlafzimmer und sehe mir ein bisschen Sport im Fernsehen an.« Er stand auf und nahm auf dem Weg aus dem Wohnzimmer gleich ein paar leere Teller und Schüsseln mit. Dabei sah er ein wenig verlegen aus.

Sie alle mussten lachen.

»Warum war der denn plötzlich so verklemmt?«, wollte Keira wissen.

»Er fühlt sich sowieso schon nicht ganz wohl dabei, der Hahn im Korb zu sein. Wenn Orchid ihm dann auch noch so eine Frage stellt, ist es wohl zu viel des Guten«, klärte Laurie ihre Freundinnen auf. »Ist schon okay. Ich hätte ihn sowieso gleich gebeten, uns allein zu lassen. Wir wollen doch jetzt etwas aus Valeries Tagebuch hören, oder?«

»Unbedingt!«, sagte Keira.

Sie erhoben sich von ihren Plätzen und brachten das noch vorhandene Geschirr und die Reste vom Essen in die Küche. Es waren Unmengen übrig geblieben. Bei dem, was Barry alles vorbereitet hatte – Mozzarellastäbchen, Würstchen im Schlafrock, Feigencarpaccio und einiges mehr –, hätte überhaupt keine von ihnen etwas mitbringen müssen.

Susan fragte, ob sie schnell den Abwasch machen solle, doch Barry war sofort zur Stelle und sagte, er übernehme das. Sie sollten ruhig schön Tagebuch lesen gehen. Er gab Laurie noch einen Kuss und wünschte ihnen viel Spaß.

»Du hast dir wirklich einen Traummann geangelt«, sagte Orchid imponiert.

»Ja, das habe ich.« Laurie strahlte glücklich. Als die anderen zurück ins Wohnzimmer gingen, blieb sie allerdings ein paar Schritte zurück und griff nach Susans Hand.

»Ich sehe doch, dass etwas nicht in Ordnung ist. Magst du mir nicht sagen, ob ich dir irgendwie helfen kann?«

Susan schüttelte den Kopf und setzte ein Lächeln auf. »Nein, nein, alles in Ordnung.«

»Ich glaube dir nicht, Süße. Du kannst mir nichts vormachen. Selbst wenn meine Sinne seit Beginn der Schwangerschaft nicht geschärft wären, würde ich die Traurigkeit in deinem Blick wahrnehmen. Du benimmst dich ehrlich eigenartig. Ist irgendetwas passiert?«

Vor acht Jahren, ja, aber das war keine Erwähnung mehr wert.

»Ich wünschte, du würdest mir glauben. Mir geht es gut. Ich habe nur an alte Zeiten gedacht. An meine Mum und daran, wie unbeschwert früher einmal alles war. Das geht uns zu Weihnachten doch allen so, oder? So schön der Dezember auch ist, er bringt jedes Jahr Wehmut mit sich.«

Laurie legte ihr einen Arm um die Schultern und zog sie an sich. »Ach, Susan, das tut mir leid.«

»Das muss es nicht. Wie gesagt, alles ist gut. Das geht auch vorüber.«

»Nein, mir tut leid, dass ich immer wieder vergesse, dass du es nicht gerade leicht hast. Deine Mutter ist von dir gegangen, dein Vater ist im Seniorenheim, und dein Bruder lebt in Australien ...« Laurie hielt inne, lächelte dann aufmunternd. »Aber du hast Terry! Und uns.«

Susan lächelte zurück. »Ja, und dafür bin ich auch unendlich dankbar. Ihr Mädels seid nämlich die besten Freundinnen, die man sich nur wünschen kann. Und nun hören wir auf mit dieser Gefühlsduselei und gesellen uns zu den anderen, ja? Ich will unbedingt wissen, wie es mit Valerie weitergeht.«

»Na gut. Aber wenn du dich mal einsam fühlst, bist du bei uns jederzeit willkommen. Wir können gerne auch mal wieder was zusammen unternehmen. Ins Kino gehen oder Schlittschuhlaufen vielleicht oder ...«

Susan musste lachen. »Schlittschuhlaufen? Du mit deinem riesigen Bauch?«

»Du hast recht. Manchmal vergesse ich den glatt.« Sie grinste.

»Wo bleibt ihr denn?«, hörten sie Orchid rufen.

»Wir kommen sofort!«, rief Laurie, ging noch einmal zurück in die Küche und kam mit einer Schüssel und einer extragroßen Tüte Kartoffelchips wieder.

Sie betraten zusammen das Wohnzimmer und setzten sich zu den anderen auf die große, bequeme Eckcouch. Wobei Ruby vor ihnen auf dem Sessel saß und bereits Valerie Bonhams Tagebuch aufgeschlagen hatte. Ehrfürchtig betrachteten sie sie und hielten wie immer den Atem an, in angespannter Erwartung, was sie wohl heute Neues erfahren würden.

Liebes Tagebuch,

heute ist etwas Unerwartetes passiert. Als ich in meinem
Hinterstübchen gerade Brotteig knetete, hörte ich die
Ladenglocke bimmeln. Natürlich ließ ich alles stehen und
liegen und eilte nach vorne zu meinem Kunden. Als ich
jedoch hinter der Theke stand und den Mann, der sich
nervös umsah, anlächelte und ihn fragte, womit ich dienen
könne, hielt er mir plötzlich ein Messer entgegen! Er warf
mir einen Jutebeutel zu und sagte, ich solle die Kasse
leeren und neben dem Geld noch ein paar Brote und
Konserven hineinlegen.

Mit Tabak oder einer Flasche Wein hätte ich gerechnet,
aber dicke Bohnen? Da dachte ich mir, dass er mich nicht
bestehlen wollte, weil er ein gieriger Dieb war, sondern
dass er es höchstwahrscheinlich tat, um seiner Familie eine
Mahlzeit zu bescheren.

Meine Kasse leerte ich nicht, auch wenn ich wusste, dass
Samuel mich später dafür ausschimpfen würde, mein
Leben aufs Spiel gesetzt zu haben. Die Brote und Konserven aber legte ich in den Beutel und einige kandierte
Früchte noch dazu, denn ich wusste plötzlich genau,
woher ich den Mann kannte. Er hatte mit seiner Familie
in der Suppenküche angestanden, als ich dort kürzlich
ausgeholfen habe. Ich wusste also, er hatte eine Schar
Kinder, die sich über die unerwarteten Süßigkeiten sicher
freuen würden.

Ich reichte dem Mann seinen Beutel und sagte ihm, dass
er aus Hunger nicht vom Weg abzukommen brauche.
Und dass ich nicht zulassen werde, dass seine Familie

ohne Abendbrot ins Bett geht. Verdutzt sah er mich an. Dann schien er mich ebenfalls wiederzuerkennen und erzählte mir mit niedergeschlagenen Augen, dass die Suppenküche in letzter Zeit kaum mehr als trocken Brot hergebe, von dem seine Kinder nicht annähernd satt würden. Er wollte mir den Beutel voller Lebensmittel zurückreichen, doch ich hielt ihn auf. Nehmen Sie es, sagte ich, und wenn Sie Arbeit brauchen, stelle ich Sie gerne ein, ich benötige nämlich jemanden für Botengänge. Dass Samuel die meistens erledigte, war nebensächlich. Samuel konnte mir genauso gut im Laden zur Hand gehen. Überschwänglich bedankte sich der Mann bei mir und nahm die Arbeit an. Er sagte mir, das Brot und die Konserven solle ich ihm von seinem ersten Lohn abziehen. Und dann lief er freudestrahlend nach Hause.

Liebes Tagebuch, ich weiß es nicht genau, aber ich glaube, ich habe heute einen Mann davon abgehalten, kriminell zu werden, vom rechten Weg abzukommen, zu sündigen. Wenn dem so ist, dann bin ich dankbar, dann kann ich zufrieden einschlafen. Und ich hoffe, die Familie des Mannes wird endlich einmal mit vollem Magen zu Bett gehen.

Deine Valerie

»Valerie war so eine gute Seele«, sagte Keira und hielt sich die Hände ans Herz. »Warum können die Menschen heute nicht mehr so sein?«

»Was meinst du?«, fragte Ruby. »Etwa, dass es heute keine gutmütigen Menschen mehr gibt? Sieh doch nur dich an. Wie oft verschenkst du Dinge aus deinem Laden an Menschen, die sie sich sonst nicht leisten könnten? All die *abgelaufenen* oder *versehentlich zerkrümelten* Kekse? Gary hat mir erzählt, wie oft du ihm damals etwas zu essen gegeben hast.«

»Ach, das ist doch gar nichts. Ich helfe nicht nebenbei noch in der Suppenküche aus.«

»Susan macht das schon, oder?«, fragte Laurie.

Alle sahen sie an.

»Ab und zu, ja. Ich helfe öfter mal im Obdachlosenheim aus, nähe die kaputte Kleidung der Leute wieder zusammen, stopfe Strümpfe, und manchmal helfe ich auch in der Küche oder an der Essensausgabe.«

»Du bist wirklich die Gutherzigste von uns allen«, sagte Ruby.

»Ach, nun hört schon auf. Das ist doch nichts Besonderes. Außerdem habe ich sonst niemanden, den ich umsorgen könnte. Ihr habt doch alle Partner, um die ihr euch kümmert. Und bald sogar Kinder.« Sie deutete zu Laurie.

»Trotzdem …«, erwiderte Keira nun. »Ich finde, man könnte noch mehr tun. Ich zumindest würde das gerne. Denkst du, sie brauchen noch mehr freiwillige Helfer im Obdachlosenheim? Oder was ist mit der Suppenküche? Es gibt doch auch noch diese Fahrzeuge, die durch die Stadt fahren und heiße Mahlzeiten verteilen, oder?«

»Ich denke schon. Da sollten wir uns mal erkundigen«, ergriff Laurie das Wort. »Ich bin nämlich auf jeden Fall dabei. Vielleicht können wir Barry und Thomas auch dazu bewegen mitzumachen.«

»Eine tolle Idee. Ich werde gleich morgen mal herumfragen, wo Hilfe gebraucht wird. Und Thomas erzähle ich natürlich gleich heute Abend noch davon.«

»Ich will auch mitmachen«, mischte Orchid sich ein.

»Ich bin ebenfalls dabei«, sagte Ruby.

Susan lächelte, während sie ihren Freundinnen dabei zuhörte, wie sie Pläne schmiedeten. In diesem Moment hätte sie nicht stolzer sein können.

Als sie später nach Hause kam, war Susan noch immer ganz erfüllt von dem schönen Abend mit ihren Freundinnen. Sie hatte sich eine ganze Tupperdose voll leckerer übrig gebliebener Köstlichkeiten mitgenommen, die sie nun, als Terry müde in seine Ecke trottete, auf den Couchtisch stellte. Sie zündete die neue Zimtkerze an, wickelte sich in eine kuschelige Wolldecke und schaltete den Fernseher an. Dann sah sie sich die heutigen Folgen der beiden Telenovelas an, die sie aufgezeichnet hatte, weil sie davon niemals eine Folge verpasste. Sie musste doch unbedingt sehen, wie es mit Daniel und seinem geheimnisvollen Stiefbruder Richard weiterging, der zwanzig Jahre verschollen gewesen und jetzt wieder aufgetaucht war. Susan war sich ja ziemlich sicher, dass der heißblütige Richard seinem eher sterilen Stiefbruder Daniel die ebenso heißblütige Frau Rosita ausspannen würde, die es ohnehin schon mit der halben Nachbarschaft getrieben hatte und auch mit so gut wie jedem Mann im Country Club. Der nichts ahnende Daniel tat ihr fast ein wenig leid, als sie nun dabei zusah, wie Rosita Richard schöne Augen machte. Susan musste wieder an die Geschichte denken, die Orchid ihnen heute erzählt hatte. Sie hatte immer geglaubt, dass es solche offensichtlichen Betrügereien nur in ihren Fernsehserien gab, sie schienen aber auch im echten Leben vorzukommen. Sie schüttelte den Kopf und hielt sich schockiert die Hand vor den Mund, als Richard Rosita in die Besenkammer zog.

Irgendwann fielen ihr die Augen zu, und sie fand sich selbst in einer Szene wieder, die einer Soap Opera hätte entstammen können, die leider Gottes aber wirklich so geschehen war.

»Wo ist denn nur der Bräutigam?«, hörte sie die Hochzeitsgäste flüstern. »Ob er im Stau feststeckt?« – »Er wird schon kommen.« – »Er wird sie doch wohl nicht sitzenlassen, oder?«

Eine Stunde später, während Susans Vater mit dem Handy an seinem Ohr herumlief, als wäre es ihm angewachsen, und während ihre Mutter einer Ohnmacht nahe war, stellten die Gäste keine Vermutungen mehr an.

»Wie kann er ihr das nur antun?«, hörte sie. »Sie ist doch schwanger!«

Susan selbst war wie in Trance. Sie wusste überhaupt nicht, wie ihr geschah. Noch immer stand sie am Ende des Kirchenganges, bereit, an der Seite ihres Vaters zum Altar zu schreiten. Die Geräusche und Gespräche, die entsetzten und mitleidigen Gesichter um sie herum nahm sie gar nicht wahr, sie spürte nur ihr Baby im Bauch, das sich vor ein paar Tagen zum ersten Mal bemerkbar gemacht hatte. Sie war jetzt in der achtzehnten Woche, freute sich auf ihr Kind, auf ihre Zukunft mit Steven wie auf nichts anderes. Aber in diesem Moment fragte sie sich nur, ob es eine gemeinsame Zukunft überhaupt noch geben würde. Und jetzt, während es in ihrem Bauch kribbelte, als flatterte ein kleines Vögelchen mit seinen Flügeln, konnte sie sich an die Anzeichen erinnern, jetzt begannen sie sogar, Sinn zu machen. Stevens stilles Verhalten in den letzten Tagen, sein abflauendes Verlangen nach Intimität … Sie hatte es darauf geschoben, dass er kalte Füße zu haben schien. Hatten das nicht die meisten Männer kurz vor der Hochzeit, und manchmal auch die Frauen? Es war ja ganz natürlich, man hatte immerhin vor, sich für immer zu binden, sich einer einzigen Person anzuvertrauen bis an sein Lebensende. Susan hatte diese Ängste nicht gehabt.

Steven tauchte nicht auf. Nicht, während sie noch in der Kirche standen und warteten. Nicht, als der Pastor ihnen mit Bedauern mitteilte, dass sie das Gebäude nun für die nächste Hochzeit räumen müssten. Auch nicht später oder an den darauffolgenden Tagen. Susan hörte erst nach zwei Wochen von ihm, als er sich in Form eines Briefes bei ihr entschuldigte. Er sei einfach nicht der Familientyp, schrieb er. Sie habe ihn mit der Schwangerschaft überrumpelt, er sei noch nicht bereit, seine Freiheit aufzugeben und sich fest zu binden, ließ er sie wissen. Dass er schon vor Jahren eine feste Bindung mit ihr eingegangen war und dass sie mit Mitte zwanzig gemeinsam entschieden hatten, ein Kind zu bekommen, hatte er anscheinend vergessen.

Susan zerriss Stevens Brief, warf ihr Hochzeitskleid in die Mülltonne und beschloss, nie wieder eine Kirche zu betreten. Doch so sehr sie sich auch bemühte, konnte sie nicht aufhören zu weinen. Ihr Herz war gebrochen, und sie war sich nicht sicher, ob es jemals wieder heilen konnte.

KAPITEL 6

Susan saß hinter dem Verkaufstresen und strickte an einem Handschuh, als die Ladenglocke bimmelte. Sie sah auf und lächelte. Ruby kam sie besuchen, und sie brachte etwas mit.

»Hallo, Susan. Wie ich sehe, sitzt Terry wieder mal auf seinem Stuhl. Wird ihm denn nicht kalt da draußen?«

Terry hatte seinen Lieblingsstuhl, er war gelb, und Susan musste ihn sommers wie winters vor dem Laden stehen lassen, weil es Terry dann und wann überkam und er unbedingt rauswollte, um es sich darauf bequem zu machen.

Susan lachte. »Ich weiß es nicht. Wenn ihm kalt wird, kann er ja wieder reinkommen. Ich habe es aufgegeben, ihn davon abzuhalten, den Stuhl auch bei kältesten Temperaturen in Beschlag zu nehmen, er hört ja doch nicht auf mich. Ganz im Gegenteil, er schimpft dann sogar richtig.«

Ruby schüttelte belustigt den Kopf. »Na, wie auch immer, ich dachte, ich schaue mal vorbei und lasse dich die Marmelade probieren, die ich eingekocht habe.«

»Na, da stelle ich mich doch gerne zur Verfügung. Welche ist es? Valeries oder Meryls?«

»Die nach dem Rezept meiner Mum. Ich hoffe, ich

habe nicht zu viel Zimt reingetan. Du kannst dich doch sicher noch daran erinnern, wie sie geschmeckt hat, oder?«

»Als hätte ich sie erst gestern gegessen.« Liebevoll sah sie Ruby an, die sich solche Mühe gab, Erinnerungen wachzuhalten. »Mir hat unser Mädelsabend gestern übrigens super gefallen. Das sollten wir viel öfter machen.«

»Ja, das finde ich auch. Und jetzt, da ich Gary habe, der sich um meinen Dad kümmert, kann ich mir auch ohne Probleme mal einen Abend freinehmen.«

Susan freute sich für ihre Freundin, die mit Anfang zwanzig schon so viel Verantwortung zu tragen gehabt hatte. Ihr Vater Hugh war nach Meryls Tod wie ausgewechselt gewesen – im negativen Sinne. Es war fast, als hätte er sich zurückentwickelt, wäre wieder zu einem Kind geworden, das man bemuttern und um das man sich vierundzwanzig Stunden am Tag sorgen musste, weil es jederzeit irgendetwas anstellen könnte, wie etwa beim Versuch zu kochen, die Küche in Brand zu stecken. Susan hatte mehr als einmal gedacht, dass Hugh in einem Seniorenheim besser aufgehoben wäre. Ihr eigener Vater, der sogar schon etwas älter und auch noch besser bei Sinnen war, lebte ebenfalls in einem Heim und war sehr glücklich dort. Nun ja, zumindest war er nie allein, wurde bekocht und nahm an einigen der Programmpunkte teil, die täglich angeboten wurden. So machte er zum Beispiel bei der Gymnastik und beim Gedächtnistraining mit und spielte ab und zu Scrabble mit den anderen Bewohnern. Susan war unendlich dankbar, dass er dort so gut aufgehoben war, so musste sie kein schlechtes Gewissen haben, und es reichte aus, dass sie ihn einmal die Woche besuchte. Wären die Dinge damals anders gelaufen, wäre sie sicher öfter bei ihm, aber es war, wie es war, und Susan gab ihr Bestes. Ruby allerdings sah die Sache anders. Sie hätte Hugh wahrscheinlich nur über ihre Leiche in solch eine Einrichtung gegeben, denn sie hatte ihrer Mutter am Sterbebett versprochen, dass sie sich immer um ihren Vater kümmern würde. Und Ruby war niemand, der Versprechen einfach brach. Ruby war der zuverlässigste, fürsorglichste und aufopferungsvollste Mensch, den sie kannte, und sie war froh, sie zur Freundin zu haben.

»Nun lass mich aber mal probieren, ich bin schon so gespannt.«

Ruby sah ein wenig nervös aus. Sie tunkte einen Löffel in das Glas, das schlicht war und nicht so glitzernd verziert wie damals die Gläser von Meryl, und reichte ihn Susan.

»Oh nein, jetzt hab ich die Scones bei mir im Laden vergessen«, sagte sie. »Soll ich sie schnell holen gehen?«

»Ach Quatsch, so pur kann ich sie doch am besten beurteilen«, winkte Susan ab und nahm den Löffel entgegen.

Sie probierte, und unwillkürlich verzogen sich ihre Lippen zu einem Lächeln. In ihrem Mund erlebte sie eine Geschmacksexplosion, die sogleich alte Erinnerungen aufkommen ließ. Das Apfelaroma, die Zimtnote und … was war das noch? Gemahlener Koriander? Muskat? Sternanis? Sie konnte es nicht genau ausmachen, wusste nur, dass sie, wenn sie die Augen schloss, Meryl vor sich hatte.

»Schmeckt sie dir?«, fragte Ruby erwartungsvoll.

Susan öffnete die Augen wieder und fühlte, wie ihr eine kleine Träne über die Wange lief.

»Kleines, du hast mir nicht nur den Tag gerettet, sondern gleich die ganze Weihnachtszeit.«

Ruby schien gar nicht zu wissen, was sie darauf sagen sollte. Sie bekam aber sofort auch feuchte Augen.

»Ehrlich?«, brachte sie mühsam hervor.

»Ehrlich. Du hast es so gut getroffen, bis auf die letzte Prise von all den Gewürzen, welche du auch immer da reingetan hast.«

»Das ist ein Geheimnis«, erwiderte Ruby, und sie lächelte dabei durch ihre Tränen.

»Darf ich ein Glas davon haben?«, fragte Susan, denn sie wusste in dem Moment, dass sie diese Marmelade brauchte, dass sie ihr ein wohliges Gefühl und Geborgenheit schenken würde, wann immer sie davon essen würde. »Vorausgesetzt, du hast genug gemacht.«

»Ich habe genug. Mit diesem hier gehe ich jetzt noch zu Keira und Laurie und auch zu Barbara. Sie alle kannten Mum und ihre Marmelade. Aber zu Hause habe ich noch jede Menge Gläser. Reicht es, wenn ich dir morgen eins vorbeibringe?«

»Aber natürlich. Ich freue mich darauf. Kann ich mich irgendwie dafür revanchieren? Brauchst du zum Beispiel neue Handschuhe oder so?«

»Ich bin versorgt, danke.« Dann schien ihr etwas einzufallen. »Mein Dad hat seine Mütze im Park verloren. Falls du irgendwo eine alte liegen hast, die so hässlich ist, dass niemand sie kauft, würde ich sie dankbar annehmen.« Ruby grinste.

»Hey, hey! In meinem Laden gibt es keine hässlichen Sachen. Die sind alle mit viel Liebe gefertigt.«

»Oh, entschuldige, Susan. So war das natürlich nicht gemeint.«

Susan konnte Ruby ihr schlechtes Gewissen ansehen.

»Das weiß ich doch, Süße. Ich hab nur Spaß gemacht. Warte mal …« Sie ging hinüber zu der langen Kommode, auf der sie einige Mützen über runde Ständer gestülpt hatte, die Köpfe darstellen sollten, allerdings hatten sie weder ein Gesicht noch Haare, sie sahen eher nach Melonen aus. »Wie wäre es mit der hier? Oder der?« Sie deutete auf eine grüne und auf eine braune.

»Die sind doch aber viel zu schön, um sie für meinen Dad herzugeben. Der verliert sie nur irgendwann wieder.«

»Keine Widerrede.«

Sie hatte Ruby nie erzählt, dass auch sie Meryl ein Versprechen gegeben hatte.

»Okay, dann nehme ich die grüne, die gefällt ihm ganz sicher.«

Susan gab sie Ruby in die freie Hand und strich ihrer Freundin eine Haarsträhne, die ihr ins Auge fiel, hinters Ohr.

»Geht es dir auch gut, Kleines?«

Ruby nickte und lächelte glücklich. »Mir geht es sogar sehr gut.«

»Das sehe ich. Du wirkst wie ein neuer Mensch, seit du mit Gary zusammen bist.«

»Er ist toll. Er hilft mir heute ein bisschen aus, bevor er später noch einen kleinen Spaziergang mit meinem Dad macht.«

Susan erinnerte sich daran, dass Ruby sich oft beklagt hatte, Hugh würde das Haus so gut wie gar nicht mehr verlassen. Meryl wäre sicher froh, dass Gary Hugh unter seine Fittiche genommen hatte, und besonders auch für Ruby würde sie sich freuen, dass sie einen so einfühlsamen Partner gefunden hatte, der immer für sie da war. Susan lächelte zufrieden, ja, Ruby ging es mehr als gut, das war nicht zu übersehen.

»Er ist jetzt gerade im Laden?«, fragte sie nach. Natürlich war er das, sonst hätte Ruby doch nicht mitten am Vormittag mit der Marmelade herumgehen können. Seit sie ihren eigenen Bücherladen hatte, lief das Geschäft nämlich äußerst gut.

»Ja. Ich habe ihn gebeten, heute für ein paar Stunden mitzuhelfen, weil ich nämlich ein paar Bilder einrahmen und aufhängen möchte.«

»Deine eigenen Bilder?« Sie hatte schon neulich zwei Werke von Ruby bewundert und sich gefragt, warum diese nur so lange damit gewartet hatte, sie zum Verkauf anzubieten. Vor einigen Jahren war sie nach London gegangen, um Kunst zu studieren, und sie war richtig gut in dem, was sie tat, zumindest in Susans Augen. Eins der Bilder hatte Charles Dickens gezeigt, wie er an seinem Schreibtisch über einem Manuskript saß, eine Feder in der Hand. Das andere stellte Elizabeth Bennet und Mr. Darcy dar – Rubys Lieblingsromanfiguren aus Jane Austens *Stolz und Vorurteil*.

»Ja, wieder ein Aquarell. Diesmal habe ich mich an Tom Sawyer und Huckleberry Finn versucht, die auf einem Floß den Mississippi entlangschippern. Außerdem habe ich noch mal Charles Dickens gezeichnet, da das andere Bild bereits verkauft ist.«

»Tatsächlich? Das ist ja toll!«

»Ja, das finde ich auch.«

In dem Moment betrat jemand den Laden.

»Guten Tag«, sagte Susan. »Willkommen in meinem Wollparadies.«

Die junge Frau ging direkt auf Susan zu, ohne sich vorher umzusehen, als hätte sie ein bestimmtes Anliegen. Sie wirkte mehr als nur ein bisschen nervös.

Ruby räusperte sich. »Also, ich will dann mal weiter zu den anderen. Vielen Dank für die Mütze. Ich wünsch dir noch einen schönen Tag, Susan!«

»Danke, den wünsche ich dir auch.« Als Ruby aus der Tür war, wandte sie sich lächelnd an die Frau. »Womit kann ich Ihnen behilflich sein?«

»Ich … äh … wollte mich nur mal kurz erkundigen, ob Sie vielleicht eine Aushilfe brauchen. Ich bin nämlich auf der Suche nach Arbeit.«

Oh. Damit hatte Susan nicht gerechnet. Es kam nur sehr selten mal jemand rein, der nach einem Job fragte. Die meisten Leute konnten sich wohl denken, dass in einem kleinen Laden wie Susan's Wool Paradise keine zweite Arbeitskraft benötigt wurde.

Susan betrachtete die Frau, wollte ihr schon das Übliche sagen, nämlich dass sie keine Aushilfe benötigte, doch ihr Gegenüber sah sie mit so unendlich traurigen Augen an, dass sie ihr keine Absage erteilen konnte.

»Ich bräuchte jemanden, der mir beim Weihnachtsmarkt zur Hand geht. Der findet schon nächstes Wochenende statt, am 16. und 17.« Darauf hatten sie sich am Abend zuvor geeinigt.

Die Frau schien zu überlegen, aber nur kurz, dann sagte sie: »Das wäre nur für diese zwei Tage, richtig?«

Susan nickte. »Ja, genau. Ich könnte Ihnen zehn Pfund die Stunde zahlen.« Immerhin würde sie den ganzen Tag in der Kälte stehen.

»Zwei Tage sind besser als gar nichts«, überlegte die Frau weiter. »Wissen Sie, eigentlich habe ich was Längerfristiges gesucht und ehrlich gesagt auch gedacht, dass gerade jetzt zur Weihnachtszeit Aushilfen eingestellt würden. Da lag ich anscheinend falsch mit meiner Annahme. Ich habe schon die ganze Stadt abgeklappert, aber sobald die Leute hören, man hat zwei Kinder und keine Arbeitserfahrung, scheinen sie einen als Alien zu betrachten oder so.« Sie war richtig aufgebracht, biss sich aber sogleich auf die Lippe. »Tut mir leid.«

»Ich verstehe schon.«

»Also, ich würde Ihr Angebot gerne annehmen. Dann kann ich meinen Kindern wenigstens Weihnachtsgeschenke kaufen«, sagte sie.

Susan wusste nicht, was diese Frau in ihr auslöste. Ehe sie es selbst realisierte, sagte sie auch schon: »Wenn Sie Ihre Arbeit gut machen, können wir eventuell über eine richtige Anstellung sprechen. Einen Halbtagsjob.«

Die Augen der Frau strahlten. »Meinen Sie das ernst?«

»Na klar.« Sie streckte ihr die Hand hin. »Ich bin übrigens Susan.«

Die Frau schüttelte sie. Ein wenig verlegen entgegnete sie: »Entschuldigen Sie bitte, ich habe mich nicht einmal vorgestellt. Ich heiße Charlotte, und ich bin nicht immer so drauf, glauben Sie mir. Ich hab nur ein paar echt miese Tage hinter mir. Ach, was sag ich. Monate!«

»Sie müssen sich nicht entschuldigen«, beschwichtigte Susan sie. »Also, Charlotte, es freut mich, Sie kennenzulernen. Am besten kommen Sie die Tage noch mal vorbei, und ich zeige Ihnen alles, was Sie wissen müssen.«

»Das werde ich machen. Geht auch morgen? Da hat mein Bruder vor, mit den Kindern ins Kino zu gehen.«

»Ja, gerne. Sonntags öffne ich um elf meinen Laden. Kommen Sie vorbei, wann es Ihnen passt.«

»Das mache ich. Danke, Susan, tausendmal.«

»Nichts zu danken. Wir Frauen müssen doch zusammenhalten.« Noch während sie das sagte, hatte sie das Gefühl, als hätten sie beide viel mehr gemeinsam als nur das Geschlecht.

Charlotte verließ Susan's Wool Paradise mit einem riesigen Lächeln im Gesicht, von draußen winkte sie noch einmal durchs Fenster.

Oje, was hab ich da gerade nur getan?, fragte Susan sich. Sie hatte dieser Frau einen Job in Aussicht gestellt, dabei brauchte sie doch überhaupt keine Hilfe. Aber auch wenn sie es sich nicht erklären konnte, wusste sie, sie hatte richtig gehandelt. Es würde schon alles irgendeinen Sinn ergeben. Denn seit sie angefangen hatte, auf ihr Bauchgefühl zu hören, hatte dieses sie nur selten getrogen.

Apropos Bauchgefühl, es war Zeit fürs Mittagessen. Sie nahm sich ihren Mantel und verließ nun auch den Laden. »Komm, Terry«, rief sie ihrem Hund zu. »Wir gehen uns was zu essen holen.«

Terry sprang von seinem Stuhl und folgte ihr. Susan hatte an diesem Mittag richtig Lust auf eine Suppe. Es wurde von Tag zu Tag kälter, der Schnee war sogar liegen geblieben, Weihnachten lag in der Luft, und Wünsche konnten wahr werden. Wenn auch nur für Charlottes Kinder, die nun von ihrer Mutter liebevoll beschenkt werden würden.

Als sie gerade ein paar Schritte gegangen waren, sah Susan Orchid aus Laurie's Tea Corner kommen. Aufgeregt lief sie auf sie zu. »Rate mal!«, sagte sie und strahlte dabei bis über beide Ohren. Ohne Susan antworten zu lassen, fuhr sie fort. »Laurie hat mich gerade zu ihrer Geburtshelferin ernannt!«

»Tatsächlich?« Susan war ziemlich erstaunt. Wenn sie ehrlich sein sollte, würde sie so eine aufbrausende Person wie Orchid nicht bei der Geburt dabeihaben wollen, so gern sie sie auch hatte.

»Jaaa! Ist das nicht toll? Laurie will unbedingt, dass ich mit im Kreißsaal bin, neben Barry natürlich, weil ich doch auch schon bei Phoebe dabei war. Ich bin die Einzige von uns, die sich auskennt.« Sie zwinkerte ihr zu.

»Na, dann gratuliere ich. Du scheinst dich ja enorm darüber zu freuen.«

»Na, und ob! Das wird sooo cool!«

Susan musste schmunzeln. Manchmal kam Orchid ihr vor wie ein Teenager. Sie war so sorglos, so unbeschwert.

»Ich will mir was zum Mittagessen kaufen. Kommst du mit?«

»Sorry, muss zurück in meinen Laden, hab ihn schon viel zu lange zu.«

»Alles klar. Dann bis bald.«

»Mach's gut.«

Orchid lief davon, und Susan war einfach nur erleichtert, dass Laurie nicht sie gebeten hatte, die »Geburtshelferin« zu spielen. So sehr sie Laurie mochte, hätte sie ihr diesen Gefallen nicht tun können.

KAPITEL 7

»Willst du denn nicht doch noch mal mit Steven reden?«, fragte Janet Holmes ihre Tochter gut drei Wochen nach dem demütigendsten Ereignis ihres Lebens. »Vielleicht könnt ihr ja einen Weg finden, wieder zusammenzukommen. Doch noch zu heiraten.«

»Mit dem will ich überhaupt nicht mehr zusammenkommen, Mum. Ich will ihn einfach nur vergessen.«

»Sei nicht so hart zu ihm, Kind. Urteile nicht, wenn du seine Gründe nicht kennst. Vielleicht war es auch der Teufel, der ihm eingeredet hat, er solle dich verlassen. Du weißt, das Böse lauert überall.«

Susan starrte Janet ungläubig an. Sie konnte kaum fassen, was sie da aus dem Mund ihrer strenggläubigen Mutter hörte. Der Teufel? Wenn einer der Teufel war, dann Steven!

»Sag mal, hörst du mir überhaupt nicht zu, Mum? Ich habe dir doch erzählt, was in seinem Brief gestanden hat. Ich kenne seine Gründe. Und er war bestimmt nicht vom Teufel oder irgendwelchen Dämonen besessen. Steven ist einfach ein Feigling, ein Nichtsnutz, der hätte niemals für mich und mein Baby sorgen können. Weißt du was? Ich bin sogar ganz froh, dass der verdammte Mistkerl raus aus meinem Leben ist.« Sie hatte dies alles gesagt, ohne auch nur einmal Luft zu holen. Jetzt wagte sie es nicht aufzusehen. Ihre Mutter verabscheute es, wenn sie fluchte. Doch Janet ermahnte sie nicht. Stattdessen legte sie eine Hand auf die ihre.

»Susan, du kannst dein Kind aber doch nicht allein erziehen.«

»Warum denn nicht? Wir leben im einundzwanzigsten Jahrhundert!«

»Ein Kind braucht Vater und Mutter. Schon in der Bibel steht ...«

»Es ist mir egal, was in der Bibel steht! Ich werde eine gute Mutter sein, alleinerziehend vielleicht sogar noch viel besser.«

Janet schüttelte den Kopf, sie schien bitter enttäuscht. »Wenn du das wirklich vorhast, dann hast du meine Unterstützung und die deines Vaters. Aber wende dich nicht vom Glauben ab, Kind. Der Glaube ist das Einzige, was dir in deiner Situation Kraft geben kann.«

Susan seufzte innerlich. Manchmal kam es ihr so vor, als lebte ihre Mutter vor einhundert Jahren, so altmodische Ansichten hatte sie. Und wie sie das Wort »Situation« ausgesprochen hatte. Als hätte Susan die Pest, oder ihr wären beide Beine amputiert worden. Sie war doch gesund, sie hatte ihre Arbeit als Modedesignerin, sie würde wunderbar allein für ihre kleine Familie sorgen können, die jetzt nur noch aus Valerie und ihr selbst bestehen würde. Ja, sie hatte sich sogar schon einen Namen für ihre Tochter ausgesucht, auch wenn sie erst in der einundzwanzigsten Woche war. Valerie. Sie fand, er klang einfach wundervoll. Was Steven von dem Namen hielt, war ihr ziemlich egal. Sie wusste noch nicht einmal, ob sie ihn am Leben ihrer Tochter teilhaben lassen würde.

»Es wird schon alles gut gehen«, versicherte sie ihrer Mutter.

»Ich werde für dich beten, Kind. Und ich hoffe sehr, dass du von nun an auch wieder an den Gottesdiensten teilnehmen wirst. Du brauchtest Zeit, das verstehe ich, aber du hast lange genug getrauert. Du solltest langsam in den Alltag zurückkehren.«

Was meinte ihre Mutter nur? Sie behandelte sie schon wieder wie eine Pestbefallene, die monatelang das Haus nicht verlassen hatte. Sie war doch zur Arbeit gegangen, hatte ihren Alltag bewältigt, obwohl sie die Nächte durchgeweint hatte. Sie wollte einfach nur weitermachen, nicht mehr darüber nachdenken, wie sehr sie verletzt und gedemütigt worden war. Und sie fand, sie meisterte ihr Leben ausgesprochen gut. Solange sie einen Bogen um die grauenvolle Kirche machte.

Sie sah ihre Mutter eindringlich an. »Mum, ich werde in meinem Leben nie wieder eine Kirche betreten.«

Ihre Mutter riss die Augen auf und legte die Hände aneinander. »Du musst von Sinnen sein, Kind. Ich werde sofort einen Termin bei Pater Timothy machen.«

»Ich brauche kein Treffen mit Pater Timothy. Ich will diese Kirche einfach nur nie mehr von innen sehen, kannst du das denn nicht verstehen? Das ist der Ort, an dem es passiert ist, an dem mein Leben, das glückliche Leben, das ich geglaubt hatte zu führen, auf einen Schlag zerschmettert wurde. Verstehst du denn nicht, dass dieser Ort jedes Mal Erinnerungen an diesen schrecklichen Tag in mir wecken wird? Kannst du mich nicht ein bisschen verstehen, Mutter?«

Diese schien ihr gar nicht zuzuhören. Sie versuchte es ein letztes Mal, nahm Susans Hände in ihre. »Gemeinsam werden wir schon eine Lösung finden. Gemeinsam mit Pater Timothy. Der liebe Gott wird dir beistehen, und am Sonntag in der Kirche werden wir die Gemeinde darum bitten, für dich zu beten.«

»Warum hörst du mir nicht zu? Wir müssen keine Lösung finden, es gibt nämlich kein Problem! Ich will nur einfach nicht mehr dahin, und jetzt hör auf, mir das aufzwängen zu wollen. Ich will gerade einfach nur mein Leben so führen, wie ich es für richtig halte. Ich will versuchen, darüber hinwegzukommen, okay? Und wenn du meine Entscheidungen nicht akzeptieren kannst, dann lass mich einfach in Ruhe!«

Ihre Mutter wurde kreidebleich. Ihre Lippen verzogen sich zu einem harten Strich. »Nun gut, wenn es das ist, was du willst. Dann lasse ich dich von nun an in Ruhe.« Sie erhob sich und war schon auf dem Weg zur Tür.

»So war das doch nicht gemeint, Mum.«

»Oh, ich glaube doch. Im Übrigen ist das ganz in meinem Interesse. Solange du dich nicht dazu entschließt, die Kirche wieder zu besuchen, bin ich sowieso der Ansicht, dass es besser ist, wir sehen uns nicht.«

»Das kann nicht dein Ernst sein.« Schockiert starrte sie ihre Mutter an.

»Oh doch. Bitte halte dich von mir, deinem Vater und deinem Bruder fern, solange du dieses unzüchtige Leben führen willst.«

»Was haben denn Dad und Michael jetzt damit zu tun?«

Ihre Mutter öffnete die Tür und drehte sich zu ihr um. »Halte dich fern«, sagte sie noch einmal und ging.

Susan blieb sprachlos zurück. Sie musste zugeben, dass die Worte ihrer Mutter sie beinahe ebenso verletzten wie die Abfuhr von Steven. Und plötzlich fühlte sie sich gar nicht mehr so zuversichtlich, gar nicht mehr stark und zu allem bereit. Wenn sie die Unterstützung ihrer Familie nicht hatte, wen hatte sie denn dann noch?

In den nächsten Tagen sollte Susan erfahren, dass ihre fromme Mutter tatsächlich den Rest der Familie und auch einige ihrer Freunde, die Mitglieder der Kirchengemeinde waren, dazu angestiftet hatte, Abstand von ihr zu halten. Keiner von ihnen wollte sich mehr mit ihr treffen, ja, kaum einer wollte mit ihr reden. Es war, als fürchteten sie sich alle vor ihrer Mutter – oder vor Gott?

Allein ihr jüngerer, damals einundzwanzigjähriger Bruder Michael, der zu der Zeit noch zu Hause bei den Eltern wohnte, hielt sich nicht an die neue Regel, Susan zu ignorieren. Heimlich rief er sie an und sagte ihr, sie solle sich gedulden, ihre Mutter würde sich schon wieder beruhigen.

Doch nichts änderte sich. Susan kam sich vor wie eine Aussätzige. Am folgenden Sonntag machte sie sich sogar auf zur Kirche, nur um endlich wieder wahrgenommen zu werden. Doch sie konnte das Gebäude einfach nicht betreten. Drinnen hörte sie die Leute von Gottes Barmherzigkeit singen, und während sie bei Nieselregen dastand, nicht in der Lage, sich irgendwo Schutz zu suchen, weinte sie so sehr, dass ihre Augen brannten.

Als keine Tränen übrig waren, war sie endlich fähig, sich umzudrehen und stolz wegzumarschieren. Sie brauchte diese Leute nicht, alles, was sie brauchte, war ihre kleine Valerie.

Als Susan in der dreiundzwanzigsten Woche war, wachte sie nachts mit einem unglaublichen Ziehen im Unterleib auf. Sie rang nach Luft, so sehr schmerzte ihr ganzer Körper. Mit

Mühe schaffte sie es, den Notruf zu wählen. Doch als sie die Sirenen des Krankenwagens hörte und der Notarzt endlich eintraf, war es bereits zu spät. Susan hatte ihr Baby verloren. Sie lag in einem Meer aus Blut, mitten darin ihre kleine Valerie.

Sie sah schon aus wie ein richtiges Baby, auch wenn sie unendlich zierlich und noch so winzig war. Susan hatte bis dahin diese Art von Trauer nicht gekannt. Das war schlimmer, viel schlimmer noch als alles andere. Sie konnte sich nicht vorstellen, jemals wieder glücklich zu werden.

Susan wurde ins Krankenhaus gebracht und nach einigen Tagen wieder entlassen. Das Baby wurde beerdigt, auf einem Friedhof, es bekam ein richtiges Grab mit einem richtigen Grabstein, darauf hatte Susan bestanden. Sie und ihr Bruder Michael waren die einzigen Trauergäste.

Susan weinte tagelang. Wochenlang. Sie konnte überhaupt nicht mehr aufhören zu weinen. Sie versank in einem Ozean aus Kummer.

Im Atelier bat sie um eine kleine Auszeit, weil sie nicht in der Lage war, morgens aufzustehen und ihren gewohnten Tätigkeiten nachzugehen. Michael kam jeden Tag vorbei und brachte ihr etwas zu essen, weil sie sonst überhaupt nichts zu sich genommen hätte. Einmal übergab er ihr sogar eine Nachricht von ihrer Mutter. Sie lautete: Möge dein Baby in Frieden ruhen.

Susan war ein wenig verwundert, denn sie hatte mit etwas gerechnet wie: Ich hoffe, du hast aus deinen Fehlern gelernt. Mit Gott an deiner Seite wäre dir so etwas nicht passiert.

Es dauerte eine ganze Weile, bis Susan ins Leben zurück-

kehren konnte. Und auch wenn sie das Haus wieder verließ und darauf achtete, dass sie genügend aß, vergingen doch nicht die Albträume, in denen das Bett voller Blut war, in denen ihre süße kleine Valerie von ihr gerissen wurde.

Eines späten Novembertages, als sie einen Spaziergang machte, gelangte sie durch Zufall in eine kleine Seitenstraße, in der sie sich sofort wohlfühlte. Es war eine kopfsteingepflasterte Gasse, auf den Bürgersteigen standen mehrere Blumenkübel, die mit Winterastern bepflanzt waren. Es gab sogar Straßenlaternen, die sehr alt aussahen. Hier schien die Welt stillzustehen, man ahnte nichts von der Hektik und dem Stress der heutigen Zeit. In der Straße gab es einige kleine Läden, von denen einer leer stand. Mit einem Mal hatte Susan eine Eingebung. Wie wundervoll es wäre, hier ein eigenes kleines Geschäft zu eröffnen. Sie mochte ihre Arbeit zwar, aber insgeheim träumte sie schon seit Längerem davon, statt neumodischen Kreationen lieber etwas mit Wolle zu machen. Gestricktes zu verkaufen. Hier könnte sie sich das sogar richtig gut vorstellen.

Sie notierte die Telefonnummer, die an der Ladentür geschrieben stand. Vielleicht würde sie da sogar mal anrufen und sich nach der Ladenmiete erkundigen. Als sie die Gasse wieder verließ, fiel ihr Blick auf das blaue Straßenschild. Darauf stand »Valerie Lane«.

Susan starrte mit offenem Mund auf den Namen. Sie konnte es gar nicht glauben, das musste doch ein Traum sein. Oder ein Wunder? Hatte das Schicksal sie hierhergeführt?

Sie sah auf zum blauen Himmel und lächelte. In diesem Moment beschloss sie, dass, egal, was es kosten würde, sie in diese Straße ziehen würde. Denn sie war sich sicher, nur hier konnte sie ihren Frieden finden.

KAPITEL 8

Am nächsten Morgen stand Susan schon früh auf, denn der Sonntag war Familientag. Vormittags ging sie immer ihren Vater im Seniorenheim besuchen, und am Abend schrieb sie einen seitenlangen Brief an ihren Bruder Michael. Die beiden waren das letzte bisschen Familie, das Susan noch hatte, und wäre sie nachtragend gewesen, hätte sie nicht einmal mehr ihren Vater. Nach der geplatzten Hochzeit hatten sie jahrelang keinen Kontakt gehabt, doch als ihre Mutter vor vier Jahren an einem Blutgerinnsel starb, überwand Susan ihren Stolz und ging an Michaels Seite zur Beerdigung. Dabei versöhnte sie sich mit ihrem Vater. Sosehr es sie noch immer verletzte, dass er damals die Hetzjagd seiner Frau mitgemacht hatte, statt seiner trauernden Tochter beizustehen, konnte sie ihm einfach nicht für den Rest ihres Lebens böse sein. Denn nun war er derjenige, der litt, und Susan wollte besser sein und Mitgefühl zeigen. Dass ihre Mutter nun tot war, nachdem sie sich vier Jahre lang nicht gesehen hatten, war tragisch, vor allem, weil sie sich nicht hatten versöhnen können, aber Susan trug es mit Fassung. Sie stand am Grab ihrer Mutter und betete für ihre Seele.

Nun steckte sie ein kleines Tütchen voll Weihnachtsplätzchen ein, die sie am Tag zuvor bei Keira erstanden hatte, füllte Terrys Fressnapf und kraulte ihn hinter den Ohren, wie er es gern hatte. Er bedankte sich bei ihr mit einem Schlecken über den Handrücken, doch als er merkte, dass sie vorhatte, ohne ihn das Haus zu verlassen, wurde er ganz ruhelos.

»Ach, Terry, wir beide waren doch vorhin schon draußen. Jetzt will ich meinen Dad besuchen, und du weißt genau, dass Hunde im Seniorenheim nicht willkommen sind.«

Susan war ja der Meinung, dass der Besuch eines Hundes die älteren Herrschaften sogar aufgeheitert hätte, aber die Pfleger sagten ihr immer wieder, dass aus Hygienegründen keine Tiere im Rainbow Mansion gestattet waren.

Rainbow Mansion, das klang wie ein fröhlicher, wundervoller Ort, und das war es für einige der Bewohner vielleicht auch. Susans Vater hingegen saß die meiste Zeit nur stumm da und starrte vor sich hin, zumindest an den Sonntagen, wenn sie ihn besuchte. Den heiteren Mann, als den die Pfleger ihn beschrieben, bekam sie nur selten zu sehen, oder vielleicht zeigte er ihn auch absichtlich nur ihr nicht, weil er ihr die Ereignisse der Vergangenheit noch immer nachtrug. Sie wusste es nicht, und sie fragte ihn auch nicht danach. Doch sie nahm ihre Tochterpflichten ernst und kam jeden Sonntag wieder. Und jeden Sonntag Punkt zehn schaltete er den Fernseher an und sah sich den Gottesdienst irgendeines Predigers an, der mehr wie ein Showmaster wirkte.

»Hallo, Dad«, begrüßte sie ihn. Heute hatte sie sogar das Bedürfnis, ihn auf die Wange zu küssen. Sie ließ es aber bleiben, denn so innig waren sie nicht miteinander.

»Guten Morgen, Susan. Hast du meine Pfefferminzpastillen dabei?«

John Holmes verlangte immer nach seinen Pfefferminzpastillen. Er bat Susan jedes Mal, wenn sie sich verabschiedete, ihm beim nächsten Besuch wieder drei Schachteln mitzubringen. Auf einem der Regalfächer stapelten sich die leeren Döschen, als wären es Bausteine, die irgendwann einmal ein Ganzes ergeben sollten. Doch hatte Susan beim besten Willen noch nicht herausgefunden, was.

»Aber natürlich. Hab ich sie denn je vergessen?«, gab sie zurück. Sie legte die drei Döschen auf den runden Tisch, der neben dem bequemen, zurücklehnbaren Sessel stand, in dem ihr Vater die meiste Zeit anzufinden war. »Wie geht es dir, Dad?«

»Wie immer.« Nach einer kleinen Pause fragte er: »Und dir?«

»Gut, danke. Weihnachten naht.«

»Weihnachten ist nicht mehr dasselbe.«

»Ja. Ich weiß.«

»Warst du am Grab deiner Mutter?«

Nach dem Grab ihrer Tochter fragte er nie. Als hätte sie nie existiert. In seinen Augen hatte sie das wahrscheinlich auch nicht.

»Diese Woche nicht, nein.«

Ehrlich gesagt war sie schon eine ganze Weile nicht dort gewesen. Sie mochte den Friedhof nicht, er war ein unerträglicher Ort für sie. Da sie an sieben Tagen in der Woche im Laden stand und der Friedhof abends nach Feierabend schon geschlossen war, hatte sie eine gute

Ausrede, nicht hinzugehen. Doch an den wenigen freien Tagen kaufte sie Blumen, jedes Mal drei Sträuße, und machte sich auf den Weg dorthin. Dann besuchte sie meist zuerst Meryls Grab, anschließend das ihrer Mutter, bei dem sie nie sehr lange verweilte, und zum Schluss das Grab ihrer kleinen Valerie. Dort stand sie manchmal stundenlang und weinte bittere Tränen.

Sie wusste nicht, ob die anderen Ladeninhaberinnen auch auf den Friedhof gingen, Meryls Grab vielleicht ab und zu besuchten. Sie hatte es nie angesprochen. Das Wort »Friedhof« war tabu in ihrem Wortschatz.

»Wenn du wieder gehst, bringst du dann ein paar Blumen für mich hin? Rote Rosen, mit Schleierkraut, die hatte deine Mutter gern.«

»Das mache ich«, versprach sie. An Weihnachten würde sie ganz sicher auf dem Friedhof vorbeischauen.

»Hast du von Michael gehört?«

»Nicht seit letztem Dienstag.« Dienstags war der Tag, an dem Michael sich immer meldete, und zwar schon früh am Morgen. Bei ihm in Australien war es dann allerdings schon später Nachmittag. Der Dienstag war immer ihr gemeinsamer Tag gewesen. Als sie noch ein Teenager gewesen war, hatte Susan ihren sechs Jahre jüngeren Bruder oft mit ins Kino genommen, das dienstags ein Spezialangebot hatte. Dann hatten sie sich auf einen Film geeinigt, Popcorn gegessen und dieses auf knutschende Pärchen in den Reihen vor ihnen geworfen. Wenn die sich dann nach den Übeltätern umgesehen hatten, hatten Susan und Michael ihre Blicke längst wieder ganz unschuldig auf die Leinwand gerichtet.

Sie vermisste diese Dienstage sehr. Sie vermisste Michael sehr.

»Was macht er so?«, wollte ihr Vater wissen.

»Das Übliche. Er arbeitet viel. Hat mir erzählt, er trifft sich jetzt mit einer Flugbegleiterin.«

»Stewardess«, berichtigte ihr Vater sie.

»Ich weiß, dass man die früher mal so nannte. Jetzt sagt man aber Flugbegleiterin.«

»Na, wenn du meinst.«

»Wie auch immer. Er kommt mir ziemlich glücklich vor.«

»Das ist schön für ihn. Oh, es ist gleich zehn Uhr. Gibst du mir mal die Fernbedienung?«

Sie nahm sie von der Kommode und reichte sie ihrem Vater. Zusammen sahen sie sich die erste Viertelstunde des Gottesdienstes an, dann verabschiedete sich Susan.

»Ich muss dann los, Dad. Viel Spaß noch mit Father O'Henry.«

»Danke. Bis nächsten Sonntag.«

»Bis nächsten Sonntag.«

»Und vergiss meine Pfefferminzpastillen nicht.«

»Natürlich nicht.«

Sie ging aus dem Zimmer, ihr Vater sah ihr nicht nach. Seine Augen waren starr auf den Bildschirm gerichtet. »Amen!«, hörte sie ihn von draußen sagen. Dann verschwand sie.

Susan fuhr mit dem Bus zurück ins Zentrum von Oxford. Ihr Auto hatte sie vor Jahren abgeschafft, denn sie hatte es so gut wie nie benutzt. Wozu brauchte sie einen fahrbaren Untersatz, wenn sie direkt über ihrem Laden wohnte? Auch benötigte sie für die Arbeit keinen Wagen wie zum Beispiel Ruby, die all die antiken Bücher, die sie in ihrem Laden anbot, auf Flohmärkten oder bei Haushaltsauflösungen erstand, oder Tobin, der immer schon früh morgens zum Großmarkt fuhr, um Unmengen von Blumen einzukaufen. Außer einmal die Woche zu ihrem Vater fuhr Susan doch nirgendwohin. Einkaufen tat sie im Supermarkt um die Ecke, all ihre Freundinnen waren ständig in der Nähe anzutreffen, und im Grunde hatte Susan überhaupt nie das Bedürfnis, die Valerie Lane zu verlassen.

Als sie jetzt durch Summertown fuhr, erkannte sie, dass hier schon wieder ein paar kleinere Geschäfte zugemacht hatten. Man hatte es wirklich nicht leicht als Ladeninhaber, vor allem, wenn es große Kaufhäuser oder Läden wie Poundland in der Umgebung gab, wo man alles zum Spottpreis von nur einem Pfund bekam. Wie froh Susan war, dass die Valerie Lane noch immer so gut besucht war und ihre Stammkunden hatte, welche die Zeit und die individuelle Beratung schätzten, die Susan und die anderen ihnen schenkten. Sie hoffte bloß, es würde nicht auch so ein Billigladen gleich um die Ecke eröffnen, denn sie wusste nicht, ob ihre Kunden ihr wirklich alle treu bleiben würden, wenn sie Wollknäuel für ein Pfund haben konnten. Natürlich wäre das keine so hochqualitative Bio-Wolle wie die, die man bei ihr bekam, aber einige Kunden scherte das nicht. Hauptsache billig. Am besten noch umsonst. Ja, sie wusste, dass viele Menschen unterhalb der Armutsgrenze lebten, aber irgendwie musste sie doch ihren Laden auch weiterführen, und das ging nur mit zahlender Kundschaft.

Susan tat ihren Teil für jene, denen es nicht so gut erging wie ihr. Jene, die es sich nicht leisten konnten, in der Valerie Lane einzukaufen. Sobald sie im Laden wäre, würde sie weiter für die Obdachlosen stricken.

Da fiel ihr der Pullover ein, den sie vorhatte, für Tobin zu stricken. In zwei Wochen war Weihnachten, sie sollte endlich damit anfangen. An Sonntagen war es im Laden meistens ein bisschen ruhiger als in der Woche, da hätte sie Zeit. Und auch für den Weihnachtsmarkt sollte sie unbedingt noch ein paar Schals, Handschuhe und Mützen anfertigen, damit sie genug Ware zum Verkauf haben würde. Sie fragte sich, ob und wann diese Frau, Charlotte, wohl heute in ihrem Laden erscheinen würde.

Susan fuhr am Ashmolean Museum vorbei und am Martyrs' Memorial, wo früher Hinrichtungen stattgefunden hatten, wie Thomas ihnen erzählt hatte, dann war sie an ihrer Haltestelle angelangt.

Es fuhren keine Busse in der Cornmarket Street, die wie die Valerie Lane zu den Geschäftszeiten eine reine Fußgängerzone war, und so ging Susan die restlichen zweihundert Meter zu Fuß. Die Straßen begannen sich mit Menschen zu füllen, die an diesem Sonntagmorgen beschlossen hatten, einen Einkaufsbummel zu unternehmen. Familien mit Kindern, lachende Teenager, ältere Ehepaare, die sich an den Händen hielten …

Manchmal konnte sie es noch gar nicht fassen, dass sie wirklich ihren eigenen kleinen Laden im Zentrum von Oxford hatte, der beliebtesten Gegend, in der sich wahrscheinlich jeder Ladenbesitzer gerne niederlassen würde. Sie hatte damals unglaubliches Glück gehabt, vielleicht war es ja wirklich Fügung gewesen, dass sie auf den leeren Geschäftsraum in der Valerie Lane gestoßen war. Als sie unter der angegebenen Rufnummer den Verwalter Mr. Spacey angerufen hatte, hatte der ihr nicht nur sofort einen Besichtigungstermin angeboten, sondern sie auch gefragt, ob sie noch gleich die Zweizimmerwohnung über dem Laden mitmieten wolle, da das ältere Ehepaar, das bis vor Kurzem dort gewohnt hatte, sich entschlossen hatte, in eine betreute Seniorenwohnung zu ziehen. Susan hatte gar nicht glauben können, wie gut das Schicksal es auf einmal mit ihr meinte. Es hatte wohl einiges gutzu-machen.

Bei der Besichtigung wurden Susan und Mr. Spacey sich sofort einig, und wenige Wochen später bezog Susan nicht nur den Laden, sondern auch die Wohnung. Ihren Job und die alte Wohnung hatte sie bereits gekündigt, von nun an wollte sie ihr Leben in der Valerie Lane ver-bringen – dem Ort, zu dem sie vom Schicksal geführt wor-den war.

Fürs Mittagessen holte Susan sich ein Sandwich bei Pret A Manger. Falls Charlotte wirklich auftauchen würde, würde sie sie einarbeiten müssen und konnte sie ja wohl schlecht allein im Laden lassen.

Und tatsächlich, als Susan um fünf Minuten vor elf in die Valerie Lane einbog, stand Charlotte schon vor der Ladentür und wartete auf sie.

»Guten Morgen, Charlotte«, rief sie ihr zu. »Wie schön, dass Sie da sind.«

»Oh. Dachten Sie etwa, ich würde nicht kommen?«

»Ich habe natürlich gehofft, dass Sie es würden.« Susan lächelte. »Entschuldigen Sie mich noch zwei Minuten? Ich muss kurz hoch in die Wohnung und meinen Hund holen.«

»Ja, na klar.«

Susan beeilte sich und kam wenig später mit Terry zurück. Der wollte natürlich erst mal an einen Baum, und obwohl Susan es nicht gern tat, erlaubte sie ihm heute, mit der alten Buche am Ende der Gasse, gleich neben Valeries Kirschbaum, vorliebzunehmen.

»So, wir sind bereit. Dann wollen wir mal sehen, was der Tag uns bringt«, sagte Susan und schloss die Ladentür auf.

Beinahe ehrfürchtig folgte Charlotte ihr, und Susan musste zugeben, sie hatte ein richtig gutes Gefühl. Manchmal traf man auf Seelenverwandte, wenn man es am wenigsten erwartete.

KAPITEL 9

In den nächsten Stunden führte Susan Charlotte in die Welt der Wolle ein und erklärte ihr alles, was sie wissen musste. Sie zeigte ihr die verschiedenen Arten von Garn, die unterschiedlichen Größen der Strick- und Häkelnadeln, und sie lehrte sie, welche Wolle für welche Art von Handarbeit geeignet war. Dann führte sie sie im Laden herum und zu den selbst gestrickten, gehäkelten und genähten Dingen, die sie zum Verkauf anbot.

»Wow, die sind wirklich schön«, sagte Charlotte und musterte ein paar der Schals, die über einer eisernen Stange hingen.

»Danke, freut mich, dass sie Ihnen gefallen.« Susan betrachtete die Frau, die eher schlicht aussah, nur dezent geschminkt war und unauffällige Kleidung trug. Susan war sich sicher, dass sie etwas aus sich machen könnte, wenn sie nur wollte. Das sagten ihre Freundinnen ihr auch immer wieder. Ja, Charlotte erinnerte sie an sie selbst, sogar sehr. Sie lächelte ihre potenzielle neue Mitarbeiterin an. »Und? Können Sie sich vorstellen, hier zu arbeiten?«

Charlotte nickte überschwänglich. »Auf jeden Fall. Es macht bestimmt viel Spaß. Vor allem habe ich jetzt selbst wieder richtig Lust aufs Stricken bekommen.«

»Sie stricken?« Das hatte Charlotte bisher nicht erzählt, aber sie war sowieso eine von Natur aus eher stille Person.

»Früher habe ich sogar sehr viel gestrickt. Als die Kinder noch klein waren und etwas Selbstgemachtes getragen haben.«

Als die Kinder noch klein waren? Susan konnte sich nicht vorstellen, dass Charlotte Kinder hatte, die schon groß waren. Sie war doch höchstens Mitte zwanzig.

»Wie alt sind Ihre Kinder denn?«

»Zwölf und acht«, antwortete sie, und Susan starrte sie mit großen Augen an.

»Zwölf und acht? Jetzt muss ich aber doch fragen, wie alt Sie sind. Das kann ja gar nicht sein.«

Charlotte schmunzelte. »Oh, es ist wahr. Ich bin mit sechzehn zum ersten Mal schwanger geworden. Da habe ich meinen Sohn Jason bekommen. Vier Jahre später meine Tochter Vanessa.«

»Das ist ja wirklich unglaublich. Wenn man Sie so sieht, denkt man, Sie könnten Anfang zwanzig und Studentin an einer der Unis sein. Man würde niemals annehmen, dass Sie schon zwei so große Kinder haben.«

»Danke. Ich freue mich über das Kompliment, vor allem, weil ich finde, dass ich in den letzten Jahren äußerlich ziemlich gealtert bin.«

Die Art und Weise, wie Charlotte das sagte, ließ Susan aufhorchen. Diese Frau schien einiges mitgemacht zu haben. Laurie hätte jetzt bestimmt weiter nachgehakt, sie wollte immer alles ganz genau wissen. Aber Susan beließ es fürs Erste dabei und wandte sich wieder der Wolle zu. Sie nahm ein Knäuel in die Hand.

»Aus dieser Wolle hier habe ich gestern angefangen, einen Schal zu stricken, für den Weihnachtsstandverkauf. Sehen Sie, wie der Faden von Blau zu Lila und dann zu Rot übergeht? Ich liebe die Farbkombination.«

»Ja, die ist wirklich schön. Susan … Wenn Sie irgendetwas über mich wissen wollen, fragen Sie ruhig. Ich möchte nichts vor Ihnen verheimlichen, und ich brauche diesen Job wirklich.«

Susan sah sie warm an. »Sie brauchen mir nur das zu erzählen, was Sie möchten. Ich werde Sie bestimmt nicht durchleuchten. Es sei denn, Sie sind ein weiblicher James Bond, und ich muss mit wild um sich schießenden Männern rechnen. Das wüsste ich dann doch gerne im Vorfeld.«

Charlotte lachte. »Nein, keine Sorge. Die Tätigkeit als Geheimagentin hab ich schon vor Jahren aufgegeben.«

Jetzt lachten sie beide. Susan hatte das Gefühl, dass sie wirklich gut miteinander harmonierten.

Irgendwann um die Mittagszeit holte sie ihr Sandwich aus der Tasche und bot Charlotte eine Hälfte an. Die nahm dankbar an.

Susan hatte Charlotte schon vor einer Weile gesagt, dass sie gerne nach Hause zu ihren Kindern gehen könne. Doch sie wollte unbedingt noch bleiben und bot sogar an, den ganzen Tag lang – selbstverständlich unbezahlt – im Laden mitzuhelfen. Sie wollte unbedingt alles Nötige lernen und versuchte angestrengt, Susan zu beweisen, dass sie die Richtige für den Job war.

»Mein Bruder kümmert sich heute um die Kids. Er hat gesagt, ich darf mir ruhig den ganzen Tag Zeit nehmen.

Er weiß, wie wichtig es mir ist, endlich zu arbeiten. Viel zu lange war ich von anderen abhängig.«

Es war die Art, wie sie es sagte, die Susan wieder erkennen ließ, dass Charlotte viel Kummer hinter sich haben musste.

»Also, von mir aus können Sie gerne bleiben. Für den Weihnachtsmarkt stelle ich Sie auf alle Fälle schon mal ein, da brauchen Sie sich keine Sorgen zu machen.«

»Oh, das ist super. Vielen Dank!«

Susan dachte schon, Charlotte würde sie aus lauter Dankbarkeit umarmen. Doch sie ließ es bleiben und fragte stattdessen, ob sie mal kurz nach hinten gehen und telefonieren dürfe.

»Aber natürlich. Jederzeit.«

Wen Charlotte wohl anrufen wollte? Ihren Bruder? Ihren Mann? Den hatte sie bisher noch gar nicht erwähnt. Als Charlotte zurückkehrte, fiel Susan auf, dass sie überhaupt keinen Ehering trug.

Wie gerne würde sie der Frau eine vollbezahlte Stelle anbieten. Sie spürte, dass Charlotte sich nichts sehnlicher wünschte. Aber wie sollte sie das bewerkstelligen? Wie sollte sie das finanzieren?

Eine Stammkundin betrat den Laden, gleichzeitig klingelte das Telefon.

»Würden Sie da mal eben rangehen?«, bat Susan Charlotte.

»Natürlich.« Charlotte nahm das schnurlose Telefon in die Hand und meldete sich mit: »Susan's Wool Paradise, guten Tag. Was kann ich für Sie tun?«

Susan begrüßte derweil Mrs. Kingston und holte ihr die

Häkelnadel in Größe 6,0 hervor, um die sie bat. Sie sah kurz zu Charlotte rüber, um herauszufinden, wer am anderen Ende der Leitung war.

»Es ist Ihre Freundin Orchid aus dem Gift Shop. Sie sagt, sie will Sie unbedingt sprechen«, informierte sie Susan.

»Richten Sie ihr bitte aus, dass ich gerade Kundschaft habe und mich nachher bei ihr zurückmelde?« Dann wandte sie sich wieder an Mrs. Kingston. »Ich habe Sie am Freitag in unserem Strickkreis vermisst«, ließ Susan die Mittsechzigerin mit der imposanten dauergewellten Frisur wissen.

»Da konnte ich leider nicht. Ich war mit Willy bei einer Aufführung unserer Enkelin Tanya. Sie hat in einem Theaterstück eine Tomate gespielt.« Sie lachte.

Susan lachte ebenfalls. »Eine Tomate?«

»Ja, und sie war unglaublich stolz.«

»Na, das kann ich mir vorstellen.« Sie blickte erneut zu Charlotte rüber, die noch immer mit dem Telefonhörer dastand und ein wenig unbeholfen wirkte. Stirnrunzelnd sah sie sie an.

»Orchid hat mich gewarnt, nur ja nicht aufzulegen. Sie sagt, sie wartet gerne, bis Sie mit der Kundin fertig sind.«

Oje. Orchid …

»Okay, dann machen wir es so. Rechnen Sie doch bei Mrs. Kingston ab, ich habe Ihnen ja gezeigt, wie es geht. Und ich nehme mich meiner nervigen Freundin an.« Sie griff zum Hörer.

Charlotte grinste und ging fröhlich auf Mrs. Kingston zu.

»Orchid, was ist denn nur mit dir los? Kannst du keine Viertelstunde warten? Ist dein Anliegen so wichtig?«

»Mein Anliegen ist gerade gar nicht mehr von Bedeutung«, platzte Orchid heraus. »Charlotte? Du hast eine Aushilfe?«

»Nun, das ist alles noch nicht ganz sicher. Ich arbeite sie heute nur schon mal ein, damit sie mir am Weihnachtsmarktstand helfen kann. Alles Weitere werden wir sehen.«

»Du hast eine neue Mitarbeiterin und hast uns anderen nichts davon erzählt?«

Susan seufzte. »Hast du mir überhaupt zugehört?«

»Ja, ja. Noch ist gar nichts sicher. Aber sie geht immerhin ans Telefon, und sie übernimmt deinen Weihnachtsmarktstand.«

»Ja, das tut sie. Worauf willst du hinaus?«

»Dass du Geheimnisse vor uns hast.«

Hatten sie die nicht alle? Orchid doch am allermeisten, oder? Immerhin war sie in Tobin verliebt, das war so sicher wie das Amen in der Kirche, und das hatte sie bisher auch noch keiner von ihnen anvertraut.

»Ich habe keine Geheimnisse.« Zumindest nicht, was Charlotte anging. »Ich habe die Frau erst gestern kennengelernt, als sie in meinen Laden gekommen ist und sich nach einem Job erkundigt hat. Und jetzt mach bitte keine große Sache daraus. Also, weshalb rufst du eigentlich an?«

»Ich wollte wissen, ob du nachher mal kurz rüberkommen und dir meine Kerzen ansehen kannst. Ich hab da gestern Abend was Neues ausprobiert.«

»Das kann ich gerne machen. Nach Ladenschluss, okay?«

»Wieso? Du hast doch jetzt eine Aushilfe. Kann die nicht übernehmen?«

Sie konnte Orchids Grinsen förmlich spüren. Susan schüttelte den Kopf. »Nach Ladenschluss. Bis später.«

»Aber ...«

Sie drückte den roten Knopf, und Orchid verstummte. Dann wandte sie sich wieder Mrs. Kingston zu, die Charlotte in ein Gespräch über Tomaten verwickelt zu haben schien. Ach, es ging nur wieder um das Kostüm ihrer Enkelin.

»Na, ihr Lieben, wie läuft's?«

»Sehr gut. Ich bin ganz begeistert von Ihrer freundlichen neuen Mitarbeiterin«, verkündete Mrs. Kingston.

»Ja? Das freut mich.« Sie gab es auf, alle berichtigen zu wollen, dass Charlotte ja eigentlich gar nicht ihre neue Mitarbeiterin war.

»Gab es ein Problem?«, erkundigte sich Charlotte. »Mit Ihrer Freundin?«

Sie musste mitbekommen haben, dass es in dem Gespräch um sie gegangen war.

»Nein, nein. Orchid ist nur ein wenig zu neugierig.« Sie zwinkerte Charlotte zu.

Als Mrs. Kingston gegangen war, bat Susan Charlotte, kurz zu übernehmen, da sie ins Bad musste. Zum ersten Mal seit Langem nahm sie sich richtig viel Zeit für den Toilettengang und machte sich noch ein wenig frisch. Sie wollte sehen, wie Charlotte allein zurechtkam. Susan vertraute ihr, sie wusste instinktiv, dass ihr Laden bei ihr in guten Händen war.

Als sie wieder nach vorne kam, war Charlotte jedoch

nicht in ein Kundengespräch verwickelt, sondern in eines über Kochrezepte – mit Keira!

»Probieren Sie es mal aus«, sagte Keira gerade. »Ich weiß, es ist ungewöhnlich, Schokolade beim Kochen zu verwenden, doch schon die alten Azteken haben eine gute Schokoladensauce zu schätzen gewusst. Zu einem weihnachtlichen Braten passt sie einfach perfekt, vor allem, wenn man noch ein paar Gewürze wie Nelken oder Muskat oder auch Chili oder Ingwer hinzugibt.«

»Okay … Ich werde es vielleicht mal ausprobieren.«

»Wenn Sie online kein gutes Rezept finden, wenden Sie sich an mich, ich helfe immer gerne weiter.«

»Vielen Dank.«

Susan räusperte sich, und zwar besonders laut, da sie das Gefühl hatte, ihre Anwesenheit sei von Keira überhaupt noch nicht wahrgenommen worden.

»Susan. Hey, wie geht's?«, fragte diese sogleich.

»Hey. Mir geht es gut, ich habe heute Hilfe im Laden, aber das hast du ja schon selbst herausgefunden.«

Im Stillen fragte sie sich, ob es Zufall war, dass ihre Freundin so bald nach Orchids Anruf hier bei ihr aufgetaucht war oder ob diese Keira gleich auf den neuesten Stand gebracht hatte. Und jetzt kam auch noch Laurie mit zwei Bechern Tee herbei. Zwei Becher! Ja, die beiden wussten eindeutig Bescheid.

»Laurie, so ein Zufall«, sagte Keira ganz unschuldig.

»Zufall, klar.« Der Sarkasmus in Susans Stimme war nicht zu überhören.

Laurie strahlte und reichte Susan und Charlotte je einen Becher. »Bratapfeltee. Den magst du doch so«, sagte sie zu Susan. Dann begutachtete sie Charlotte, als wäre sie ein Weihnachtself, der plötzlich bei Susan aushalf. »Sie sind also Charlotte? Freut mich, Sie kennenzulernen. Ich bin Laurie, mir gehört der Teeladen gegenüber. Ich hoffe, mein Tee schmeckt Ihnen.«

Erwartungsvoll sah sie Charlotte an. Keira tat es ihr gleich. Am liebsten hätten sie es wohl gehabt, wenn Charlotte ihnen gleich ihre ganze Lebensgeschichte erzählt hätte.

»Danke für den Tee. Das ist wirklich nett von Ihnen. Er riecht so gut.« Charlotte schnupperte an dem dampfenden roten Keramikbecher.

»Könntet ihr beiden sofort aufhören, Charlotte so anzustarren?«, mahnte Susan Laurie und Keira. »Sie ist doch kein Tier im Zoo.«

Susan wusste, warum ihre Freundinnen so erstaunt waren. Sie hatte ihnen nämlich mehrfach gesagt, dass sie auf gar keinen Fall vorhatte, jemanden einzustellen. Dass sie ihren Laden gut allein im Griff hatte. Und plötzlich war da Charlotte …

Bevor eine von ihnen etwas in der Richtung erwähnen konnte, erklärte sie schnell: »Ihr wisst ja, dass ich jemanden für den Weihnachtsmarktstand brauche. Lydia kann dieses Jahr nicht, das habt ihr vielleicht mitbekommen.«

»Ja, richtig. Wir freuen uns auf jeden Fall, dass Sie hier sind, Charlotte. Und vielleicht wird es ja was Längerfristiges. Wie schmeckt Ihnen der Tee?« Laurie schenkte Charlotte ein breites Lächeln.

Charlotte lächelte schüchtern zurück. »Ich hab noch

gar nicht probiert.« Sie pustete in ihren Becher und nahm einen kleinen Schluck. »Er ist wirklich lecker.«

»Prima, das freut mich.«

»Probieren Sie eine meiner Pralinen. Deshalb bin ich nämlich hier. Ich gehe gerne herum und lasse meine Freundinnen meine neuesten Kreationen testen. Diese sind mit Pflaume und Koriander.«

»Eine ungewöhnliche Mischung«, sagte Charlotte. »Ich probiere gern, danke.« Sie nahm sich eine der eckigen Pralinen aus der Schachtel, die Keira ihr hinhielt, und biss hinein. »Wow, die sind ja unglaublich. Die haben Sie wirklich selbst gemacht?«

Keira nickte stolz. »Hab ich. Nehmen Sie noch eine.«

Das ließ Charlotte sich nicht zweimal sagen.

»Darf ich auch? Oder seid ihr etwa nur für Charlotte hier?«, fragte Susan. Ihre Freundinnen waren manchmal einfach unmöglich.

»Nun werde doch nicht eifersüchtig«, sagte Laurie. »Dich haben wir immer noch am allermeisten lieb.«

Susan schüttelte den Kopf. Sie nahm sich ebenfalls eine Praline und steckte sie sich komplett in den Mund. Wieder einmal spielten ihre Geschmacksnerven sofort verrückt. Keira wusste wirklich, wie man verschiedene Komponenten miteinander verschmolz, sodass sie ein einzigartiges Erlebnis wurden.

»Die sind der Wahnsinn!«, lobte sie ihre Freundin, die heute zu ihrer Jeans einen blauen Pullover mit einem Schneemann darauf trug. Laurie dagegen steckte wieder einmal in einem übergroßen Kleid, das weihnachtlich funkelte.

»Danke sehr. Okay, ich geh dann mal wieder rüber. Es war nett, Sie kennenzulernen, Charlotte. Und grüßen Sie mir unbekannterweise Vanessa und Jason. Sehen Sie sich den Film an, von dem ich Ihnen erzählt habe, er wird ihnen sicher gefallen.«

»Das mache ich, danke.«

Susan runzelte die Stirn. Wie lange war sie denn im Bad gewesen, dass die beiden nicht nur das Thema Schokoladensauce, sondern auch noch Kinder und Weihnachtsfilme durchgenommen hatten?

»Ich muss auch los. Ich hoffe, wir sehen uns bald wieder. Schönen Tag noch«, wünschte Laurie, und die beiden verschwanden.

Susan sah Laurie, die ohne Jacke rübergekommen war, in Windeseile, oder besser gesagt, so schnell sie es in ihrem Zustand noch konnte, über die Straße und in ihr Geschäft laufen. Dort an der Tür wartete schon Hannah, der sie sicher alles sofort brühwarm berichten würde.

Susan hob die Schultern. »Bitte entschuldigen Sie die beiden. Sie sind immer ganz aufgeregt, wenn es mal was Neues in der Valerie Lane gibt.«

»Das macht doch nichts. Schön, dass Sie alle so ein gutes Verhältnis haben. Ich bin ein sehr harmoniebedürftiger Mensch, wenn ich ehrlich sein soll.«

»Ja, ich auch«, erwiderte Susan. »Um was für einen Film ging es da eben?«

»Um *Das Wunder von Manhattan*, der heute Abend im Fernsehen läuft. Keira meint, den müssten meine Kinder unbedingt mal gesehen haben. Hat sie auch Kinder?«

»Nein. Noch keine von uns Ladenbesitzerinnen in der

Valerie Lane hat Kinder. Laurie ist die Erste, die eins bekommt. Ende des Monats soll es so weit sein. Aber manchmal lassen sie sich ja auch ein bisschen Zeit.«

»Ja. Oder sie kommen früher.«

»War das bei Ihnen so?«, erkundigte Susan sich, weil sie gerade so schön beim Thema waren. Vielleicht konnte sie so ein bisschen mehr über Charlotte erfahren.

Die nickte nun und senkte den Blick. »Vanessa war ein Frühchen. Sie war ganze zwei Monate zu früh dran, weil … weil Rick, das ist mein Noch-Ehemann, mir so heftig in den Bauch geschlagen hatte, dass ich eine Frühgeburt hatte. Ich kann froh sein, dass Vanessa nichts zugestoßen ist.«

Susan wusste nicht, was sie sagen sollte. Das war es also, was diese Frau durchgemacht hatte. Ein gewalttätiger Ehemann.

Sie musste sich manchmal ins Gedächtnis rufen, dass die Welt abseits der Valerie Lane nicht immer idyllisch war. Da gab es viel Kummer, das hatte sie am eigenen Leib erfahren, wenn auch nicht in physischer, sondern in seelischer Form. Und auch ihre Freundinnen hatten viel durchgemacht. Wenn sie nur an Ruby und den Kummer dachte, den der Tod ihrer Mutter verursacht hatte, oder an Keira, die jahrelang von ihrem Partner aufs Übelste gedemütigt worden war, bis sie endlich den Mut gehabt hatte, die Beziehung zu beenden. Doch dafür gab es wahre Freundschaft: um den anderen in solchen Zeiten aufzufangen. Susan wünschte sich sehr, dass eines Tages auch Charlotte und sie so gute Freundinnen sein würden, dass sie ihr ein Gefühl von Verständnis und Geborgenheit vermitteln konnte.

»Das tut mir sehr leid, dass Ihr Mann Sie so behandelt hat«, sagte sie, bevor die Stille anfing, unangenehm zu werden.

»Ja. Und mir tut es leid, dass ich so lange gewartet habe, bis ich ihn verlassen habe. Meine Kinder … Was sie alles mit ansehen mussten. Hoffentlich kommen sie je darüber hinweg.«

»Aber letztlich haben Sie ihn doch verlassen, richtig?«

»Ja. Vor elf Monaten. Es war mein Neujahrsvorsatz, endlich den Mut aufzubringen, die Kinder zu nehmen und zu gehen.«

»Dann sollten Sie aufhören, sich Vorwürfe zu machen, und anfangen, stolz auf sich zu sein. Sie haben einen Schlussstrich gezogen, und von nun an kann es nur bergauf gehen.«

»Ja, Sie haben recht. Ich bin stolz. Und deshalb kann ich Ihnen das heute auch erzählen. Viel zu lange habe ich geschwiegen, aber ich will nicht mehr schweigen. Ich will, dass dieser Mistkerl aus unserem Leben verschwindet, und es kann ruhig jeder erfahren, was er für schreckliche Dinge getan hat.«

Es kam Susan so vor, als wäre Charlotte noch nicht fertig, deshalb schwieg sie.

»Einmal hat Rick mich so verprügelt, dass meine Schulter ausgekugelt und mein Arm gebrochen war. Ich konnte mein Baby wochenlang nicht richtig tragen.«

»Das ist ja furchtbar.«

Susan fragte Charlotte nicht, warum sie Rick nicht schon viel früher verlassen hatte. Sie musste ihre Gründe gehabt haben.

»Wissen Sie, ich war sechzehn, als wir zusammengekommen sind. Ich habe ihn geliebt, auch wenn er damals schon ein aggressives Verhalten aufwies. Ich wurde schwanger, ehe ich's mich versah, und ich wollte unserer kleinen Familie unbedingt eine Chance geben. Das war wohl sehr blauäugig von mir ...« Sie lachte ein trauriges Lachen. »Im wahrsten Sinne des Wortes.«

Susan legte Charlotte eine Hand auf den Arm. »Ich weiß, wie es ist, von einem Mann enttäuscht zu werden. Manchmal ist man dann einfach besser dran ohne ihn.«

Sie wusste nicht, warum sie das preisgegeben hatte. Nicht einmal ihren Freundinnen gegenüber hatte sie jemals so viel offenbart. Es war wohl einfach passiert, weil sie Charlotte Trost schenken, weil sie ihr zeigen wollte, dass sie nicht allein war.

»Ja, da haben Sie ganz bestimmt recht. Ich fühle mich wie ein neuer Mensch, seit ich ihn verlassen habe. Auch wenn er mir ständig auflauert und mich drängt, zu ihm zurückzukommen. Ich habe eine einstweilige Verfügung erwirkt, und er darf sich mir nur noch bis auf hundert Meter nähern. Die Kinder darf er nur unter Beaufsichtigung sehen.«

»Hat er die Kinder denn auch ...?«

»Nein. Immer nur mich. Gott sei Dank.«

Susan nickte verständnisvoll. Sie verstand jetzt, warum Charlotte so dringend einen Job benötigte. Sie musste sich und ihre Kinder nun selbst versorgen. Gleichzeitig fragte sie sich, wie sie die letzten elf Monate über die Runden gekommen war.

»Haben die Kinder die Trennung gut verkraftet?«, fragte sie.

»Ja. Sie sind jetzt endlich so richtig glücklich. Das liegt vor allem an Stuart, meinem Bruder. Er hat uns bei sich aufgenommen, ist für uns da. Er hat mich ermutigt, diesen finalen Schritt zu gehen. Das hat er seit Jahren versucht, hat mir gesagt, er wird sich schon um uns kümmern, ich bräuchte keine Angst zu haben, plötzlich allein dazustehen. Ich wünschte, ich hätte eher auf ihn gehört.«

»Ist das der Bruder, der heute auf Ihre Kinder aufpasst?«

Charlotte nickte. »Genau. Er ist ein riesengroßer Schatz, ich kann immer auf ihn bauen.«

»Er hört sich wirklich nach einem Schatz an, da haben Sie großes Glück, so einen tollen Bruder zu haben. Ich war auch immer sehr eng mit meinem Bruder verbunden. Leider ist er zurzeit in Australien.«

»In Australien?«

»Beruflich, ja. Er ist IT-Spezialist und hat in den letzten Jahren in Toronto, Singapur und Graz gelebt. Seit acht Monaten ist er nun in Sydney.«

»Das hört sich aufregend an. Besuchen Sie ihn dann auch immer an all diesen fantastischen Orten?«

Susan schüttelte den Kopf. »Nein. Ich bin nicht so der Typ, der gerne unterwegs ist. Ich fühle mich wohl hier in der Valerie Lane.«

»Sie wohnen ja sogar hier. Tun die anderen Ladenbesitzerinnen das auch?«

»Nein, nur ich. Die anderen wohnen aber alle in der näheren Umgebung. Orchid, Ruby und Tobin werden Sie sicher auch schon ganz bald persönlich kennenlernen.

Die werden ebenso neugierig sein und Sie unter Beschlag nehmen wollen. Machen Sie sich also auf was gefasst.«

»Ich bin für alles bereit.« Charlotte lächelte.

Susan erwiderte das Lächeln. Sie hatte in den letzten Minuten einen Entschluss gefasst und freute sich richtig darauf, ihn Charlotte jetzt mitzuteilen.

»Ich möchte Ihnen gern einen Teilzeitjob anbieten. Gerade jetzt in der Vorweihnachtszeit könnte ich Hilfe wirklich benötigen, dann komme ich vor allem viel mehr zum Stricken, wenn ich nicht immer alle Kunden allein bedienen muss. Was sagen Sie dazu?«

Charlottes Augen drückten Erstaunen aus, dann begannen sie zu glänzen. Vorsichtig, als könnte sie es gar nicht richtig glauben, fragte sie: »Ehrlich? Ich meine, sind Sie sich sicher? Sie sagten doch, Sie suchen nur jemanden für das Weihnachtsmarkt-Wochenende.«

Susan lächelte sie warm an. »Ich bin sicher. Und ich glaube, Sie wären eine große Bereicherung für die Valerie Lane.« Bevor sie sichs versah, umarmte Charlotte sie.

»Danke. Oh, danke. Ich weiß gar nicht, was ich sagen soll.«

»Danke reicht.«

»Teilzeit, sagen Sie? Was genau würde das bedeuten?«

»Fünf bis sechs Tage die Woche für fünf Stunden täglich? Es kommt natürlich darauf an, wie Sie das mit Ihren Kindern einrichten können. Ich richte mich da nach Ihnen.«

»Oh mein Gott, das ist so fantastisch. Ich freue mich unglaublich.«

Susan lächelte wieder. »Das sehe ich.«

»Wann kann ich anfangen?«, erkundigte sich Charlotte.

»Wann immer Sie wollen.«

»Wäre Dienstag okay? Morgen habe ich nämlich einen Arzttermin mit Jason, den wir schon vor zwei Monaten gemacht haben.«

»Dienstag passt perfekt.«

»Super. Sie öffnen um neun?« Susan nickte. »Gut, dann stehe ich um Viertel vor neun auf der Matte.«

»Neun Uhr reicht, Charlotte. Ich gehe ja vorher auch immer noch mit Terry Gassi und bin meist selbst erst um neun hier.«

»Okay. Also abgemacht. Ich kann es kaum erwarten.«

»Ich freue mich ebenso. Dann gehen Sie jetzt los, und erzählen Sie es Ihren Kindern.«

»Ich kann aber auch noch bis Ladenschluss bleiben.«

»Das ist wirklich nicht nötig. Nun gehen Sie schon.«

Charlotte strahlte bis über beide Ohren. »Dann bis Dienstag. Und, Susan?« Sie sah ihr direkt in die Augen. »Danke.«

Als Charlotte weg war, schloss Susan den Laden noch mal kurz, um mit Terry Gassi zu gehen. Sie hatte ihn heute ein wenig vernachlässigt. Das würde sie später aber wiedergutmachen, wenn sie ihm ein Steak briet und auf der Couch mit ihm schmuste. Dabei wollte sie sich einen Weihnachtsfilm ansehen. Vielleicht sogar *Das Wunder von Manhattan*. Da ging es ja darum, dass Wunder wahr wurden, oder? Das passte an diesem Tag doch perfekt.

KAPITEL 10

»Guten Morgen, Sis.«

Auf Susans Gesicht zeichnete sich ein riesengroßes Lächeln ab, wie immer, wenn sie Michaels Stimme hörte. So auch an diesem Dienstagmorgen um kurz nach sieben.

Susan war gerade erst aufgestanden und hatte geduscht. Sie hatte sich ein großes Handtuch um das lange Haar gewickelt und hibbelig vor dem Telefon gesessen, bis es endlich geklingelt hatte.

»Hey, Bro. Du bist spät dran.«

Sie hörte Michael lachen. »Doch nur sieben Minuten.«

»Es ist nicht nett, mich sieben Minuten warten zu lassen.«

»Okay, okay, tut mir leid. Ich mach's wieder gut und schicke dir diese leckeren Nüsse, die du so magst.«

»Hmmm ... abgemacht. Kannst du auch noch ein niedliches Koalababy mit einpacken?«

»Na klar, kein Problem.«

»Schön, deine Stimme zu hören, Michael.«

»Wie geht es dir, große Schwester?«

»Ach, mir geht es doch immer gut. Aber erzähl du. Wie geht es dir? Was machst du so?«

»Mir geht es bombastisch. Was ich gerade mache? Ich

sitze bei strahlendem Sonnenschein in einer Cocktailbar direkt neben einer Palme und trinke einen Mai Tai.«

Susan lachte. »*So genau* wollte ich das gar nicht wissen. Es ist im Übrigen ziemlich gemein, mir von dem schönen Wetter vorzuschwärmen, während hier Minusgrade herrschen.«

»Ach komm, du liebst doch den Winter. Hat es schon geschneit?«

»Das hat es«, antwortete Susan glücklich.

»Ich kann dein breites Lächeln durchs Telefon sehen.«

»Du hast mich ertappt. Vermisst du den Winter denn gar nicht?«

»Die nassen, kalten Schmuddelwettertage in England? Nö, nicht so sehr.«

»Und ich kann jetzt dein verschmitztes Lächeln durchs Telefon sehen. Dir gefällt es richtig gut in Down Under, oder?«

»Ich liebe es.«

»Du hast aber nicht vor, dich dort für immer niederzulassen, Michael? Du bist nämlich viel zu weit weg, du bist auf der anderen Seite der Erde, Himmel!«

»Ich hab dir schon mehrmals angeboten, mich besuchen zu kommen, und mein Angebot steht.«

»Ich weiß, aber ...«

»Du hast mich schon in Toronto nicht besucht und auch nicht in Singapur. Nicht einmal in Österreich, und das liegt gerade mal zwei Flugstunden entfernt. So langsam nehme ich es persönlich.«

»Ach, Michael. Du weißt doch, dass ich meinen Laden nicht einfach so schließen und verreisen kann.«

»Ja, ich weiß. Manchmal frag ich mich aber, ob das vielleicht nur eine Ausrede ist. Würdest du mich denn besuchen kommen, wenn du einen Null-acht-fünfzehn-Job hättest?«

»Natürlich würde ich das«, sagte sie, um ihren Bruder zu beschwichtigen. Ob sie es wirklich tun würde, wusste sie jedoch nicht. Sie hatte nur ein einziges Mal vorgehabt, das Land zu verlassen. Steven und sie wollten ihre Flitterwochen auf Gran Canaria verbringen, sie hatten eine tolle zweiwöchige Reise mit einer traumhaften Unterkunft gebucht, all inclusive selbstverständlich. Aus der Reise war ja leider nichts geworden. Susan wusste nicht einmal, ob Steven sie allein angetreten hatte. Das hätte auf jeden Fall erklärt, dass er sich erst nach zwei Wochen bei ihr gemeldet hatte.

»Na gut, ich glaube dir.«

»Jetzt aber eine viel wichtigere Frage: Hast du es dir überlegt? Kommst du zu Weihnachten nach Hause?«

»So gerne ich würde, daraus wird wohl leider nichts. Ich habe ein wichtiges Projekt am Laufen, das mich bis zum 22. Dezember voll einnehmen wird. Und am 26. werden meine Kenntnisse schon wieder dringend benötigt.«

»Das sind immerhin drei freie Tage.«

»Das lohnt sich echt nicht, Sis. Man fliegt doch um die vierundzwanzig Stunden.«

»Das ist wirklich schade. Ich hätte dich so gerne gesehen.« Sie versuchte, sich ihre große Enttäuschung nicht anmerken zu lassen.

»Ich weiß. Ich hätte dich auch gerne gesehen. Aber im

April komme ich doch schon zurück.« Das war zumindest der Plan.

»Ja, nur damit du mir zwei Wochen später sagst, du ziehst nach Timbuktu.« Sie lächelte traurig.

Michael lachte. »Da werden IT-Leute wohl eher nicht benötigt.« Es entstand eine klitzekleine Pause, dann fragte er: »Sag mal, ist mein Brief eigentlich schon bei dir angekommen?«

»Ja, vor ein paar Tagen.« Susan holte den dicken Umschlag hervor, in den Michael neben ein paar Zeilen und einer Packung getrockneter Mangos, die sie sehr gerne aß, auch ein aktuelles Foto von sich hineingelegt hatte. Sie holte es hervor und betrachtete das Bild. Michael strahlte darauf mit der Sonne um die Wette. Er war braun gebrannt, und sein Haar war noch ein wenig blonder geworden. Er und Susan waren schon immer wie Tag und Nacht gewesen. Er blond und mit Sommersprossen, sie schwarzhaarig und blass. Und doch hatten sie sich immer so gut ergänzt. »Mir gefällt der Bart, den du dir wachsen lässt.«

»Ehrlich? Mindy gefällt er leider gar nicht.«

Mindy war die Flugbegleiterin. Oder? Hieß die nicht ganz anders?

»Mindy? Ich dachte, deine Freundin heißt Holly.«

»Ach, mit der treffe ich mich doch schon seit ein paar Wochen nicht mehr.«

»Oje. Und ich habe Dad gerade noch erzählt, dass du jetzt eine Flugbegleiterin als Freundin hast. Du musst mich wirklich besser auf dem Laufenden halten.«

»Ups, sorry. Wie geht es Dad?«

»Dem geht es wie immer. Ich soll dich grüßen. Nun erzähl mir aber endlich mehr von dieser Mindy. Und wieso es mit Holly nicht geklappt hat.«

»Du bist ja gar nicht neugierig«, sagte er, und Susan konnte sein Grinsen vor sich sehen.

»Dein Leben ist spannender als jede Telenovela.«

»Siehst du die dir immer noch so gerne an?«

»Michael! Lenk nicht vom Thema ab.«

»Da gibt es eigentlich nicht viel zu erzählen. Ich hab einfach festgestellt, dass Holly nicht zu mir passt. Sie war viel zu oberflächlich, hat sich jede Woche neue Nägel machen lassen und ist ständig ins Sonnenstudio gerannt. Hallo! Wir sind hier in Australien! Wir haben zurzeit fast dreißig Grad. Leg dich in die Sonne, Mädchen.«

Susan runzelte die Stirn. »Du hast dich also von ihr getrennt, weil sie sich nicht in die Sonne legen wollte?«

»Ich habe mich von ihr getrennt, weil das zu nichts führte. So langsam bin ich auf was Festeres aus, verstehst du? Ich werde auch nicht jünger. Und ich habe keine Lust auf eine Frau, die unseren Kindern beibringt, dass Markenklamotten wichtiger sind als ein guter Charakter.«

Susan hielt die Luft an. Wann war das denn passiert?

»Du willst dich festlegen? Eine Familie gründen?«

»Nicht sofort. Aber irgendwann schon, ja.«

»Das finde ich ganz wundervoll.« Vor allem, weil sie hoffte, dass Michael dies dann zu Hause in Oxford tun würde. »Und ist diese Mindy nun die Richtige?«

»Das weiß ich noch nicht. Wenigstens kann ich vernünftige Gespräche mit ihr führen. Sie ist intelligent, das ist mir wichtig.«

»Mein kleiner Bruder wird erwachsen. Intelligenz ist ihm bei einer Frau wichtiger als das Aussehen. Ich bin echt stolz auf dich.«

»Ach, komm. Als ob ich sonst nur auf das Aussehen ge… Na ja, du hast recht, das hab ich wohl getan. Wie auch immer, ich hoffe, mit Mindy läuft es besser.«

»Das wünsche ich dir auch. Schick doch mal ein Foto von ihr. Oder von euch beiden.«

»Das mache ich bestimmt demnächst mal.«

»Du hörst dich gerade so an wie Mum früher, wenn wir sie gebeten haben, uns Eiscreme aus dem Supermarkt mitzubringen. Ja, das mache ich bestimmt demnächst mal. Und sie hat es doch nie getan.« Sie verstummte. Ihre Mutter erwähnte sie so gut wie nie.

»Ich verspreche es, okay?«

»Okay.«

»Und jetzt erzähl mir mal, was es bei dir Neues gibt«, bat er, und sie tauschten sich noch eine ganze Weile aus, bis Terry ungeduldig an ihr zerrte und ihr dann auch noch die Hundeleine direkt vor die Füße legte, sodass sie ihn wirklich nicht länger warten lassen konnte.

»Ich muss jetzt leider Schluss machen, Michael. Terry will raus, und ich muss meinen Laden schon in einer guten Stunde öffnen.«

»Dann viel Spaß mit deiner neuen Mitarbeiterin. Ich hoffe ja, dass sie den Laden bald so gut allein im Griff hat, dass du mich doch noch besuchen kommen kannst.«

»Wir werden sehen. Hab einen schönen Tag, Michael. Oh, dein Tag ist ja bald schon um, ich vergaß.«

»Ha! Der fängt doch gerade erst an.«

Sie konnte sich gut vorstellen, wie ihr Bruder die Nacht zum Tag machte und auf der Yacht irgendeines Kunden Mai Tais schlürfte. Mit einem Schirmchen im Glas.

Sie legte auf und föhnte sich schnell die Haare, die fast schon von allein getrocknet waren. Dann brachte sie endlich Terry vor die Tür, der wie irre in der Gegend herumlief, weil er sich so freute, endlich draußen zu sein.

Susan ging gerne mit ihm in Richtung Themse oder in den Christ Church Meadow Park, doch an diesem Tag hatten sie dafür leider keine Zeit. Deshalb holte sie Terrys kleinen roten Lieblingsball aus der Manteltasche und warf ihn einfach die Valerie Lane hinunter. Er landete am Ende der Straße, direkt neben dem Kirschbaum, und Terry lief aufgeregt hinterher.

Susan sah ihm nach, ihrem kleinen Liebling. Sie hatte ihm an diesem besonders kalten Tag wieder einen selbst gestrickten Pullover angezogen, diesmal einen in Weiß. Er sah aus wie eine Schneeflocke. Susan selbst hatte zu ihrem schlichten schwarzen Mantel eine graue Mütze und einen grau-schwarzen Schal gewählt. Sie zog sich die Mütze noch ein Stück tiefer über die Ohren und warf den Ball ein weiteres Mal. Während Terry ihm nachlief, verschwamm das Bild, und es erschien ein kleinerer, viel jüngerer Terry vor ihren Augen …

»Der Kleine ist so niedlich«, sagte Meryl, die sich neben Susan gestellt hatte.

Gemeinsam betrachteten sie den Welpen, den Susan einige Tage zuvor aus dem Tierheim geholt hatte. Seine Mutter war schwanger dort abgeliefert worden und hatte vor zehn Wochen sechs Junge geworfen. Susan hätte am liebsten alle sechs mitgenommen. Am Ende entschied sie sich für den kleinen Braunen, der sie so herzzerreißend ansah. Sie konnte ihm einfach nicht widerstehen, und sie bereute ihre Wahl auch vier Tage später noch nicht.

»Ja, er ist zum Anbeißen, nicht wahr?«

»Hast du jetzt endlich einen Namen für ihn?«

Der Hund hatte die ersten Wochen seines Lebens Brownie geheißen. Doch Susan hatte gelesen, dass man so kleine Hunde ruhig umbenennen durfte, so sahen sie den Neuanfang auch wirklich als einen an.

»Ja. Ich habe ihn Terry genannt. Wie findest du das?«

»Terry. Wirklich süß. Passt zu ihm.«

»Das finde ich auch.« Sie huschte dem Welpen hinterher. Noch mochte sie ihn nicht von der Leine lassen, damit er nicht weglief, und wenn er noch so sehr daran zog. Immerhin gab es auf den Straßen viel Verkehr, und um diese Uhrzeit durften sogar schon wieder Lieferwagen in der Cornmarket Street und in der Valerie Lane fahren. »Wo willst du denn hin?«, fragte sie den Kleinen und ließ sich mitziehen.

Meryl folgte ihr lachend. »Wahrscheinlich will er herausfinden, wer die neue Eigentümerin des leer stehenden Ladens ist«, vermutete Meryl.

»Hast du sie schon gesehen?«, erkundigte sich Susan. »Was für einen Laden will sie denn eröffnen?«

Zuvor war neben Meryls Laden eine Parfümerie gewesen, die aber leider vor einigen Wochen pleitegegangen war. Mr. Spacey hatte seitdem mehreren Interessenten die leeren Geschäftsräume gezeigt, und eine junge Frau war in den letzten

Tagen immer mal wieder in der Valerie Lane aufgetaucht und in dem Laden verschwunden.«

»Also, Laurie sagt, es wird eine Chocolaterie.«

»Und Laurie hat ihre Ohren überall.« Susan zwinkerte Meryl zu.

Laurie hatte im vorigen Jahr in der Valerie Lane einen zauberhaften Teeladen eröffnet, der viele Kunden anlockte, was für sie alle nur von Vorteil war.

»Findest du, wir sollten uns mal bei ihr vorstellen? Sie in der Valerie Lane willkommen heißen?«, fragte Meryl.

»Das überlasse ich gerne dir. Ich habe mit Terry zurzeit genug um die Ohren.«

»Ja, das sehe ich.« Meryl lächelte. Eigentlich war sie die meiste Zeit über am Lächeln. Während Susan eher verschlossen war, war die Besitzerin des Antiquitätenladens ein offenes Buch. Sie war immer zu einem Gespräch aufgelegt, hatte immer gute Laune und verstand es, die Leute zu unterhalten.

»Mum? Ich bin fertig mit der Abrechnung. Kann ich mich jetzt mit Andrea treffen? Wir wollen ins Kino.«

Susan und Meryl drehten sich gleichzeitig um. Vor ihnen stand Ruby, Meryls achtzehnjährige Tochter. Groß, äußerst schlank, ja, beinahe schlaksig. In den anderthalb Jahren, die Susan nun in der Valerie Lane war, hatte sie Ruby kaum mehr als drei Sätze sagen hören. Sie war anscheinend eine noch stillere und introvertiertere Person als sie selbst.

»Ja, natürlich, mein Schatz. Geh ruhig. Ich bleibe dann auf und warte auf dich.«

»Das musst du nicht, Mum. Es könnte spät werden.«

»Das macht nichts. Ich möchte nachher noch ein paar neue Ohrringe fertigen. Barbara hat bald Geburtstag.«

Barbara war die Frau, die mit ihrer Tochter über Laurie's Tea Corner wohnte, wenn Susan richtiglag. Sie hatte die Namen selbst nach anderthalb Jahren noch nicht alle drauf, was wohl daran lag, dass sie kein Mensch war, der mit allen Small Talk hielt, so wie Meryl oder Laurie oder auch Donna, die Inhaberin der Eisdiele.

Ruby nickte und machte sich auf den Weg. Beinahe wehmütig sah Meryl ihr nach.

»Alles okay?«, erkundigte sich Susan.

»Ja. Es ist nur ... Schon in zwei Monaten geht meine Kleine nach London, um dort zu studieren.«

»Du wirst sie sicher sehr vermissen.«

»Das werde ich. Es ist aber nicht nur das. Ich hatte so gehofft, dass sie weiter in unserem Laden arbeiten würde, mit mir zusammen, verstehst du? Das Geschäft ist seit Generationen in unserer Familie. Ruby allerdings möchte lieber eine Künstlerin werden.«

»Vielleicht wird sie es sich ja noch mal überlegen«, sagte Susan, um Meryl Mut zu machen, obwohl sie sich eigentlich für Ruby freute. Ja, sie fand sogar, dass sie genau das Richtige tat. Junge Leute sollten ihren Weg gehen, wo immer er auch hinführte. Hätte sie damals Dinge anders entschieden, wäre sie vielleicht niemals so enttäuscht worden. Hätte sie das Jobangebot einer Modefirma in Liverpool angenommen, hätte sie niemals Steven kennengelernt, wäre sie niemals von ihm schwanger geworden, hätte sie niemals ...

»Ich hoffe es sehr. Ich spüre eine ganz besondere Verbindung zwischen Ruby und dem Antiquitätenladen. Ich wünsche mir so, dass sie das eines Tages auch erkennt.«

Bevor Susan noch etwas sagen konnte, zog Terry schon

wieder wie verrückt an der Leine. Sie stolperte ein paar Schritte vorwärts.

»Ich glaube, Terry will nicht, dass wir eine zivilisierte Unterhaltung führen. Ich wünsche dir noch einen schönen Abend, Meryl. Und grüß deinen Mann von mir.«

Meryls Mann Hugh war ein netter Kerl. Er war Hausmeister und hatte sich vor Kurzem erst Susans tropfendem Wasserhahn angenommen – ohne ihr etwas dafür zu berechnen.

»Das werde ich. Ich wünsche dir und Terry auch noch einen schönen Abend.«

»Danke.«

Susan spazierte mit Terry in Richtung Themse. Dabei dachte sie, wie froh sie war, jetzt endlich Gesellschaft zu haben, nicht mehr allein zu sein. Sie hätte sich viel früher ein Haustier anschaffen sollen. Statt eines Mannes.

Ja, sie hatte es erneut versucht, hatte sich auf einen Mann eingelassen. Jack. Er war Busfahrer, und er war gut zu ihr gewesen. Doch als sie ihm nach knapp sechs Monaten Beziehung ihr Geheimnis gebeichtet hatte, hatte auch er sich von ihr verabschiedet.

Das war das letzte Mal gewesen, dass sie enttäuscht worden war, hatte Susan sich geschworen. Fortan mied sie die Männer. Sie brauchte keinen Mann in ihrem Leben, sie wollte keinen Kummer mehr. Es würde auch ohne gehen, sie würde gut allein klarkommen. Jetzt hatte sie ja einen kleinen Begleiter, den sie knuddeln konnte, der ihr zuhörte, wenn sie ihm etwas erzählen wollte, und der sie niemals verurteilen und sie ganz bestimmt nicht verlassen würde.

Als Terry nun freudig kläffend auf sie zukam, ging sie in die Knie und ließ ihn lachend ihr Gesicht abschlecken. Ja, sie hatte

einen neuen besten Freund gefunden, einen Freund fürs
Leben.

Susan warf den roten Ball erneut, obwohl ihre Finger bereits zu Eis gefroren waren. Dann steckte sie ihn wieder in ihre Manteltasche und erklärte Terry, dass sie den Laden öffnen mussten.

»Komm, Terry, es ist Zeit, ein paar Mützen zu stricken und einen blauen Pullover.«

Terry folgte ihr ohne Widerrede und setzte sich noch eine Weile auf seinen gelben Stuhl, während Susan sich drinnen im Laden aufwärmte. Sie entledigte sich ihrer dicken Sachen, drehte die Heizung an und machte sich im Hinterzimmer einen Tee. Dann hörte sie Terry draußen bellen. Es war wohl Kundschaft auf dem Weg. Oder war es ihre neue Mitarbeiterin? Die Uhr zeigte zwei Minuten vor neun an. Susan ging zum Fenster und sah hinaus, erkannte eine dick eingemummte Charlotte, die Terry hinter den Ohren kraulte und mit ihm sprach. Was sie ihm wohl erzählte? Als sie die Tür öffnete, um Charlotte zu begrüßen, konnte sie gerade noch vernehmen, wie diese Terry bat, ihr für ihren ersten Arbeitstag Glück zu wünschen.

Glück wird sie gar nicht brauchen, dachte Susan. Wenn sie einfach so freundlich ist wie vorgestern, wird sie das Ding schon schaukeln.

»Guten Morgen, Charlotte«, sagte sie.

Charlotte sah ein wenig verlegen auf. »Guten Morgen«, erwiderte sie dann.

»Es ist so kalt, kommen Sie schnell rein. Möchten Sie auch einen Tee?«

»Sehr gerne«, gab Charlotte zur Antwort und betrat Susan's Wool Paradise, ihre neue Arbeitsstätte. Ihre Hoffnung. Ihre Zukunft.

KAPITEL 11

Der Vormittag verlief wie im Flug. Zusammen mit Charlotte im Laden zu stehen machte Susan richtig Spaß. Gemeinsam bedienten sie die Kunden, unterhielten sich, wenn mal keiner da war, und als es Mittagszeit war, musste Susan den Laden zum ersten Mal nicht schließen, sondern konnte ihn ohne Bedenken Charlotte überlassen.

»Soll ich dir was mitbringen?«, fragte sie ihre neue Mitarbeiterin, mit der sie sich schon bald auf das Du geeinigt hatte.

»Danke, aber ich hab mein Butterbrot dabei«, erwiderte Charlotte.

Natürlich, dachte Susan. Die Frau hat kaum Geld. Hoffentlich habe ich sie nicht in Verlegenheit gebracht.

Sie nahm Terry mit und ging zu Marks&Spencer, wo sie sich einen Salat mit Shrimps und ihren Lieblings-Schokopudding holte, der aus drei Sorten Schokolade bestand. Von dem Pudding nahm sie gleich noch einen zweiten mit. Auf dem Weg fiel ihr ein Obdachloser auf, der in einem Hauseingang saß. Sie gab ihm zwei Pfund und überlegte dann, dass sie am Abend mal wieder im Obdachlosenheim vorbeischauen könnte. Sie war schon eine ganze Weile nicht mehr da gewesen, und gerade bei dieser Kälte brauchten die Menschen doch warme Sachen.

Als sie zurück im Laden war und nachdem sie und Charlotte gegessen hatten, wobei Charlotte ihr stolz erzählte, dass sie gleich zwölf Knäuel weiße Wolle verkauft hatte, sah Susan die drei großen Kartons im Hinterzimmer durch, das ihr gleichzeitig als Lager diente. Sie sammelte einige Schals, Mützen, Handschuh- und Strumpfpaare zusammen und steckte sie in zwei Baumwollbeutel. Die würde sie später mitnehmen und den Inhalt verteilen.

Schon legte sich ihr schlechtes Gewissen ein wenig. Sie nahm sich gleich noch einige Wollknäuel aus den Regalen und setzte sich auf den Stuhl hinter dem Ladentisch. Jetzt würde sie erst mal ein paar neue Wintersachen stricken müssen.

Charlotte schielte zu ihr herüber. »Der Pudding war wirklich lecker, danke.« Sie trat näher an sie heran. »Kann ich vielleicht auch etwas stricken helfen?«, bot sie an.

»Wenn du willst. Kannst du Schals stricken? Sieh mal, ich wende zum Beispiel dieses Muster an, das Schachbrettmuster. Du kannst es aber machen, wie du magst.«

»Das Muster kann ich. Welche Wolle soll ich dafür nehmen?«

»Such dir gerne welche aus. Nicht unbedingt aus den oberen beiden Regalreihen, die Wolle ist sehr exquisit. Aber alles in den unteren drei Reihen geht in Ordnung, da ist viel Baumwolle dabei, die können wir problemlos verwenden.«

Charlotte stellte sich vor das riesige Regal, das die ganze Wand gegenüber dem Ladentisch einnahm, und überlegte. Dann entschied sie sich für eine fransige rote und dazu passende rosa Wolle. Von beiden nahm sie sich zwei Knäuel.

»Wo haben wir Stricknadeln?«

»Da vorne in der Schublade ist eine Auswahl. Ich glaube, für die Wolle brauchst du Neuner-Nadeln.«

Charlotte sah auf das Etikett. »Es steht acht drauf.« Sie nahm sich Stricknadeln und setzte sich auf den zweiten Stuhl, den Susan vorher von hinten geholt hatte. Es war nicht so, dass der Laden oft leer war, aber manchmal verging schon eine Viertel- oder sogar eine halbe Stunde, in der kein Kunde vorbeischaute. Dann war es praktisch, sich mal kurz setzen und stricken zu können.

Sie saßen beide eine Weile da und widmeten sich ihren Handarbeiten. Charlotte kam gut voran, obwohl sie angab, schon ewig keine Nadeln in der Hand gehalten zu haben. Doch Susan sah sofort, dass sie diese gekonnt bewegte und früher sicher einmal viel gestrickt hatte. Susan kam natürlich ein ganzes Stück schneller voran und hatte einen halben Schal fertig, als sie auf die Uhr sah und erschrak.

»Huch, es ist ja schon gleich halb drei. Um zwei hättest du Feierabend gehabt.«

Charlotte lachte vergnügt. »Wie die Zeit vergeht, wenn man strickt und sich nett unterhält und Kunden berät. Es kommt mir gar nicht wie richtige Arbeit vor.«

»Dann muss ich dich wohl morgen alte Pullover aufribbeln oder im Akkord stricken lassen, damit du auch erschöpft nach Hause gehen und dich so richtig über deinen harten Arbeitstag beschweren kannst.«

»Du bist lustig. Nein, ehrlich, Susan, es macht mir

Spaß, hier zu arbeiten. Ich freu mich schon richtig auf morgen.«

»Ich freu mich ebenso. Dann wünsche ich dir einen schönen Feierabend. Ich stricke noch ein bisschen weiter. Eigentlich hatte ich schon beinahe alles fertig, was ich für den Weihnachtsmarktverkauf brauche, aber dann habe ich mich dazu entschlossen, heute Abend mal wieder im Obdachlosenheim vorbeizuschauen und einige warme Sachen dorthin mitzunehmen. Jetzt muss ich also ein paar Extraschichten einlegen.«

»Wenn ich darf, nehme ich den angefangenen Schal und die Wolle mit nach Hause und stricke ihn fertig. Ich würde dich gern unterstützen.«

»Das brauchst du wirklich nicht zu tun, verbring lieber Zeit mit deinen Kindern.«

»Wir sitzen abends meist nur vor dem Fernseher, da kann ich nebenbei genauso gut weiterstricken als Däumchen zu drehen.«

Susan lächelte Charlotte dankbar an. »Das ist wirklich lieb von dir. Na gut, wenn du es schon anbietest, sage ich nicht Nein.«

»Alles klar.« Charlotte steckte alles in ihre übergroße Handtasche. Susan fragte sich, ob man als Mutter wohl bis in alle Ewigkeit so riesige Taschen mit sich herumschleppte, obwohl man doch gar keine Windeln, feuchte Tücher, Ersatzkleidung, Babybrei, Lieblingskuscheltiere und so weiter mehr dabeihatte.

»Dann bis morgen.«

»Bis morgen. Und – Susan? Danke noch mal. Für alles.« Sie wollte Charlotte zum wohl hundertsten Mal sagen, dass sie sich nicht bei ihr zu bedanken brauchte. Dass sie eine Bereicherung für das Wool Paradise war, dass sie sich freute, nicht die ganze Arbeit allein machen zu müssen und nun auch jederzeit mal kurz den Laden verlassen zu können. Aber all das wusste Charlotte bereits, und trotzdem konnte sie es nicht lassen, sich immer wieder zu bedanken. Also lächelte Susan nur und entgegnete: »Gern geschehen.«

Susan strickte und bediente Kunden, strickte und bediente Kunden, ließ Terry raus und bediente Kunden, holte sich drüben bei Laurie einen Gewürztee und bediente Kunden. Und ehe sie sichs versah, läuteten die Kirchenglocken, es war sechs Uhr, und sie konnte ebenfalls Feierabend machen.

Sie schnappte sich die beiden Baumwollbeutel, nahm Terry an die Leine und stieg in den Bus zum Gemeindezentrum, in dem das Obdachlosenheim untergebracht war. Dort freuten sich alle immer, wenn sie Terry mitbrachte. Er wurde gekrault und geknuddelt und mit kleinen Leckereien gefüttert, die die Leute von ihrem wenigen Essen abzweigten. Mehr als nur einmal hatte Terry sich auf diese Weise Flöhe eingefangen, aber das empfand Susan als kleineres Übel. Sie freute sich einfach, diesen lieben Menschen eine Freude machen zu können. Das tat sie jetzt auch, indem sie ihre selbst gestrickten Sachen an die Bedürftigen verteilte.

»Woher weißt du denn, dass mir meine Mütze geklaut wurde?«, fragte Benny, ein Mittvierziger in einem viel zu engen Jogginganzug.

»Das hat mir ein Vögelchen gezwitschert.«

»Und woher weißt du, dass meine Socken Löcher haben und ich dringend neue brauche?«, erkundigte sich ein anderer.

»Ach, Carl, das stand doch heute Morgen in der Zeitung.« Sie zwinkerte ihm zu, und er lachte. »Bei der Gelegenheit kannst du mir deine alten Socken mal zeigen. Vielleicht kann ich die stopfen.«

»Hast du auch Socken für mich dabei?«, fragte ein älterer Mann, der anscheinend neu hier war. Zumindest hatte Susan ihn zuvor noch nie gesehen.

»Na klar. Ich habe genug dabei. Und wenn es doch nicht für alle reicht, bringe ich Nachschub.«

Sie holte ein paar Sachen hervor und überreichte sie denjenigen, die sie so bitter nötig hatten. Der alte Mann zog sich sofort die Schuhe aus und schlüpfte in die wollenen Strümpfe. Dabei musste Susan mit Schrecken feststellen, dass er zuvor gar keine angehabt hatte. Bei diesen Temperaturen barfuß in den Schuhen? Der Gute würde sich noch die Grippe holen, wenn nicht Schlimmeres. Sofort holte sie einen Schal hervor und reichte ihn dem Mann.

»Oh, danke. Du bist aber nett.«

»Unsere Susan ist ein wahrer Engel«, ließ Carl ihn wissen und gab ihr seine alten löchrigen Socken.

»Oh, Carl, ich fürchte, die sind hinüber. So viel kann ich gar nicht stopfen, dass die wieder ganz werden. Wirf sie einfach weg, ja? Ich bringe bald noch mehr vorbei.«

»Na gut.« Er knäulte sie zusammen und warf sie mit einem gekonnten Wurf in den Papierkorb am Ende des Raums.

»Susan, wie schön, dass Sie uns mal wieder beehren«, hörte sie eine Stimme und blickte lächelnd auf.

Shane, einer der Betreuer, erschien neben ihnen. Er war noch jung und immer freundlich. Erst kürzlich hatte er ihnen erzählt, dass er seiner Freundin endlich den lang ersehnten Antrag gemacht hatte.

»Ja, ich dachte, ich schaue mal wieder vorbei. Ich habe ein paar Sachen dabei.«

»Gütig wie immer. Darf ich Ihnen einen Kaffee anbieten? Leider haben wir nur noch Instantkaffee«, sagte er entschuldigend.

»Das macht nichts. Gerne.« Niemals hätte sie sich über so eine Unwichtigkeit beklagt, während es so vielen hier doch so schlecht ging.

Sie nahm den schwarzen Kaffee entgegen, den Shane ihr kurz darauf reichte.

»Dürfen wir Sie dazu einladen, wieder an unserer Weihnachtsfeier teilzunehmen?«, fragte Shane dann. Diese fand immer am Nachmittag und Abend des 24. Dezember statt.

»Ich komme sehr gerne. Und ich bringe wie immer Geschenke mit.«

»Juhu!«, rief Benny.

Von der anderen Seite des Raumes kam eine ältere Dame auf sie zu. »Hab ich etwa was von Geschenken gehört?«

»Ja, zu Weihnachten. Susan kommt und bringt uns welche.«

»Ach, wie fein.« Die Alte zeigte Susan ihr zahnloses Lächeln und tätschelte ihre Hand. »Kannst du mir dann auch wieder Orangenplätzchen mitbringen? Die mag ich so gern.«

»Und mir dunkle Schokolade?«, fragte Benny.

»Ich gebe mein Bestes, das alles aufzutreiben«, versprach sie. Wie in den letzten Jahren würde sie auch diesmal kurz vor Weihnachten mit einem großen leeren Korb in der Valerie Lane herumgehen und ihre Freundinnen fragen, ob sie etwas erübrigen konnten. Dabei würde sie Keira diesmal gezielt auf Orangenplätzchen und Zartbitterschokolade hinweisen. Ihre Freundinnen waren bisher immer sehr großzügig gewesen.

»Wir freuen uns auf Sie«, sagte Shane. »Ich muss jetzt leider weiter. Wir haben eine Familie bei uns aufgenommen, die aus ihrer Wohnung geworfen wurde.«

»So kurz vor Weihnachten? Wie kann man nur so herzlos sein?« Susan konnte es kaum glauben. Mr. Spacey hätte das niemals getan.

»Ja, schon die dritte Familie diesen Monat. Ich versuche mein Bestes, sie irgendwo unterzubringen. Wir arbeiten zurzeit an einem Projekt, ein altes Haus, das wir wieder auf Vordermann bringen wollen. Dort könnten wir ein paar Menschen ein neues Zuhause geben. Leider gibt es nicht genügend staatliche Zuschüsse für solch ein Vorhaben, und wir sind auf Sponsoren angewiesen.«

»Es kann doch gerade jetzt zu Weihnachten nicht so schwer sein, Sponsoren zu finden. Ich werde mich mal umhören. Und falls ich irgendwie helfen kann … wenn ich zum Beispiel Gardinen oder irgendetwas anderes für die Einrichtung beisteuern kann, lassen Sie es mich wissen, ja?«

»Wir nehmen alles dankbar an, Susan.«

Shane verabschiedete sich, und Susan sagte ebenfalls Tschüss. Während Terry ein paar Kinder fand, mit denen er spielen konnte, ging sie weiter herum, um ihre Sachen zu verteilen. Dabei erklang ihr eine Melodie in den Ohren. Sie kam aus einem der hinteren Zimmer. Es war aber keine Radiomusik und auch keine alte Schallplatte, sondern … Gitarrenmusik, ja, da war sie sich ziemlich sicher.

Fasziniert machte sie sich auf die Suche. Sie wusste gar nicht genau, was sie so anzog, aber je näher sie dem Gitarrenspiel kam und je lauter es wurde, desto wohler fühlte sie sich. Es mochte an dem Lied liegen, das gespielt wurde. *Tears in Heaven* von Eric Clapton. Sie hatte es immer gern gemocht und oft gehört, damals, als sie ihr kleines Mädchen verloren hatte. Es hatte ihr Trost gespendet, und das tat es auch jetzt, an diesem Ort voller hoffnungsloser Menschen.

Sie blieb vor der Tür stehen, aus der die Musik kam. Sie stand offen. Drinnen saß ein Mann mit seiner Gitarre und spielte. Er schien ganz in seiner eigenen Welt versunken zu sein und nichts um sich herum wahrzunehmen, nicht einmal die bewegten Gesichter der Menschen, die ihm zuhörten. Die sechs oder sieben Personen gemischten Alters saßen um ihn herum auf Decken und Kissen, die auf dem Boden lagen, und fast hätte Susan sich sogar dazugesetzt, doch dann blickte der Mann auf und sah direkt in ihre Richtung. Er lächelte sie an und winkte ihr zu. Sie winkte zurück, betrat den Raum dann aber doch nicht, sondern ging schnell einen Schritt zur Seite, außer Sichtweite. Sie versteckte sich, als hätte sie irgendetwas Verbotenes angestellt, dabei hatte sie dem Mann doch nur beim Gitarrespielen zugehört. Dennoch hatte sie irgendwie das Gefühl, in seine Privatsphäre eingedrungen zu sein.

Jetzt hörte sie ihn sprechen, die Musik war verstummt.

»Genau das habe ich versucht, euch zu vermitteln. Wenn ihr mit dem Herzen spielt, werdet ihr die Leute berühren. Wer möchte es als Nächstes versuchen? Kyle, du hattest die Übungsgitarre jetzt lange genug, gibst du sie bitte weiter? Ich glaube, Erin hat sich gemeldet.«

Sie hörte noch ein paar Anweisungen und gleich darauf ein paar schiefe Töne. Dann wieder die warme Stimme des Gitarristen. »Das wird schon werden. Es ist nicht leicht, das hab ich nie gesagt. Es steckt harte Arbeit drin, aber wenn ihr euch nur genug anstrengt, werdet ihr eines Tages genauso gut spielen können wie ich.«

Erin versuchte es erneut, und es klang nicht weniger schief als beim ersten Mal, doch der Lehrer blieb geduldig. Susan konnte hören, wie er Erin gut zuredete, ihr immer wieder die Griffe erklärte. Dann kamen zwei Frauen den Gang entlang und fragten, ob Susan für sie auch noch etwas übrig hätte.

Sie verschenkte Schals und Mützen und wurde dann von den beiden mitgezogen, weil sie ihr unbedingt die Papiersterne zeigen wollten, die sie selbst gebastelt hatten.

Wenn sie ehrlich sein sollte, war sie sogar froh, von dem Gitarrenzimmer wegzukommen, denn der Gitarrist mit seiner traurigen Musik, seinem Lächeln und seinem Winken, mit seinen geduldigen Worten und seiner Gutmütigkeit hatte etwas bei ihr bewirkt, und das war gar nicht gut. Es war ein Gefühl, das sie nicht mehr spüren wollte, etwas, das sie sehr lange erfolgreich von sich ferngehalten hatte.

Oh, nein! Sie würde nicht rückfällig werden. Sie würde nicht wieder dieses wohlige Gefühl empfinden. Sie würde es nicht zulassen. Sie durfte nur diesem Mann mit seiner Gitarre niemals wieder begegnen.

KAPITEL 12

Es war wieder Mittwoch. Susan saß zwischen Laurie und Ruby in der Tea Corner und genoss eine Tasse köstlichen Spekulatius-Tee. Heute waren die fünf Frauen ganz unter sich, bisher hatte sich kein durstiger, frierender oder redelustiger Gast hierher verirrt. Gerade erzählte Orchid davon, dass ihre Freundin Sandy übers Wochenende in London gewesen war und total vom »Winter Wonderland« schwärmte, das dort im Hyde Park aufgebaut war.

»Da wollte ich auch schon immer mal hin«, sagte Laurie.

»Ist das so eine Art Weihnachtsmarkt?«, erkundigte sich Susan.

»Eher ein weihnachtlicher Jahrmarkt, mit Karussells, Fressbuden und allem, was dazugehört«, erzählte Orchid. »Ich glaube, ich frage Patrick mal, ob er Lust hat hinzufahren.«

»Oh, da kommen Thomas und ich mit«, rief Keira begeistert in die Runde.

Orchid gefiel die Idee. »Ehrlich? Das wäre bestimmt spaßig, so ein Doppeldate im Winter Wonderland.«

»Das weihnachtliche London … hach.« Laurie wurde ganz nostalgisch. »Ich muss ja ehrlich sagen, so sehr ich Oxford und unsere Valerie Lane auch liebe, es gibt für mich zur Weihnachtszeit keinen schöneren Ort als London. Wart ihr schon mal da im Dezember?«, fragte sie ihre Freundinnen.

»Ich schon«, sagte Keira. »Ist aber ewig lange her.«

»Ich habe ja eine Weile in London gelebt und studiert«, erinnerte Ruby die anderen. »Es ist wirklich wunderschön. Die Straßen sind mit vielen bunten Lichtern geschmückt, über der Oxford Street hängen leuchtende Sterne, und einige der kleinen Seitenstraßen werden von Lichterbögen erhellt. In den Läden wird Weihnachtsmusik gespielt, am Tower und am National History Museum wird Schlittschuh gelaufen, überall stehen diese kleinen Stände, an denen man Maronen kaufen kann …«

»Okay, ich will nach London! Unbedingt!«, verkündete Laurie.

»In deinem Zustand?«, fragte Susan.

»Ihr tut immer so, als ob ich die Cholera hätte. Ich bin schwanger, da werde ich ja wohl einen Tag in London überstehen.«

»Du könntest aber nirgendwo reingehen, in keines der Fahrgeschäfte im Winter Wonderland«, sagte Orchid.

»Das macht mir nichts aus. Dafür klappere ich alle Stände ab, an denen es was Leckeres zu essen gibt. Noch muss ich mir ja über Kalorien keine Gedanken machen. Ab Januar sieht das schon wieder ganz anders aus. Herrje, ab Januar kann ich überhaupt nichts mehr unternehmen, zumindest eine ganze Weile nicht. Nehmt mich mit, bitte«, flehte Laurie und legte die Hände aneinander.

»Na, von mir aus. Wenn du aber völlig erschöpft bist und nicht mehr kannst, werden wir dich auf irgendeiner

Parkbank zurücklassen und dich erst am Abend wieder abholen«, scherzte Orchid.

»Das macht mir auch nichts aus. Am besten frag ich Barry, ob er auch mitwill, dann kann er mich tragen, wenn ich nicht mehr vorankomme.« Sie lachte.

»Das ist eine richtig tolle Idee.« Keiras Augen glänzten. »So was haben wir noch nie unternommen, alle zusammen, meine ich. Ruby? Seid ihr auch dabei, du und Gary?«

»Ich denke nicht, dass wir das einrichten können. Wir können meinen Dad ja nicht so lange allein lassen. Außerdem ist das eher nicht so unser Ding, wir mögen es lieber ruhig. Danke trotzdem, dass du gefragt hast.«

»Wie schade. Aber ich verstehe es schon. Und du, Susan? Was ist mit dir?« Keira sah sie erwartungsvoll an.

Oje. Da sollte sie mitkommen? Um wieder mal das fünfte Rad am Wagen zu sein? Oder in diesem Fall das siebte.

»Wann wollt ihr denn fahren?«, fragte sie.

»Ich würde sagen, am besten gleich nach dem Weihnachtsmarkt, Anfang nächster Woche? Bevor Laurie noch runder wird«, schlug Orchid lachend vor.

»Hey!«, empörte sich Laurie.

»Am Dienstag nach Ladenschluss?«, überlegte Keira.

»Perfekt«, fand Laurie. »Vielleicht könnten wir auch schon am frühen Nachmittag fahren? Dann kommen wir nicht in den Feierabendverkehr. Nach London sind es zwar nur anderthalb Stunden, aber die können lang werden, wenn man im Stau steht, und dann haben wir kaum noch was vom Winter Wonderland.«

»Oh, wie schade, am Dienstag kann ich leider nicht«, erwiderte Susan.

»Was hast du denn vor?«

Schnell dachte sie sich etwas aus. »Ich habe versprochen, gleich nach der Arbeit im Gemeindezentrum vorbeizuschauen. Die brauchen meine Hilfe bei den Vorbereitungen für die Weihnachtsfeier.« Die würden sie vielleicht wirklich brauchen können.

»Und wenn wir schon am Montag fahren?«, bot Laurie an.

»Da bin ich auch voll eingespannt. Sorry.«

»Ach, gute Susan. Du tust so viel für die Bedürftigen. Fast bekomme ich ein schlechtes Gewissen. Aber nur fast. Ich will nämlich unbedingt nach London.«

Susan hatte auch ein schlechtes Gewissen. Weil sie ihre Freundinnen angelogen hatte. Doch manchmal ging es halt nicht anders, und natürlich würde sie am Dienstag wirklich im Gemeindezentrum vorbeigehen und sehen, wo sie helfen konnte. Sie wollte ja sowieso noch mehr Gestricktes vorbeibringen. Da fiel ihr gerade ein …

»Ich wollte euch übrigens noch um etwas bitten. Mögt ihr mal schauen, ob ihr in euren Läden oder auch zu Hause irgendwas entbehren könnt, was ich den Obdachlosen an Weihnachten bringen könnte? Ich starte wieder eine Sammlung und komme in den nächsten Tagen bei euch vorbei.«

»Ja, natürlich«, sagte Laurie sofort. »Da sind wir alle doch gerne wieder dabei, oder, Mädels?«

Sie sah die anderen an, und alle nickten zustimmend.

»Unbedingt«, sagte Keira. »Ich kann auf jeden Fall ein

paar Schachteln Kekse und einige Schokoweihnachtsmänner entbehren. Bei mir solltest du am besten ganz kurz vor den Feiertagen vorbeikommen, dann sehe ich, was ich an Weihnachtssüßigkeiten übrig habe. Die lassen sich ja nach dem Fest schlecht verkaufen.«

»Super, das mache ich.«

»Können die auch Kaffeebecher gebrauchen?«, fragte Orchid, die beim letzten Mal jede Menge Duschgel, Seifen und andere wohl duftende Dinge beigesteuert hatte, die bei allen sehr beliebt waren. »Ich hab neulich nämlich einen ganzen Karton voll Becher geliefert bekommen, die eine falsche Aufschrift haben. Da steht *I'm sorry for what I sail before I had my coffee* drauf.«

Laurie lachte. »*Sail?* Ach, ich finde das süß.«

»Kann ich so aber leider nicht verkaufen. Ich wollte sie an den Lieferanten zurückschicken, aber der meinte, ich solle sie entsorgen, und hat mir einen neuen Karton Becher geschickt. Mit *said* statt *sail.* Na ja, entsorgt habe ich die alten aber nicht, für die Mülltonne waren sie mir dann doch zu schade.«

»Die kannst du gerne mir mitgeben, ich werde sicher ein paar glückliche Abnehmer finden«, sagte Susan.

»Super. Duschgel bekommst du natürlich auch wieder. Ich hab da noch jede Menge mit Popcorn-Duft, das verkauft sich leider nicht so gut wie gedacht.«

»Mit Popcorn-Duft?«, fragte Keira noch einmal nach. »Ich würde gerne in einer Badewanne voll Popcorn liegen. Ist doch ein großartiger Gedanke.«

Orchid lachte. »Das sehen leider nicht alle so wie du. Strawberry Cupcake und Apple Pie sind super weggegangen, aber Popcorn und Marshmallow leider weniger.«

»Hmmm …«, machte Keira. »Eine Wanne voller Marshmallows.«

»Ich nehme die Badewanne voll Apple Pie«, sagte Laurie.

»Die musst du dir dann leider mit Patrick teilen. Er sagt ständig, wie sehr er richtig amerikanischen Apple Pie vermisst. Ich habe schon ein paarmal versucht, welchen zu backen, bekomme es aber nie sehr gut hin.«

»Ich backe dir einen oder besser Patrick. Zu Weihnachten. Den kannst du ihm dann schenken«, bot Keira ihr an.

Susan hatte keine Zweifel, dass Keira echten American Pie hinbekommen würde. Sie war ein Profi in allem, was mit Backen zu tun hatte.

»Oh mein Gott, das würdest du tun? Ich glaube, Patrick wäre mir auf ewig dankbar. Der wird so dankbar sein, dass …« Sie fing an zu kichern.

»Dass?«, hakte Laurie nach.

»Das kann ich echt nicht laut aussprechen. Könnt ihr es euch nicht denken?«

»Ich weiß nicht, was du meinst«, sagte Keira.

»Na, ich werde dann bestimmt ein ganz besonderes Weihnachtsgeschenk bekommen.« Sie kniff ein Auge zu.

Keira runzelte noch immer die Stirn.

»Mensch, Keira, bist du schwer von Kapee. Ich weiß, was sie meint, sogar unsere schüchterne Ruby weiß, was sie meint, oder?«, fragte Susan die Jüngste von ihnen.

Ruby nickte leicht errötend.

»Aaaah, jetzt kapiere ich. Also, Orchid! Was du manchmal für versaute Gedanken hast.« Keira schüttelte den Kopf.

»Wieso versaut? Ich habe halt gerne Sex. Wer nicht?«

Susan konnte sich nicht einmal an ihr letztes Mal Sex erinnern. Sie hatte seit Jack mit keinem Mann mehr geschlafen, und das war mehr als sechs Jahre her!

»Können wir bitte das Thema wechseln?«, bat Keira.

»Klar, von mir aus. Lasst uns unseren London-Ausflug planen. Fahren wir nun ganz sicher Dienstag?«

»Das würde mir am besten passen«, ließ Laurie sie wissen. »Da hat Hannah nämlich immer den ganzen Tag Zeit und könnte den Laden nachmittags übernehmen.«

»Ich muss noch Kimberly fragen, ob sie einspringen kann, und Thomas natürlich, ob er überhaupt Zeit und Lust hat, aber mir wäre Dienstag auch recht.«

»Jetzt stellt sich nur noch die Frage, was ich mache. Hm … ich denke, ich werde den Gift Shop dann einfach mal für einen Nachmittag schließen. Meine Kunden werden's mir schon verzeihen.«

»Wie machst du es denn beim Weihnachtsmarkt?«, wollte Susan wissen. »Hast du jemanden gefunden, der deinen Stand bedient?«

»Oh ja. Einen heißen französischen Austauschstudenten.«

»Wie bitte, was?«, fragte Keira und bekam beinahe Schnappatmung. »Und so was erzählst du uns ganz nebenbei? Wer ist er, und wo hast du den aufgetrieben?«

»Also, er heißt André, ist dreiundzwanzig Jahre alt, kommt aus Lyon und studiert für ein Jahr hier an der Uni. Astronomie. Er ist wirklich entzückend.«

»Wie sieht er aus?«

»Spricht er überhaupt Englisch?«

»Hat er eine Freundin in Frankreich?«

»Wie hast du ihn gefunden?«

Alle riefen ihre Fragen gleichzeitig in den Raum, und Orchid lachte. »Mann, seid ihr neugierig. Okay, okay, einer nach dem anderen. Also, André ist ziemlich groß, dünn, aber nicht zu dünn, versteht ihr? Er hat braunes Haar und trägt eine Brille. Er ist ein bisschen nerdig, aber total umwerfend und freundlich und …«

»Oh wow! Pass auf, dass du dich nicht in ihn verliebst«, sagte Keira.

»Das wird nicht passieren. Sie ist doch schon in … Patrick verliebt.« Laurie hatte einen Moment zu lang gezögert, Patrick zu sagen, und Susan nahm an, ihr wäre beinahe »Tobin« herausgerutscht.

Orchid hatte ihr Zögern auch bemerkt und starrte Laurie an. »Willst du mir irgendwas sagen?«

»Nein, überhaupt nicht.«

»Na, dann ist ja gut. Fangt bloß nicht schon wieder davon an. Wie oft soll ich euch denn noch sagen, dass ich nur etwas für Patrick empfinde? Für niemanden sonst. Und ganz bestimmt nicht für Tobin.«

»Schon gut, alles klar«, erwiderte Laurie. Sie konnte es aber nicht lassen, nach einer kleinen Pause noch hinzuzufügen: »Ich frag mich ja nur, warum du immer so aufgebracht bist deshalb. Wenn da doch gar nichts dran ist.«

»Weil es mich nervt. Ihr werdet es schon sehen, wenn wir alle in London sind. Dass Patrick und ich ein Herz und eine Seele sind. Das perfekte Traumpaar.«

»Wir werden darauf achten«, versicherte Laurie ihr augenzwinkernd.

»Okay. Macht das.«

Susan konnte es sich bildlich vorstellen, wie Orchid auf Teufel komm raus versuchen würde, heile Welt zu spielen. Wie sie Patrick besonders häufig küssen würde, sich bei ihm einhaken und bei jeder Gelegenheit übertrieben lachen würde, nur um ihren Freundinnen zu zeigen, dass alles in bester Ordnung war. Sehen würde sie es nicht, sie war sich jedoch sicher, dass Laurie und Keira ihr später alles haargenau berichten würden.

»Und dieser André studiert Astronomie?«, fragte Ruby nach, wahrscheinlich um von diesem empfindlichen Thema wegzukommen.

»Ja, genau. Astronomie. Was hattet ihr noch gefragt? Ob er eine Freundin in Frankreich hat? Ja, hat er, sie heißt Chantal. Er erzählt in einer Tour von ihr.«

»Und woher kennst du ihn nun?« Gespannt sah Keira Orchid an.

»Das ist eine ganz lustige Geschichte. Phoebe hat ihn nämlich ein paarmal als Babysitter eingestellt. Er hat wohl sieben Geschwister oder so und kann total super mit Kindern umgehen. Da er so ein Genie ist, hat er ein Stipendium für das Austauschjahr erhalten, aber er braucht natürlich auch ein bisschen Taschengeld, und da nimmt er gerne jeden Job an, den er kriegen kann. Sein Englisch ist nicht das Beste, doch das macht er mit seinem Charme wieder wett.«

»Na, ich bin gespannt«, sagte Laurie.

»Ich kann es auch kaum erwarten, ihn kennenzulernen.« Susan stellte sich den Nerd vor, wie er selbst gemachte Kerzen verkaufte. Am Sonntag hatte sie nach Ladenschluss kurz bei Orchid vorbeigeschaut, und die hatte ihr die unglaublichsten neuen Kreationen gezeigt. Sie hatte die Kerzen nicht gezogen oder das geschmolzene Wachs zusammen mit einem Docht in irgendeine Form gefüllt, wie sie es sonst immer tat, diesmal hatte sie eine neue Variante ausprobiert. Sie hatte Susan erklärt, dass sie eine besondere Platte zur Kerzenherstellung erstanden hatte, auf die man verschiedene Farben von heißem Wachs strich und diese dann vermischte. Ein ähnliches Verfahren, wie Keira es manchmal bei der Pralinenherstellung anwandte, wenn am Ende drei Sorten Schokolade ineinander zerliefen. Das sah nicht nur bei Keiras Pralinen toll aus, sondern auch bei Orchids Kerzen. Nachdem sie die Farben gemischt hatte und die Masse ein wenig fest geworden war, hatte Orchid daraus eine Art Trichter gedreht. Eine andere Kerze sah aus wie eine Rose, wieder eine andere wie eine Schlaufe. Susan hatte ihre Freundin hoch gelobt für ihre kreativen Einfälle.

»Wie läuft es eigentlich mit *deiner* neuen Aushilfe?«, erkundigte sich Keira bei Susan.

»Ja, das interessiert mich auch.« Laurie sah sie gespannt an. »Ich dachte, du wolltest sie nur für den Weihnachtsmarkt einarbeiten? Ich habe sie aber gestern und heute zu dir in den Laden kommen und ganz schön lange bleiben sehen.«

»Ja, ich habe sie eingestellt«, gab Susan preis.

»Wie, eingestellt?«, fragte Orchid. »Du hast doch immer gesagt, du brauchst keine Hilfe im Laden.«

»Das war ... ist eigentlich auch so. Charlotte braucht aber ganz dringend einen Job, und da habe ich ihr halt einen gegeben.«

»Du hast so ein gutes Herz«, sagte Ruby ergriffen.

»Ach«, sagte Susan und unterstrich das Wort mit einer wegwerfenden Handbewegung. »Das ist doch keine große Sache.«

»Na ja, du musst einiges an Geld aufwenden, um sie zu entlohnen, und das jeden Monat«, gab Laurie zu bedenken. »Ich weiß, wovon ich spreche.«

»Lohnt sich das denn überhaupt? Ich meine, wie oft soll sie denn bei dir arbeiten?« Keira hatte Kimberly nur am Wochenende bei sich im Laden, und Lauries Aushilfe Hannah arbeitete meist an drei Vor- oder Nachmittagen in der Woche.

»Ich habe sie für fünf Tage die Woche eingestellt. Montag bis Freitag für je fünf Stunden. Sie hat Kinder, um die sie sich nachmittags und am Wochenende kümmern muss.«

»Ahaaa! Jetzt kommen wir der Sache schon näher«, sagte Orchid.

»Ja, und einen miesen Exmann hat sie auch. Eigentlich Noch-Ehemann, der hat nämlich noch immer nicht in die Scheidung eingewilligt. Sie hat sogar eine einstweilige Verfügung gegen ihn erwirkt.«

»Dann war es genau richtig, dass du Charlotte den Job gegeben hast. Sie muss unbedingt ohne ihn klarkommen können«, fand Keira, die ja selbst eine schwere Beziehung hinter sich hatte.

»Ja, der Meinung bin ich auch«, stimmte Susan zu.

»Ich möchte euch ja nicht unterbrechen, aber es ist schon nach acht. Soll ich heute noch aus Valeries Tagebuch vorlesen?«, fragte Ruby vorsichtig.

»Aber natürlich!«, antwortete Laurie. »Darauf freue ich mich schon den ganzen Tag.«

»Ich möchte auch zu gerne wissen, wie es mit Valerie nach dem Überfall weiterging«, sagte Susan.

»Na gut.« Ruby holte das Buch aus ihrem Beutel hervor, während Laurie noch einmal Tee nachschenkte. Die Zimtkekse, die Keira mitgebracht hatte, waren bereits bis auf den letzten verputzt.

Ruby hatte das Tagebuch wie immer extra in Packpapier eingewickelt, damit es nicht verschmutzte. Ehrfürchtig wickelte sie es aus und schlug es an der Stelle auf, an der sie stehen geblieben waren.

23. November 1887

Liebes Tagebuch,
heute ist Mittwoch, und das bedeutet, dass ich mein kleines Geschäft nach Ladenschluss offen gehalten habe für diejenigen, die eine warme Tasse Tee oder einen guten Rat benötigen. Dies tue ich an jedem Mittwochabend, schon seit einer ganzen Weile, und ich kann wohl behaupten, dass es ein guter Einfall war, diese Tradition einzuführen. Denn es hat sich herumgesprochen, und ich kann all die Menschen gar nicht mehr zählen, die schon vorbeigekommen sind, weil sie Hilfe von mir wollten. Wie gerne ich doch all diesen armen Seelen helfe.
Heute war eine junge Frau da, die war schwanger und litt

Hunger. Ich gab ihr ein großes Stück Teekuchen und dazu einen Becher Kamillentee. Während sie dankbar aß, konnte ich nicht anders, als immer nur auf ihren Bauch zu sehen. Die Frau stand kurz vor der Geburt, muss ich noch erwähnen. Und alles, was ich denken konnte, war, wie ich wohl im neunten Schwangerschaftsmonat aussehen würde. Wie es wohl sein würde, wenn das Baby sich bewegt, einen seine Liebe spüren lässt, obwohl es noch nicht einmal auf der Welt ist. Und alles, was ich tun konnte, war beten. Beten dafür, dass ich dieses Mal so lange durchhalten werde, all dies endlich auch zu erfahren. Valerie

»Oh mein Gott, sie war wieder schwanger?«, fragte Orchid, als Ruby geendet hatte.

Ruby verstand es wirklich, Valeries Zeilen auf eine Weise zu lesen, die berührend und doch nicht kitschig war. Susan war unglaublich dankbar, dass sie sich nach all den Jahren doch noch dazu entschlossen hatte, sie alle daran teilhaben zu lassen. Auch wenn sie diesen Eintrag lieber nicht gehört hätte. Denn er weckte etwas in ihr – die tiefste Trauer, die eine Frau fühlen konnte. Es zerriss ihr das Herz. Arme, arme Valerie … Susan fühlte so mit ihr, denn sie kannte diesen Schmerz nur zu gut.

Ruby nickte nun. »Ja, das war sie«, sagte sie traurig.

»Das ist sooo tragisch«, fand Keira. »Sie hat es wieder und wieder versucht und wieder und wieder Hoffnung gehabt und wurde doch jedes Mal nur enttäuscht.«

»Ich mag mir nicht einmal ansatzweise ausmalen, wie schrecklich das sein muss«, kam es von Laurie. »Wenn man sich so sehr Kinder wünscht und keine bekommen kann.«

Susans Herz pochte schneller.

»Ja, und damals war es wahrscheinlich noch viel schlimmer als heute«, sagte Orchid. »Heute gibt es ja viele Frauen, die sich gegen Kinder entscheiden, aber früher galt man ohne Nachwuchs nicht mal als richtige Frau.«

»Ich kann diese Frauen nicht verstehen, die sich gegen Kinder entscheiden«, warf Laurie nun ein. »Wie kann man denn keine wollen? Kinder sind das Schönste, was es auf der Welt gibt.«

»Nicht jeder denkt aber so wie du, Laurie. Ich weiß ehrlich gesagt auch noch nicht, ob ich mal welche haben will.« Orchid wirkte bei dieser Aussage mit einem Mal sehr ernst.

»Ehrlich? Also, Barry und ich wollen eine ganze Rasselbande.«

»Na, den Anfang habt ihr ja schon mal gemacht.« Orchid grinste schon wieder.

Susan wollte auch etwas zu der Unterhaltung beisteuern, doch sie konnte gerade weder klar denken noch irgendeinen vernünftigen Satz herausbringen. Ihr Innerstes war total aufgewühlt. Sie wusste, dass ihre Freundinnen, wenn sie von ihrem Schicksal wüssten, solche Kommentare in ihrer Gegenwart zurückgehalten hätten. Doch sie konnte es ihnen einfach nicht sagen, konnte nicht ihre schmerzhaftesten Stunden offenbaren, in denen der Arzt ihr gesagt hatte, dass sie durch die Folgen der schlimmen Fehlgeburt nie wieder schwanger werden konnte.

»Da fällt mir ein … Susan, kann ich nachher noch mal kurz unter vier Augen mit dir sprechen?«, fragte Laurie.

Susan schwante Schlimmes. »Klar«, antwortete sie dennoch.

Nachdem Ruby noch zwei Einträge aus Valeries Tagebuch vorgelesen und sie alle ihren Tee ausgetrunken hatten, verabschiedeten sie sich voneinander. Susan blieb jedoch und sah Laurie dabei zu, wie sie die Tassen in die Spüle stellte.

»Die kann ich morgen abwaschen. Gerade gibt es Wichtigeres.« Sie drehte sich zu Susan um und sah sie an, als gäbe es etwas Hochoffizielles zu verkünden. »Also, meine Liebe, ich würde dich gerne was fragen. Nun ja, eigentlich ist es eher eine Bitte.«

Susan sah sie ein wenig ängstlich an. »Ja?«

»Es ist nichts Schlimmes, keine Sorge. Ich würde gerne von dir wissen … ob du Patentante für unser Baby werden möchtest. Barry und ich würden uns wirklich sehr freuen.«

Susans Herz blieb stehen. Am liebsten hätte sie sich gesetzt oder wäre weggelaufen. Doch sie stand wie angewurzelt da und starrte ihre Freundin an. Als sie endlich imstande war zu sprechen, kamen ganz ungewollt diese Worte aus ihrem Mund: »Kann Keira das nicht machen?«

Lauries Lächeln verschwand, und sie sah ein wenig enttäuscht aus. »Oh«, war alles, was sie sagte.

»Ich meine ja nur, weil Keira doch deine beste Freundin ist«, versuchte Susan sich zu retten.

»Ja, aber sie war schon meine Trauzeugin. Da dachte ich, diese Aufgabe sollte dir vorbehalten sein. Weil ich weiß, wie verantwortungsbewusst du bist und wie liebevoll du mit Terry umgehst. Mir ist klar, das ist nicht dasselbe, aber ... «

»Und Orchid?«

»Orchid? Die habe ich schon als Geburtshelferin eingespannt. Und ehrlich gesagt würde ich Orchid nur ungern fragen. Sie hat ja selbst gemeint, sie wüsste noch nicht mal, ob sie überhaupt Kinder haben will.« Laurie sah sie eingehend an. »Susan, ich wollte dich nicht überrumpeln. Du kannst ja mal in Ruhe darüber nachdenken, okay?«

»Ich kann nicht«, erwiderte Susan. »Es tut mir leid, aber ich kann das einfach nicht.« Dann stürmte sie aus der Tea Corner und ließ eine verblüffte Laurie zurück.

KAPITEL 13

Die ganze Nacht musste Susan über Lauries Bitte nachdenken. Es tat ihr schrecklich leid, wie sie sich verhalten hatte. Sie hoffte nur, dass sie Laurie nicht verärgert oder gar verletzt hatte. Sie hatte ihr einfach nicht sagen können, dass sie die Patentante für ihr kleines Mädchen werden würde, denn das konnte sie nicht. Oder doch? Würde sie nicht sowieso eine Art Tante für die Kleine sein? Sich um sie sorgen und immer für sie da sein, sie an Geburtstagen und an Weihnachten mit Geschenken überschütten, allein, weil sie das Kind einer ihrer besten Freundinnen war?

Aber was bedeutete es genau, Patentante zu sein? Es hieß doch, dass im Fall der Fälle, wenn Laurie und Barry etwas zustoßen sollte, sie dieses Kind aufziehen müsste, oder?

Mit Kindern aber hatte sie abgeschlossen, seit der liebe Gott, das Schicksal oder wer auch immer ihr ihre kleine Valerie genommen hatte. Seit sie erfahren hatte, dass sie nie mehr ein Kind bekommen konnte. Sie hatte sich schweren Herzens damit abgefunden und ihre Situation akzeptiert. Sie hatte jetzt Terry, und auch wenn, wie Laurie es ganz richtig gesagt hatte, ein Hund nicht dasselbe war wie ein Kind, war er ihr großes Glück.

Aber wie hoch war die Chance wirklich, dass Laurie *und* Barry etwas passierte und sie sich um das Kind kümmern musste?

Und dann war da natürlich noch die Sache mit der Kirche. Die Taufe würde ganz sicher in einer solchen stattfinden. Andererseits war sie auch bei Lauries Hochzeit letzten Sommer in der Kirche gewesen. Und selbst wenn sie nicht Patentante wurde, würde sie dennoch bei der Taufe dabei sein müssen, oder? Weil Freundinnen das füreinander taten.

Sie hatte ein ganz schlechtes Gewissen und lief noch vor Ladenöffnung hinüber in die Tea Corner, um sich bei Laurie zu entschuldigen.

»Das muss dir nicht leidtun. Es sind halt nicht alle Kindermenschen. Ich verstehe das schon. Wir können stattdessen auch Barrys Schwester in Schottland fragen.«

»Nein, nein. Ich mache es. Ich bin ein Kindermensch, ehrlich, ich …« Sie senkte den Blick, wusste nicht, wie sie es Laurie glaubhaft machen konnte, ohne sich zu verraten.

»Oh mein Gott«, sagte Laurie nun und sah sie voller Mitgefühl an. Anscheinend hatte sie gerade irgendetwas ganz ohne Worte verstanden. »Dir ist etwas Schreckliches passiert, oder?«

»Ich … ähm … kann da einfach nicht drüber sprechen.«

»Das ist vollkommen okay, Susan. Das musst du nicht. Und du musst auch wirklich nicht Patentante werden, wenn du das nicht willst. Ich bin dir auf keinen Fall böse, falls du das denkst.«

»Ich möchte es ehrlich machen, Laurie. Nicht, weil ich

dich nicht enttäuschen will, sondern weil es einfach das Richtige ist.«

Laurie umarmte sie. »Du weißt nicht, wie viel mir das bedeutet. Danke!«

»Gerne, Liebes. Natürlich müsst ihr die Kleine nun nach mir benennen, das ist ja wohl klar, oder?« Sie zwinkerte Laurie zu.

»Von mir aus gerne. Susan ist tausendmal schöner als Delphine. Ich kann mir jetzt schon die Neckereien in der Schule vorstellen, wenn man nach einem Fisch benannt ist.«

»Streng genommen ist ein Delfin kein Fisch.«

»Stimmt. Trotzdem, da könnten wir sie ja gleich Flunder nennen oder Heilbutt.«

Susan kicherte. »Ich weiß gar nicht, was du gegen Delphine hast. Ich finde den Namen ganz entzückend.«

»Ja, ja, versuch mir nur Mut zu machen. Ich befürchte nämlich, dass ich mich am Ende wirklich damit abfinden muss.«

»Das glaub ich nicht. Wenn du nämlich erst im Kreißsaal liegst und um dein Leben schreist, wird Barry dir jeden Wunsch erfüllen.«

»Hmmm … Du könntest recht haben. Wenn das so ist, komme ich vielleicht doch noch zu Clara.«

»Ja, bestimmt.«

»Erst kürzlich habe ich gedacht, dass Valerie doch auch ein schöner Name wäre, oder? Zu Ehren der guten Valerie. Sie bedeutet uns allen so viel.«

Susans Herz brach entzwei. Sie versuchte zu nicken. »Ja, das wäre wundervoll.«

»Vielleicht als zweiter Name. Das fände ich wirklich toll. Mal sehen, was Barry davon hält. Wenn wir dann im Kreißsaal sind.« Sie lachte.

Die Kirchenglocken läuteten.

»Oje, es ist schon neun. Ich muss dann mal rüber«, sagte Susan.

»Alles klar. Magst du noch Tee mitnehmen? Für dich und Charlotte? Ich gebe einen aus.«

»Sehr gerne.«

»Ich habe leckeren Zimttee aufgesetzt, mein heutiges Tagesangebot. Oder hättest du lieber was anderes?«

»Zimttee ist perfekt.« Susan sah Laurie dabei zu, wie sie in Windeseile zwei Becher befüllte. »Laurie, ist auch wirklich alles wieder gut zwischen uns?«

Laurie sah sie an und legte dabei den Kopf schief. »Aber natürlich. Es war doch nie irgendwas.« Sie reichte ihr die Becher. »Hab einen schönen Tag, meine Liebe.«

»Du ebenso. Und vielen Dank für den Tee.«

Als sie über die Straße lief und dabei versuchte, nichts zu verschütten, entdeckte sie Charlotte, die bereits vor dem Laden wartete. Sie streichelte Terry, der mal wieder auf seinem gelben Stuhl saß.

»Guten Morgen«, begrüßte sie sie. »Ich habe mich schon gewundert, wo du bist, Terry wollte mir aber keine Auskunft geben.« Charlotte grinste.

»Ich war nur kurz bei Laurie drüben. Entschuldige bitte. Aber hey, ich habe Tee für uns mitgebracht.« Sie hielt die beiden dampfenden Becher in die Höhe.

»Super. Ich habe Kirschmuffins.«

»Yummy.«

Sie betraten den Wollladen und bereiteten sich auf einen geschäftigen vorweihnachtlichen Tag vor.

Irgendwann am Vormittag fragte Charlotte Susan, warum sie denn eigentlich keine Musik im Laden laufen hatte.

»Ich mag es lieber still, wenn ich ehrlich sein soll.«

»Oh. Auch jetzt zu Weihnachten? Ich meine, man hört doch zurzeit überall Weihnachtslieder. Ich finde, das würde noch ein bisschen mehr Atmosphäre reinbringen. Aber das ist nur ein Vorschlag. Wenn du nicht möchtest ...«

Susan überlegte. Und sie fragte sich, warum sie als Weihnachtsfan nicht schon längst auf die Idee gekommen war.

»Weißt du was? Du hast recht. Ich gehe gleich mal nach oben und hole meinen tragbaren CD-Player und ein paar Weihnachts-CDs.«

Charlotte lächelte zufrieden, und Susan lief hinauf in die Wohnung. Terry blickte kurz auf, als sie aus der Ladentür verschwand, weil er wohl dachte, dass sie Gassi gehen wollten. Als er jedoch sah, dass Susan weder Jacke noch Leine mitnahm, legte er seinen Kopf wieder auf die Decke und döste weiter vor sich hin.

In der Wohnung sammelte Susan alles zusammen. Als sie wieder in den Laden kam, war gerade Kundschaft da. Es war Julie, die an der Seite ihres Mannes Herman shoppen war. Die beiden waren gern gesehene Stammkunden in der Valerie Lane.

»Guten Tag, ihr beiden. Wie geht es euch?«, begrüßte Susan das Ehepaar mittleren Alters.

»Uns geht es bestens, danke.«

»Was macht die Jobsuche?«, erkundigte sie sich bei Herman, von dem sie wusste, dass er vor einigen Monaten seine Arbeit als Zugfahrer verloren hatte.

»Ich bin noch auf der Suche. Inzwischen wäre ich sogar mit einer Anstellung als Busfahrer zufrieden.«

Hätte Susan noch Kontakt zu Jack gehabt, hätte sie Herman angeboten, sich nach einer freien Stelle zu erkundigen. Denn Jack arbeitete für einen Reiseveranstalter, der unternehmungslustige Leute – meist rüstige Rentner – an wunderbare Orte in ganz England chauffierte. Meist waren das Tagesreisen, die ein Mittagessen gebündelt mit einem Matratzenverkauf beinhalteten. Doch Susan hatte Jack seit der Trennung nicht gesprochen. Gesehen hatte sie ihn allerdings ein paarmal, zusammen mit seiner Familie – seiner Ehefrau und zwei bezaubernden kleinen Kindern –, die er sich so gewünscht und weshalb er sie verlassen hatte. Obwohl sie nur knapp sechs Monate ein Paar gewesen waren, schmerzte es Susan dennoch, ihnen zu begegnen. Steven dagegen hatte sie seit der Beinahe-Hochzeit nie mehr gesehen, sie wusste nicht, ob er überhaupt noch in Oxford wohnte oder ob er ihr einfach aus dem Weg ging.

»Ich wünsche Ihnen so sehr, dass Sie bald eine neue Arbeit finden«, sagte Susan.

»Danke. Das wird schon werden. Bis dahin leiste ich meiner Frau ein wenig Gesellschaft.«

»Am Anfang fand ich es ja ganz nett, meinen Mann den ganzen Tag um mich zu haben«, meinte Julie, »aber so langsam fängt er an, mir auf den Keks zu gehen. Er sieht mir sogar über die Schulter, wenn ich einen Topflappen häkle oder die Zwiebeln fürs Abendessen schneide.«

Oje, dachte Susan. Dem Mann muss aber wirklich langweilig sein, wenn er sogar tränende Augen in Kauf nimmt.

Charlotte begann zu lachen, Susan und Julie stimmten ein. Herman fasste sich nervös an den Nacken.

»Ich mach doch nur Spaß«, ließ Julie ihn wissen. »Wenn es nach mir ginge, könntest du für immer zu Hause bleiben.«

»Na, dann bin ich beruhigt«, erwiderte er.

Susan fand die beiden wirklich süß, wie sie einander neckten. Sie fragte Julie, womit sie an diesem Tag dienen könne, und beriet sie in Sachen Bambuswolle.

Eine Viertelstunde später verließ Julie Susan's Wool Paradise mit einer vollen Tasche Wolle. Herman konnte sich das Kopfschütteln nicht verkneifen. Susan grinste und rief ihnen noch nach, dass sie doch mal auf dem Weihnachtsmarkt am Wochenende vorbeischauen sollten. Dann stellte sie endlich den CD-Player auf, um eine weihnachtliche Stimmung herbeizuzaubern.

Leider waren die CDs, die sie besaß, uralt, ein Mix aus den Neunzigern von irgendwelchen Bands, die nicht einmal mehr existierten.

»Wer war noch mal Hanson?«, fragte Charlotte und betrachtete eine der CDs skeptisch.

»Eine Gruppe, die aus drei Brüdern im Teenageralter bestand. Ich fand die toll damals in den Neunzigern«, erzählte Susan.

Charlotte verzog das Gesicht. »Na gut, was haben wir

denn hier noch? Mariah Carey, okay, das ist akzeptabel.«
Sie legte die CD ein.

Weder Charlotte noch Susan konnten sich dem Drang
entziehen, bei *All I Want for Christmas Is You* mitzusingen.
Glücklicherweise war gerade kein Kunde im Laden, denn
sie sangen beide ziemlich schief. »Brutal« hatte Michael
es immer genannt, wenn Susan als Teenie singend durchs
Haus gelaufen war. Als sie die CD dreimal durchhatten,
hatte Susan eine Idee und rief Keira an. Zuerst hatte sie
an Orchid gedacht, da die immer einen Stapel CDs in
ihrem Laden liegen hatte, doch dann war ihr eingefallen,
dass sie nur die neuesten Hits hörte und die sich weniger
für den heimeligen Wollladen eignen würden. Keira aber
hatte in ihrer Chocolaterie immer eine Auswahl an Klas-
sikern laufen. Die wären perfekt.

»Hi, ich bin's, Susan. Wir hatten heute die Idee, im
Laden Weihnachtsmusik anzumachen, ich habe aber gar
keine guten CDs. Könnte ich mir vielleicht von dir welche ausleihen?«

»Aber natürlich. Ich würde sie dir rüberbringen, habe
aber heute unglaublich viel Kundschaft. Ich habe Kimberly schon angerufen und gebeten, nächste Woche jeden
Tag zu kommen, das schaffe ich nämlich niemals ganz
allein.«

»Super, ich danke dir. Und kein Problem, ich schicke
kurz Charlotte.«

Sie bat Charlotte, schnell zu Keira's Chocolates rüber-
zulaufen. Terry entwischte gleich mit durch die offene Tür
und machte es sich draußen auf seinem Stuhl bequem.
Während Charlotte noch weg war, betrat jemand den

Wollladen. Susan bemerkte es erst gar nicht, da sie mit dem Rücken zum Eingang stand und vor sich hin summte. Erst ein Räuspern ließ sie verstummen und sich umdrehen. Als sie erkannte, wen sie vor sich hatte, erschrak sie. Es war der Mann aus dem Gemeindezentrum, der Gitarrenlehrer, mit dem sie einen intensiven Blick gewechselt hatte – zumindest hatte sie sich das eingebildet.

Peinlich berührt begrüßte sie ihn. »Guten Tag. Willkommen in meinem Wollparadies.«

»Sie sind das«, erwiderte der Mann überrascht, und Susan musste feststellen, dass er ziemlich groß war und aus der Nähe betrachtet noch ein bisschen besser aussah. Umwerfend wäre wohl das richtige Wort.

»Ja, ich bin es.« Sie versuchte zu lächeln.

»Was haben Sie da gerade gesummt?«, fragte er grinsend.

»Ach«, sie merkte, wie sie errötete. »Das war nur …«

»Etwa Hanson?«

Sie staunte. »Das haben Sie erkannt?«

»Ich bin ein großer Musikfan.«

Susan nickte. Das war ihr auch so schon klar gewesen.

Der Mann sah sich um. »Wo sind eigentlich die Kinder?«

»Kinder?« Susan war verwirrt.

»Ja, ich habe meine Nichte und meinen Neffen dabei. Wir sind hier, um Charlotte abzuholen. Die Kinder hatten heute früher Schulschluss, und da dachten wir, das wäre die Gelegenheit.«

»Charlotte? Die ist kurz drüben in der Chocolaterie, um etwas abzuholen. Sagen Sie bloß, Sie sind ihr Bruder!«

Susan war mehr als verblüfft. Erstens, weil die beiden sich – wie sie und Michael – überhaupt nicht ähnlich sahen, denn Charlotte hatte rötliches Haar und ihr Bruder eher dunkles. Zweitens, weil ausgerechnet dieser Mann, dem sie beim Gitarrespielen gelauscht und der irgendetwas in ihr bewegt hatte, der Bruder ihrer neuen Mitarbeitern war. Wie groß war die Wahrscheinlichkeit, innerhalb weniger Tage zwei Menschen kennenzulernen, die einen berührten, und diese beiden waren auch noch miteinander verwandt?

»Sie erscheinen mir ein wenig verblüfft. Haben Sie gedacht, ich sehe anders aus? Hat Charlie mich als Brad Pitt beschrieben?«

Nun musste Susan aber doch lachen. »Nein, überhaupt nicht. Ich meine, sie hat Sie überhaupt nicht beschrieben. Ich habe nur nicht mit *Ihnen* gerechnet.«

»Ich habe auch nicht mit *Ihnen* gerechnet. Oder damit, dass Ihnen dieser Laden gehört. Ehrlich gesagt dachte ich …«

»Was dachten Sie?« Dann fiel es Susan wie Schuppen von den Augen. »Sie dachten, ich wäre jemand Bedürftiges?«

»Entschuldigen Sie, bitte.«

»Ist ja nicht schlimm. Ich meine, es kann jeden erwischen, oder?« Sie musste an Gary denken, der nach dem tragischen Tod seiner Familie auf der Straße gelandet war. Er hatte sich sogar selbst für ein solches Leben entschieden, da ihn starke Schuldgefühle geplagt hatten.

»Ja, so ist es wohl. Was haben Sie dann dort getan, wenn ich so neugierig fragen darf?«

»Ich schaue manchmal vorbei und bringe den Leuten Selbstgestricktes. Mützen, Schals und so weiter. Und da hab ich Ihre Musik gehört. Ich liebe *Tears in Heaven.* Sie haben es wirklich wundervoll gespielt.«

»Danke für das Kompliment.«

Ein paar kurze Momente standen sie sich einfach nur gegenüber und sahen einander an. Bevor es peinlich werden konnte, blickte Stuart – so hieß Charlottes Bruder doch, oder? – sich wieder um und fragte: »Wo stecken die beiden denn bloß?«

»Wenn ich raten sollte, würde ich sagen, entweder hat mein Hund Terry sie mit seinem Charme oder meine Freundin Keira sie mit Schokolade verführt.«

»Na, dann will ich das mal herausfinden gehen.« Er grinste.

»Keine Sorge, in der Valerie Lane ist noch niemand verloren gegangen«, versicherte sie ihm. Sie öffnete die Tür und ließ den hübschen Mann aus dem Laden. Dabei bemerkte sie, wie sich sein gelocktes Haar hinten im Nacken kräuselte.

»Da seid ihr ja!«, sagte er, denn sobald sie die Tür geöffnet hatten, durften sie feststellen, dass tatsächlich Terry die Kinder in Beschlag genommen hatte. Die drei spielten Fangen – mitten in der Valerie Lane. Dabei rannte Charlottes Sohn beinahe die arme Mrs. Witherspoon um, die heute mal allein unterwegs war.

»Oh, sorry. Ist alles okay?«, fragte der zwölfjährige Jason sogleich.

Mrs. Witherspoon lachte nur fröhlich. »Aber ja. Mich kann so leicht nichts umhauen. Spielt nur schön weiter.«

Mit langsamen Schritten tapste sie voran. Sie kam Susan in letzter Zeit noch ein wenig zerbrechlicher vor.

»Mrs. Witherspoon! Wie geht es Ihnen?«, erkundigte sie sich auch sogleich.

»Mir geht es gut, danke. Humphrey ist gerade beim Arzt, es stehen einige Untersuchungen an. Da dachte ich, ich nutze die Zeit für einen kleinen Besuch in der Valerie Lane.«

»Da freuen wir uns aber. Schauen Sie unbedingt bei Laurie vorbei, sie hat heute Zimttee im Angebot, der ist einfach köstlich.«

»Das werde ich machen.«

Jetzt kam auch Charlotte endlich aus der Chocolaterie, gefolgt von Keira. Tobin stellte ein paar neue Gestecke vor die Tür, und Agnes bog mit ihrem Freund Steven um die Straßenecke. Susan freute es jedes Mal, wenn ihre kleine Straße so belebt war. Es war ein Gefühl der Gemeinschaft und immer ein schöner Anblick.

»Mummy!«, rief die kleine Vanessa und lief freudig auf Charlotte zu. Jason, mit seinen zwölf Jahren natürlich viel zu cool, um seiner Mutter in die Arme zu laufen, winkte nur knapp und ließ ein »Hi« heraus.

»Was macht ihr denn hier? Das ist aber eine Überraschung«, freute Charlotte sich.

»Hi, Sis«, sagte Stuart, und Susan musste unwillkürlich an Michael denken. »Wir wollen dich abholen. Und dabei gleich mal deinen neuen Arbeitsplatz sehen.«

»Na, dann kommt mal mit. Das hier ist übrigens Susan, meine Chefin.«

Wieder ein knappes Winken von Jason, das nicht viel

mehr war als ein kurzes Heben seiner Hand. Ein strahlendes Lächeln von Vanessa, die sie schmerzlich an ihre kleine Valerie erinnerte, die jetzt fast im gleichen Alter wäre. Und ein Nicken von Stuart.

»Ja, das weiß ich schon. Wir haben uns bereits miteinander bekannt gemacht.« Dass sie sich aus dem Gemeindezentrum kannten, erwähnte er nicht.

Susan bemerkte Mrs. Witherspoons neugierigen Blick und stellte ihr Charlotte als ihre neue Mitarbeiterin vor.

»Und das sind Ihre Kinder?«, wollte die alte Dame wissen.

»Ja, das sind Vanessa und Jason.«

»Hach, Kinder sind was Schönes.«

»Mrs. Witherspoon war über vierzig Jahre lang Hebamme«, erklärte Susan Charlotte.

»Wow! Ein toller Beruf. Ich habe auch immer etwas Medizinisches machen wollen.«

»Es ist nie zu spät, seine Träume zu verwirklichen. Ich habe meinen Traummann mit siebenundachtzig gefunden.«

»Tatsächlich? Das ist ja wundervoll!«

»Jetzt muss ich auch leider weiter, denn ich will noch bei Ruby und Laurie reinschauen und möchte meinen Humphrey nicht warten lassen.«

»Das verstehen wir natürlich. Grüßen Sie Humphrey von uns.«

»Das mache ich, ihr Lieben.« Mrs. Witherspoon schlurfte zu Ruby's Antiques & Books, und Keira meldete sich zu Wort.

»Entschuldige bitte, dass ich dir deine Mitarbeiterin so

lange ausgespannt habe. Ich habe ein paar neue Pralinenkreationen, die unbedingt probiert werden wollten.«

»Mit Blätterkrokant und Marzipan«, erzählte Charlotte begeistert.

»Kein Problem. Ich stelle mich dafür übrigens auch jederzeit zur Verfügung, das weißt du ja«, sagte Susan schmunzelnd.

»Ich bringe dir nachher ein paar vorbei. Ich habe auch schon wieder Kundschaft. Bis später.« Sie eilte zurück in ihren Laden.

Charlotte legte je einen Arm um die Schultern ihrer Kinder und zog sie an sich, was Jason sichtlich unangenehm war.

»Na, dann kommt mal mit. Wie spät ist es eigentlich?«

»Schon kurz nach zwei«, antwortete Susan. »Du hast Feierabend.«

»Es ist so unglaublich, wie schnell die Zeit hier vergeht.«

Ja, und manchmal scheint die Zeit in der Valerie Lane auch stillzustehen, dachte Susan.

»Mum, können wir heute Abend Pizza essen gehen?«, fragte Jason.

»Ihr wisst doch, dass das ganz schön teuer für uns alle werden würde. Wir müssen sparen, das habe ich euch erklärt.«

»Stuart sagt, er bezahlt«, informierte Jason seine Mutter.

»Das ist zwar wirklich lieb, dass Stuart das vorschlägt …« Charlotte bedachte ihren Bruder mit einem eindeutigen Blick. »Aber er tut schon mehr als genug für uns. Wie wäre es denn mit einem Kompromiss? Wir könnten Pizza selbst machen, alle zusammen. Sie selbst belegen. Das macht Spaß.«

»Von mir aus.« Jason zuckte mit den Achseln.

Vanessa war begeistert. »Jaaa! Wir machen Pizza selbst!«, rief sie. »Macht Susan auch mit?«

Alle Blicke waren auf Susan gerichtet.

»Eine gute Idee«, sagte Stuart. »Susan, haben Sie nicht Lust, heute nach Ladenschluss bei uns vorbeizuschauen und mit uns zu essen?«

»Ich, äh …« Was sollte sie dazu sagen? Einerseits wollte sie natürlich gerne, was hauptsächlich an Stuart lag, der sie gerade mit seinen blauen Augen erwartungsvoll ansah. Andererseits wollte sie sich auf keinen Fall auf irgendetwas einlassen.

»Ja, Susan, komm doch nachher zu uns, wir würden uns freuen«, sagte nun auch Charlotte.

Es ging ja nur um Pizza, oder?

»Okay, ich komme gerne«, antwortete Susan also.

»Was willst du auf deine Pizza drauf haben? Darf ich sie für dich belegen?«, fragte Vanessa aufgeregt.

»Das darfst du, danke. Ich mag am liebsten Pilze und Oliven.« Sie lächelte das Mädchen mit den rotblonden Zöpfen an.

»Cool! Los, Mum, wir müssen noch einkaufen gehen.« Vanessa hatte es auf einmal ganz schön eilig.

»Dann sehen wir uns nachher. Wir erwarten dich gegen sieben. Meine Adresse steht ja auf dem Arbeitsvertrag.«

»Die hab ich, ja. Bis später dann.«

Stuart lächelte sie nur an, dabei fielen ihr seine vielen attraktiven Lachfalten um den Mund herum auf.

Als die Bande ging, musste Susan zugeben, dass sie sich richtig auf den Abend freute. Das könnte wirklich schön werden – wenn sie es nur zulassen würde.

KAPITEL 14

Der Abend bei Charlotte und ihrer Familie verlief noch viel schöner als erwartet. Sie aßen Pizza, spielten Pictionary in einer selbst ausgedachten Weihnachtsversion und lachten sich fast schlapp, als Stuart versuchte, Frau Weihnachtsmann zu zeichnen und keiner darauf kam, wer oder was es sein sollte. Er stand mit seinem Edding vor dem großen Papierbogen, den er an einer Tafel angebracht hatte, und zeichnete der Figur eine Weihnachtsmannmütze, eine Schürze, eine Dauerwelle, einen Kuchen in der Hand, aber die Kinder rieten nur Dinge wie: ein vollgefutterter Weihnachtsmann, ein betrunkener Weihnachtself oder Stuart, der den Weihnachtsmann spielen wollte.

»Ihr seid blöd!«, rief er lachend. »Und ich glaube, eure Vorschläge sind nicht mal ernst gemeint.«

Susan tat vor lauter Lachen schon der Bauch weh. Sie konnte sich nicht daran erinnern, wann sie zuletzt einen so lustigen Abend erlebt hatte.

»Ist es die Frau vom Weihnachtsmann?«, fragte sie endlich, und Stuart atmete erleichtert auf.

»Danke! Endlich ist mal jemand auf meiner Seite.«

»Jetzt bist du dran, Susan«, sagte Vanessa.

Susan stand auf und ging zur Tafel. Sie nahm den Stift

in die Hand und zeichnete Buddy, den Weihnachtself –
mit einer Zipfelmütze auf dem Kopf und einer Flasche
Sirup in der Hand, den er ja auf alles draufschüttete, sogar
auf Spaghetti.

»Das ist Buddy!«, riefen die Geschwister im Einklang.

»Richtig! Ihr seid echt gut.« Susan gab den Stift an
Jason weiter und setzte sich wieder auf das gemütliche
Sofa. Neben ihr stand ein mit roten Kugeln und goldenen
Sternen geschmückter Strauß aus Tannenzweigen. Und
auch sonst strahlte die kleine Wohnung schon richtig viel
Weihnachtsstimmung aus. Überall standen Weihnachts-
und Schneemannfiguren, und an jeder nur erdenklichen
Stelle hingen selbst gebastelte Sterne. Als Charlotte sie
in der Wohnung herumgeführt hatte, war Susan aufgefallen, dass es nur zweieinhalb Zimmer gab, wobei das halbe
von der Größe her eher einer Abstellkammer glich. Sie
fragte sich, wo nur alle schliefen, und sie fand es wirklich
großherzig von Stuart, seine Schwester und deren Kinder
bei sich aufzunehmen. Wenn sie es richtig verstanden
hatte, wohnten die drei bereits seit knapp einem Jahr bei
ihm.

Sie spielten noch eine Weile weiter, dann holte Stuart
seine Gitarre hervor. Als er so im Kerzenschein dasaß und
Weihnachtslieder spielte, zu denen Charlotte und die
Kinder sangen, kam er Susan wie der begehrenswerteste
Mann auf Erden vor. Sie betrachtete Charlotte, die ausgelassen mitträllerte und sehr fröhlich wirkte. Nach
allem, was sie ihr erzählt hatte, war Charlotte viele, viele
Jahre sehr unglücklich gewesen. Und wäre ihr Bruder
nicht gewesen, dann wäre sie es vielleicht immer noch.

All das machte Stuart in Susans Augen nahezu perfekt. Und das wollte sie doch nicht!

Bevor ihre Gefühle völlig mit ihr durchgehen konnten, erhob sie sich und sagte: »Es ist spät. Ich denke, ich sollte mich langsam auf den Heimweg machen.«

»Es ist doch erst halb zehn, bleib ruhig noch ein bisschen. Ich bin mir sicher, Stuart fährt dich später gerne nach Hause«, sagte Charlotte zu ihr.

»Das ist nett gemeint, aber ich muss auch noch mit Terry Gassi gehen, der wartet sicher schon ganz ungeduldig.«

»Okay, dann bringe ich dich halt jetzt nach Hause«, bot Stuart an und erhob sich ebenfalls.

»Das ist wirklich nicht nötig«, sagte sie schnell.

»Oh doch. Oxford ist ein heißes Pflaster bei Nacht.« Er zwinkerte ihr zu.

Sie musste lachen. »Bei Nacht? Es ist halb zehn. Und ich glaube, Oxford ist die wohl langweiligste Stadt in ganz England. Hier passiert doch nie irgendwas Schlimmes.«

»Oh, ich habe gehört, dass vor ein paar Tagen ein paar Randalierer in einen Kiosk eingebrochen sind und Schokoriegel geklaut haben«, sagte er schmunzelnd, und Susan war sich nicht sicher, ob er das wirklich gehört hatte oder sie nur veräppelte.

»Ich komme wirklich sehr gut allein nach Hause, aber danke.«

»Keine Widerrede!«, sagte Stuart und hatte Jacke und Stiefel an, bevor Susan noch weiter widersprechen konnte.

Stuart besaß einen kleinen gelben Fiat und fuhr extra

langsam, wie es Susan vorkam, damit sie ein wenig mehr Zeit zum Reden hatten. Er dankte ihr dafür, dass sie seiner Schwester die Stelle gegeben hatte.

»Du weißt gar nicht, was es Charlotte bedeutet, endlich unabhängig zu werden. Rick ist ein richtiger Kotzbrocken, manchmal hätte ich ihm den Hals umdrehen können.«

»Gut, dass du sie und die Kinder da rausgeholt hast«, sagte Susan.

»Oh, das hat Charlie ganz allein geschafft. Eines Tages ist sie mutig und tapfer aus dem Bett aufgestanden und hat beschlossen, dass dies der letzte Tag an Ricks Seite sein sollte.«

»Ohne deine Unterstützung wäre sie aber vielleicht nie so mutig gewesen.«

Stuart zuckte die Achseln. »Wie auch immer, ich bin froh, dass er weg ist.«

»Ist er das denn? Charlotte hat etwas von einer einstweiligen Verfügung erzählt und dass er immer noch versucht, an sie und die Kinder ranzukommen.«

Stuart schwieg einen Moment zu lange. Dann erzählte er: »Die Kinder darf er einmal die Woche sehen, unter Aufsicht vom Jugendamt. Was Charlotte angeht … hat er in den letzten Monaten immer mal wieder angerufen, ihr sogar ein paarmal aufgelauert. Glücklicherweise konnte sie ihn abwimmeln beziehungsweise ich war da, um das zu tun. Ich hoffe sehr, dass er sie jetzt endlich loslässt. Sie hat so viel Besseres verdient.«

»Das wünsche ich ihr auch.« Susan nickte. »Wir sind gleich da. Danke noch mal fürs Nachhausebringen und für den schönen Abend.« Sie lächelte Stuart an und versuchte dabei cool zu bleiben, auch wenn ihr Innerstes schon wieder völlig austickte.

»Das war das Mindeste, was ich tun konnte.« Er bog in die Valerie Lane ein und blieb vor ihrem Laden stehen. »Ich hoffe, wir sehen uns bald mal wieder?«

»Das fände ich sehr schön.«

Ein paar intensive Sekunden lang sahen sie einander einfach nur an, dann öffnete Susan die Wagentür und stieg aus. Sie blieb noch vor dem Geschäft stehen, bis Stuart winkend davongefahren war, dann ging sie auf die Haustür zu. Doch sie kam nicht weit, denn plötzlich brüllte jemand von oben etwas herunter. Es war Barbara, die aus ihrem Fenster auf der anderen Seite der Straße sah und so breit grinste, dass Susan es sogar von hier unten sehen konnte.

»Wer war denn der hübsche junge Mann?«

Susan rief lachend zurück: »Das geht dich gar nichts an.«

Sie winkte noch einmal und lief hoch in ihre Wohnung, wo Terry schon sehnsüchtig wartete. Sie nahm zwar die Leine mit, legte sie Terry aber nicht um. Ab und zu durfte der süße Kleine ruhig auch mal herumlaufen, wie es ihm gefiel. Er war ja brav und blieb immer an ihrer Seite. Außerdem waren zu dieser späten Stunde nicht mehr allzu viele Menschen unterwegs, und seit Terry kastriert war, musste sie sowieso keine Angst mehr haben, dass er der nächstbesten Hundedame Avancen machte. Ständig hatte er sich davongeschlichen, irgendwen umworben und drei Hündinnen geschwängert – und das waren nur die, von denen sie wusste. Susan hatte dem einfach ein Ende machen müssen, wenn sie nicht immer wieder Ärger mit anderen Hundebesitzern bekommen wollte. Dass Terry jetzt aber keine Möglichkeit mehr hatte, Nachkommen in die Welt zu setzen, bedeutete allerdings nicht, dass er hübschen Hündinnen nicht mehr hinterherlief.

Und so entdeckte er auch jetzt eine niedliche kleine Pudeldame, die es ihm anscheinend angetan hatte.

»Guten Abend. Da haben Sie aber einen ganz süßen Hund. Wie heißt er denn?«, fragte die Pudeldamenbesitzerin, eine Frau Mitte fünfzig mit einer selbst gestrickten Mütze auf dem Kopf, das sah Susan sofort.

»Er heißt Terry. Und wie heißt Ihre Hündin?«

»Polly.«

»Wie alt ist sie?«

»Sie wird diesen Sommer drei.«

»Mein Terry wird schon sieben.«

Manchmal dachte sie über Terrys Alter nach. Cockerspaniel wurden im Schnitt zwölf bis fünfzehn Jahre alt. Irgendwann würde sie sich von ihrem kleinen Gefährten verabschieden müssen. Aber das war noch lange nicht so weit, sie hatten hoffentlich noch viele wunderbare gemeinsame Jahre vor sich.

Als sie wieder nach Hause kamen, holte Susan die Bürste hervor und strich Terry über sein Fell, das schon wieder ganz schön gewachsen war. Spätestens im Januar würden sie den Hundefriseur aufsuchen müssen.

»Und baden müssen wir dich auch mal wieder, was, Kleiner?«

Es stand geschrieben, dass man Cockerspaniel nur einmal im Monat baden musste, allerdings steckte Susan

Terry mindestens alle zwei Wochen in die Wanne. Er mochte es, und sie mochte es, wenn er sauber war und gut roch. Immerhin kuschelten sie täglich.

Susan sah sich ihre aufgezeichneten Telenovelas an und erfuhr, dass Richard neben Rosita nun auch noch ihre Zwillingsschwester verführt hatte, woraufhin Rosita ihm Rattengift in sein Lieblingsdessert gemischt hatte. Als Richard gerade den Löffel in die Hand nahm, endete die Folge.

»Ist das wieder spannend. Und wir müssen uns bis morgen gedulden, um zu wissen, wie es weitergeht«, bedauerte Susan. »Wollen wir uns noch einen Film ansehen?«, fragte sie Terry nun. Er blickte sie reaktionslos an. »Ich würde sagen, das tun wir. Heute ist mir nach einer richtig schönen Liebesgeschichte, nicht, dass ich irgendwelche anderen Filme besitzen würde.«

Lachend ging sie hinüber zur Kommode, deren Schubladen bis obenhin mit DVDs vollgepackt waren. Sie entschied sich für *Liebe braucht keine Ferien*, das war ein Liebesfilm und ein Weihnachtsfilm in einem – perfekt!

Jude Law spielte mit, und sie war sich sicher, dass Laurie, die total für den Schauspieler schwärmte und sogar ihr Auto nach ihm benannt hatte, den Film mindestens hundertmal gesehen hatte.

In *Liebe braucht keine Ferien* ging es darum, dass zwei Frauen – gespielt von Cameron Diaz und Kate Winslet – über Weihnachten die Häuser tauschten, dazu machte Kate sich auf nach Los Angeles, wo Cameron in einer riesigen Villa lebte, und Cameron bezog Kates niedliches kleines Cottage in England. Natürlich tauchte ein unbekannter Fremder in der englischen Einöde auf, und die beiden verliebten sich. Bei diesem unbekannten Fremden handelte es sich um Jude Law, und er war der Bruder von Kate.

Der Bruder!

Susan hatte sich noch nie in den Bruder von irgendwem verliebt. Nein, halt, das stimmte nicht. In der achten Klasse hatte sie sich hoffnungslos in den älteren Bruder ihrer Klassenkameradin Maggie Houser verknallt, der sie jedoch nur ausgelacht und ihren Liebesbrief der gesamten Schule gezeigt hatte. Seit diesem Vorfall hatte Susan keinen Liebesbrief mehr geschrieben. In diesem Moment hätte sie es aber gerne getan.

Sie sah sich den Film zu Ende an, trank dabei Bratapfeltee und aß ein paar Pralinen, die sie einige Tage zuvor bei Keira erstanden hatte. Terry war längst eingenickt und schnarchte zufrieden vor sich hin.

Nach kurzem Zögern holte Susan ihren Briefblock und einen Stift hervor und setzte sich an den Esstisch. So albern sie sich dabei vorkam, musste sie ihren Gefühlen einfach freien Lauf lassen …

Lieber Stuart, begann sie, strich die Worte aber sofort wieder durch. Sie zerknüllte das Blatt Papier und machte einen neuen Ansatz.

Stuart,
ich fand es wirklich nett heute Abend bei Euch. Die Pizza war lecker, und das Weihnachts-Pictionary hat riesigen Spaß gemacht. Lange habe ich nicht mehr so gelacht.
Ich …

Sie schüttelte den Kopf über sich selbst, riss auch dieses Blatt vom Block, zerknüllte es und warf es über die Schulter ins Nirgendwo.

Was passierte hier nur mit ihr? So lange hatte sie ihr armes Herz von allem, was das männliche Geschlecht anging, ferngehalten. Allein, wenn sie sich ihre Daily Soaps ansah, ließ sie romantische Gefühle zu, aber doch niemals, was ihr eigenes Liebesleben betraf! Liebesleben – sie hatte nicht mal mehr eins, wollte es nicht, wollte doch nie mehr verletzt werden.

Aber nun ... Stuart bewegte irgendwas in ihr, das sie sich einfach nicht erklären konnte und gegen das sie zu schwach war anzukämpfen.

Sie atmete tief durch, und dann ließ sie ihr Herz – nach einer sehr langen Zeit – wieder sprechen.

Liebster Stuart,
schon als ich dich neulich im Gemeindezentrum Gitarre
spielen hörte, wusste ich, dass solch berührende Klänge
nur ein Mann hervorbringen kann, der gut ist und ehrlich,
herzlich und vertrauenswürdig. Ich habe gehört, wie du
mit den Menschen sprichst, sie behandelst, als wären sie
wie du und ich. Als unsere Blicke sich trafen, war es um
mich geschehen.
Niemals hätte ich erwartet, dass wir uns auf diese Weise
wiedersehen, uns näherkommen, wenn auch nur als
Freunde. Denn das sind wir doch, oder? Freunde? So sehr
ich es mir wünschen würde, kann ich dir nicht mehr geben
als Freundschaft. So gern ich in deinen Armen liegen
würde, mehr von dir erfahren, dein Herz an meinem

spüren würde, so kann ich doch nie das sein, was ich gern
sein würde. Eine Frau, die einen Mann in ihr Leben und
in ihr Herz lässt.
Und dennoch möchte ich, dass du es weißt. Dass du
erfährst, wie ich fühle. Denn ich bin hin und weg von dir,
du gehst mir nicht mehr aus dem Kopf, und ich wünschte
so sehr, die Dinge wären anders, und wir hätten eine
Chance auf etwas Großartiges.
Doch das Einzige, was ich dir geben kann, ist meine
Freundschaft. Alles andere werde ich mir für meine
Träume bewahren, in denen ich wie jede andere Frau bin,
die Vergangenheit vergessen und Gefühle zulassen kann.
In meinen Träumen sind wir eins. In meinen Träumen ist
die Welt perfekt.
In Liebe
Susan

Ihr lief eine Träne übers Gesicht. Sie fiel auf das Blatt
Papier und verschmierte ein paar der Buchstaben, was
nichts machte, da Susan nicht vorhatte, Stuart den Brief
wirklich zu geben. Sie hatte ihre Gefühle irgendwie aus-
drücken müssen, und wenn sie doch mit niemandem darüber reden konnte ...

Sie seufzte schwer, riss auch dieses Blatt vom Block,
zerknüllte es aber nicht wie die anderen, sondern faltete
es sorgfältig zusammen und steckte es unter ihr Kopfkis-
sen. Dann legte sie sich schlafen und hoffte, sie würde von
Stuart träumen. Stuart, der so fantastisch mit Charlottes
Kindern umgegangen war. Natürlich würde er Vater werden wollen, das war so sicher wie nichts sonst. Allein das

war schon ein Grund, warum niemals etwas aus ihnen werden könnte.

Als Susan die Augen schloss, war er bereits da, direkt vor ihr, und sie wusste, er würde so schnell nicht wieder verschwinden.

KAPITEL 15

Am Freitagnachmittag fand in Susan's Wool Paradise wie immer die Strickrunde statt. Charlotte blieb an diesem Tag ein wenig länger und beteiligte sich daran, um noch ein wenig für den Weihnachtsmarkt zu stricken, der ja schon am Tag darauf beginnen sollte. Sie fand es ganz wunderbar, so viele nette Leute kennenzulernen. Laurie lud Charlotte dazu ein, doch auch mal an einem Mittwochabend in der Tea Corner vorbeizuschauen. Edith hielt alle über ihre sechs Enkelkinder auf dem Laufenden, und Mrs. Kingston nutzte die Gelegenheit, all den Tratsch loszuwerden, der sich in den zwei Wochen seit ihrer letzten Teilnahme angesammelt hatte.

Am Abend blieb Susan noch im Laden, um letzte Vorbereitungen zu treffen, Preisschilder zu basteln und den Tisch zu schrubben, der seit dem Frühlingsfest nicht mehr benutzt worden war. Er hatte zusammengeklappt in der Kammer gestanden, neben dem Überdach, das man daran anbringen konnte. Mr. Spacey hatte ihnen die Stände vor einigen Jahren zur Verfügung gestellt, als sie ihm von ihrem ersten geplanten Weihnachtsmarkt erzählt hatten. Er war so angetan von der Idee gewesen, dass er ein wenig investiert hatte; schließlich sollte die Valerie Lane doch zur schönsten Straße von Oxford gekürt werden. Und das hatte sie auch tatsächlich geschafft. Auf einer Internetseite hatte sie vor fünf Jahren den ersten Platz in der Kategorie »Romantischste Straße Englands« gewonnen. Susan erinnerte sich noch daran, wie sie das gefeiert hatten, zusammen mit Meryl. Ach, die guten alten Zeiten …

Jetzt wollte sie sich aber erst mal auf den diesjährigen Weihnachtsmarkt konzentrieren. Immerhin hatten schon viele Leute zugesagt zu kommen. Charlotte hatte ihr erzählt, dass Stuart versprochen hatte, mit den Kindern vorbeizuschauen. Er würde sich am Wochenende um die beiden kümmern, während Charlotte Susan am Stand half.

Ehrlich gesagt konnte Susan es kaum erwarten, dass der Weihnachtsmarkt begann. Nicht nur freute sie sich auf die wunderbar weihnachtliche Atmosphäre, die er in jedem Jahr mit sich brachte, sie freute sich ebenso darauf, Stuart wiederzusehen. Seit er sie am Abend zuvor nach Hause gebracht hatte, ging er ihr nicht mehr aus dem Kopf. Ja, er hatte sich sogar in ihre Träume geschlichen. Und obwohl sie wusste, dass es falsch war, obwohl sie überhaupt nicht mit einem Mann zusammen sein wollte – nie mehr, das hatte sie sich doch geschworen! –, konnte sie einfach nicht anders, als sich vor ihrem inneren Auge immer wieder sein schönes Lächeln auszumalen. Konnte sie nicht anders, als an sein Gitarrenspiel zu denken. Konnte sie nicht anders, als sich mehr zu wünschen. Keine Küsse, keinen Sex, ja, nicht einmal Nähe. Nur ein Lächeln von ihm, nette Gespräche … Vielleicht doch ein wenig Nähe?

Nein!

Das durfte nicht geschehen! An so etwas durfte sie nicht einmal denken. Denn es würde sowieso wieder nach hinten losgehen. Sie würde ihm früher oder später sagen müssen, dass sie keine Kinder bekommen konnte, und er würde sie deshalb für eine andere verlassen, um mit ihr eine Familie zu gründen, genau wie Jack, und Susan würde erneut ganz allein, verlassen und verletzt zurückbleiben. Das hatte sie alles schon gehabt, und es hatte so verdammt wehgetan. So etwas durfte sie nicht noch einmal zulassen.

Sie rief Terry herbei und schloss den Laden ab. An diesem Abend war es so kalt, dass die Nase beim Atmen wehtat. Nicht einmal Terry schien Lust auf einen langen Spaziergang zu haben, weshalb sie nur die Cornmarket Street auf und ab gingen. Als sie an einem Pärchen vorbeikamen, das verliebt miteinander turtelte, hatte sie einen richtigen Kloß im Hals und wünschte sich genau das. Sie wusste gar nicht, wie ihr geschah. Wie konnte es sein, dass ein Mann, den sie erst so kurz kannte, ihre Schutzmauern durchbrach? Lag es überhaupt an Stuart oder einfach nur daran, dass sie sich nach all den einsamen Jahren so sehr nach Liebe sehnte? Lag es an den Serien und Filmen, die sie sich ständig ansah? Lag es daran, dass einfach alle um sie herum frisch verliebt waren? Lag es vielleicht an Weihnachten?

Sie setzte sich auf die Treppen der Kirche und schnäuzte sich die von der Kälte laufende Nase. Plötzlich stand jemand neben ihr und fragte, ob er sich zu ihr setzen dürfe.

Susan blickte auf. Der Mann strahlte etwas zutiefst Friedliches aus, und ohne ihn zu fragen, wusste sie, dass er ein Pastor war.

»Ja, natürlich. Die Stufen sind aber sehr kalt.« Sie musste daran denken, dass sie sonst diejenige war, die ihren Freundinnen sagte, sie sollten sich ja nicht auf kalte Bänke setzen, um keine Blasenentzündung zu bekommen.

»Das macht mir nichts.« Der ältere Mann nahm Platz. »Ich sehe, dass du leidest, mein Kind. Kann ich irgendetwas für dich tun, dir irgendwie helfen?«, fragte er und sah ihr direkt in die Augen.

»Das kann keiner. Ich selbst könnte es vielleicht, wenn ich endlich über meine Vergangenheit hinwegkommen würde. Aber das scheint so gut wie unmöglich.« Sie konnte die Tränen nicht aufhalten, die ihr plötzlich über die Wangen liefen.

Der Pastor versuchte nicht, ihr irgendwelche weisen Ratschläge zu geben oder Reden zu schwingen. Alles, was er ihr sagte, war: »Manchmal ist es an der Zeit, an die Zukunft zu glauben.«

Diese simplen Worte bewirkten so viel bei Susan, dass sie nur noch mehr weinen musste.

»Danke«, sagte sie aus tiefstem Herzen.

Wortlos blieben sie noch eine Weile nebeneinander sitzen, dann erhob Susan sich, lächelte den Pastor noch einmal dankbar an und machte sich zusammen mit Terry auf nach Hause. Diesmal sah sie sich keine Liebesschnulzen an. Stattdessen ging sie gleich ins Bett und träumte von ihrer eigenen.

»Hier könntest du noch ein paar drüberhängen«, sagte Susan zu Charlotte, die gerade die Schals aus dem Karton befreite. Susan deutete auf die Stange, die über dem Tisch befestigt war.

»Alles klar.« Sie holte einen blauen, einen lilafarbenen

und einen rosaroten Schal hervor und drapierte sie hübsch. »Ich bin mir sicher, dass wir schon heute alles verkaufen. Was machen wir denn dann morgen?«

»Ja, das wäre schön, oder? In dem Fall müsste ich ein paar Stücke aus dem Laden holen. Und wir müssten fleißig weiterstricken. Ich wollte dich sowieso noch bitten, mir in den kommenden Tagen ein wenig zu helfen, damit wir genügend Sachen für die Weihnachtsfeier im Gemeindezentrum haben.«

»Du kommst auch?«, fragte Charlotte ganz begeistert.

»Aber selbstverständlich. Ich helfe dort seit Jahren, so viel ich kann.«

»Ach, jetzt verstehe ich Stuarts Andeutungen.«

Andeutungen? Stuart hatte Andeutungen gemacht? War es dabei etwa um sie gegangen?

Susan räusperte sich. »Was hat dein Bruder denn gesagt?«

»Ach, nur, dass ihr euch schon mal begegnet seid. Im Gemeindezentrum anscheinend, was? Du hattest das gar nicht erwähnt.«

»Ich … äh … ja, das hab ich wohl vergessen. Wir sind uns dort vor einigen Tagen begegnet. Er hat Gitarrenunterricht gegeben.«

»Stuart und seine Gitarre.« Charlotte lachte. »Die war ihm schon immer sein liebster Freund. Ich bin mir sicher, dass er seinen Kindern schon kurz nach der Geburt das Spielen beibringen wird.«

In Susans Hals bildete sich ein Kloß von der Größe eines Schneemannkopfes. Sie hörte kaum noch, was Charlotte weiter erzählte.

»Bei meinen Kindern hätte er es wahrscheinlich ebenso versucht, leider hatten wir in den Jahren, in denen ich mit Rick zusammen war, nur wenig Kontakt. Rick wollte das nicht. Er wollte mich immer ganz für sich allein haben. Na, zum Glück ist das jetzt vorbei, und wir können wieder ganz viel Zeit miteinander verbringen. Und Stuart kann das mit dem Gitarrenunterricht bei meinen Kids endlich nachholen. Obwohl Jason da gar keine große Lust drauf hat, der spielt viel lieber Fußball … Du, Susan, ist alles okay mit dir?«

Charlotte starrte sie an.

»Ja, sicher. Ich … Mir geht es bestens. Mir ist nur gerade etwas klargeworden.« Sie hatte eben erkannt, dass ihr Traum von einer Zukunft, in der sie doch noch ihr Glück fand, nur eine Illusion gewesen war. Eine schöne Illusion, die aber gleich wieder geschmolzen war wie eine Schneeflocke, als sie den Grund der Tatsachen berührte.

»Ah ja? Was denn?«, fragte Charlotte.

»Dass … dass diese Preisschilder einfach dämlich sind.« Sie sammelte die Schilder hastig ein. »Wir werden den Leuten den Preis nennen, wenn sie danach fragen.«

»Huch«, sagte Charlotte verdutzt.

»Wir wollen uns doch niemandem aufdrängen, richtig?«

»Ähm … natürlich nicht.« Charlotte schien ein wenig verwirrt von Susans plötzlichem Ausbruch.

»Es ist gleich neun. Ich muss dann mal rein, schaffst du das hier allein?«

»Da bin ich sicher. Susan, geht es dir auch wirklich gut?«

»Ja, alles bestens. Ich sehe endlich wieder klar.« Die Dinge konnte man sich nicht einfach so zurechtdrehen, wie man sie gern haben wollte, das hatte sie sich gerade wieder ins Gedächtnis gerufen. So war das Leben nun mal. Und man konnte nichts daran ändern.

Sie begab sich in den Laden, sah Charlotte durch das Fenster dabei zu, wie sie weiterhin die hübschen Schals und Mützen, Handschuhe und Strümpfe, Stulpen und Stirnbänder zurechtdrapierte. Sie hatte solch ein Glück mit ihr, sie war eine tolle, fleißige, zuverlässige und hingebungsvolle Mitarbeiterin. Warum musste sie denn nur einen Bruder haben, der so hinreißend war?

Susan schwor sich, Stuart aus ihren Gedanken zu verbannen. Sie wollte ihn nicht mögen, und das würde sie auch nicht. Nicht, wenn sie es verhindern konnte.

Den ganzen Tag über kamen weihnachtslustige Menschen in die Valerie Lane. Die meiste Zeit stand Susan in ihrer offenen Ladentür, in einen der Ponchos gehüllt, die sie auch zum Verkauf anbot. Charlotte machte sich wirklich gut, und falls mal jemand eine Frage hatte, war Susan gleich in der Nähe und wusste die Antwort. Ab und zu verirrte sich auch jemand ins Wool Paradise, um Wolle zu kaufen, aber hauptsächlich spielte sich der Verkauf an diesem Tag draußen ab.

Während Susan so dastand, hatte sie viel Zeit, das bunte Treiben zu beobachten. Es war wieder ein sehr kalter Tag, und die Leute erschienen dick eingemummt in warmen Mänteln und Mützen mit winterlichem Muster. Mehrere Frauen mittleren Alters kamen allesamt mit

Weihnachtsmannmützen auf dem Kopf, und ein paar Kinder trugen sogar Krippenkostüme. Sie wollten nach dem Abstecher in der Valerie Lane noch in die Schule, ein Theaterstück aufführen, wie Susan erfuhr. Die kleine Maria mit ihrem langen Gewand, dem Kopftuch und dem Jesusbaby im Arm bestaunte die Engel, die Orchid neben den selbst gemachten Kerzen und den Teelichtgläsern mit wunderhübschen Motiven anbot.

Susan sah Orchid mit der Kleinen reden, dann holte das Mädchen seine Mutter herbei, die ihr einen solchen Engel kaufte. Ein glücklicheres Kind hatte Susan selten gesehen.

Die meisten Leute standen bei Laurie, die heißen Tee ausschenkte. Irgendwann ging auch Susan rüber und kaufte welchen für Charlotte und sich. Dabei nahm sie wahr, wie Keiras achtzehnjährige Aushilfe Kimberly schwärmerisch zu Tobin hinübersah, der selbst seinen Stand bediente. Barbara hatte den Verkauf drinnen im Laden übernommen, und Tobin stand keine zwei Meter von Orchid entfernt und pries seine hübschen Weihnachtsgestecke an.

Ob Kimberly wohl auf Tobin steht?, fragte Susan sich. Sie war zwar weit jünger als er, aber immerhin war sie schon volljährig. Wusste sie denn nicht, dass Tobin sein Herz bereits an Orchid verschenkt hatte?

Immer wieder vernahm sie die Blicke, die Tobin und Orchid sich unauffällig zuwarfen. Sie spazierte mit ihrem warmen Becher in der Hand zu ihnen rüber.

»Na, wie läuft es bei euch?«, erkundigte sie sich.

»Super, danke. Es würde wahrscheinlich noch besser

laufen, wenn Tobin nicht auch Kerzen anbieten würde«, sagte Orchid ein wenig schroff.

»Ach komm, ich habe lediglich in einigen Gestecken eine Kerze drin, du dagegen hast wunderschöne selbst gemachte Kunstwerke. Ich bin nun wirklich keine Konkurrenz für dich«, erwiderte Tobin.

»Oh, das ist aber lieb von dir«, entgegnete Orchid, und Susan dachte schon, wie nett die beiden doch miteinander umgehen konnten, als ihre Freundin hinzufügte: »Das ist so nett und schleimig, dass mir ganz schlecht wird.« Sie machte eine Kotzgeste.

Susan konnte nur lachend den Kopf schütteln.

»Wann werdet ihr beiden nur endlich über eure Antipathie hinwegkommen und sehen, welch großartige Menschen ihr vor euch habt?«, fragte sie.

»Niemals!«, antwortete Orchid sofort.

»Ich weiß bereits, wie großartig Orchid ist«, sagte Tobin. »Na ja, die meiste Zeit versteckt sie es zwar und ist eine Riesenzicke, aber ...« Er grinste.

»Idiot!«, hustete Orchid hinter vorgehaltener Hand.

»Ihr seid echt unmöglich, benehmt euch wie die Kinder. Wie alt seid ihr noch mal?« Susan sah streng von einem zum anderen.

»Orchid, kannst du mal kurz reinkommen?«, hörte sie eine Stimme mit starkem Akzent. Ein junger Mann war aus Orchids Laden getreten.

Das muss dieser André sein, dachte Susan. Und Orchid stellte ihn Tobin und ihr auch gleich als genau den vor.

»Freut mich sehr«, sagte er und lächelte sie kurz an, dann bat er Orchid noch einmal: »Könntest du schnell helfen kommen? Ich habe irgendwas an der Kasse falsch gemacht. Sie zeigt mir an, dass die Kundin für das Badeöl 99,99 Pfund zahlen soll.«

»Oje, klar, ich komme sofort. Übernimmst du hier draußen?«

Sie tauschten die Positionen, und Susan nutzte die Gelegenheit, um näher an Tobin heranzutreten und ihm etwas zuzuflüstern. »Willst du es ihr nicht endlich gestehen? Ich sehe doch, dass es ihr genauso geht wie dir.«

»Wie schon gesagt, ich will für keine Trennung verantwortlich sein. Könntest du bitte endlich aufhören, dich einzumischen? Sonst bekommst du nämlich kein Weihnachtsgeschenk.« Tobin versuchte, sie streng anzusehen, doch ihm rutschte ein Schmunzeln heraus.

»Ooooh, was bekomme ich denn?«

»Eine Rolle Pflaster, von der du dir immer ein Stück abtrennen und auf den Mund kleben kannst, wenn du das Gefühl hast, dass du gleich etwas Unpassendes sagen musst.«

»Haha. Sehr lustig.«

»Ich meine das ganz ernst. Du, sag mal, wer ist eigentlich der gut aussehende junge Mann, der seinen Blick nicht von dir abwenden kann?«

»Was?« Sie war sich sicher, dass Tobin nur wieder scherzte und es sich um Herman, Humphrey oder jemand noch Älteren handelte. Als sie sich jedoch in die Richtung drehte, in die Tobin zeigte, entdeckte sie Stuart, der tatsächlich zu ihr sah und sie zu beobachten schien.

»Das ist doch nur Charlottes Bruder, Stuart.«

»Für *nur* Charlottes Bruder scheint er dich aber ganz

schön zu mögen.« Tobin grinste. Jaja, er konnte es ihr nun endlich heimzahlen, das war ihr klar.

»Ach, halt dein hübsches Mäulchen, Tobin«, entgegnete sie und ging auf Stuart zu.

»Hi, Susan. Wow, das ist ja ein Spektakel hier. Man kommt sich ein bisschen so vor wie vor hundert Jahren.« Er sah sich erstaunt um.

Susan wusste, was er meinte. Die niedlichen Stände, nirgendwo ein Auto in der Nähe, die Leierkastenmusik, die Mr. Monroe hervorzauberte. Es wirkte ein wenig wie die Kulisse für einen alten Film.

»Ja, da hast du recht. Hallo, Stuart. Wie geht es dir?«

»Mir geht es gut, danke. Und dir?«

»Mir auch.« Sie lächelte ihn an. »Ich liebe Weihnachten, musst du wissen. Und auf diesen Weihnachtsmarkt freue ich mich immer das ganze Jahr.«

»Du hörst aber nicht schon im August Weihnachtslieder und kaufst alle Geschenke ein, oder?«

»Nein, nein, so schlimm ist es nicht. Es kann aber vorkommen, dass ich mir im August einen Weihnachtsfilm ansehe. Ich finde, die gehen zu jeder Jahreszeit. Hältst du mich jetzt für verrückt?« Dass sie tatsächlich schon im Sommer anfing, die Weihnachtsgeschenke für all ihre Freunde zu stricken, verschwieg sie lieber.

»Überhaupt nicht. Das wäre ja sonst so, als wenn man einen Film, der im Sommer spielt, nicht auch zur Weihnachtszeit gucken könnte.«

»Stimmt, so habe ich es noch gar nicht betrachtet.« Sie strich sich eine Haarsträhne hinters Ohr.

»Stuart, hast du ein paar Pfund für uns?«, hörten sie

kurz darauf Jason, der mit seiner Schwester neben ihnen aufgetaucht war.

»Was, gleich ein paar Pfund? Wofür braucht ihr die denn?«

»Wir wollen uns was Süßes kaufen. Da drüben in dem Schokoshop.«

»Oh, lasst aber Keira nicht hören, dass ihr ihre wunderbare Chocolaterie so nennt«, riet Susan den beiden.

»Wollt ihr denn nicht Hallo sagen?«, fragte Stuart seine Nichte und seinen Neffen.

»Hallo.« Ehe Susan es sich versah, hatte Vanessa sie umarmt. Von Jason bekam sie nur wieder dieses angedeutete Winken.

»Hast du nun Cash oder nicht?«

»Na gut, weil ihr es seid.« Stuart holte seine Geldbörse hervor und reichte jedem Kind eine Fünf-Pfund-Note.

Sie bedankten sich und liefen davon.

»Du bist ein richtig toller Onkel, weißt du das?«, sagte Susan.

Stuart lachte. »Etwa, weil ich ihnen Geld gegeben habe?«

»Natürlich nicht. Ich sehe doch, wie du mit ihnen umgehst, was du alles für sie tust, und Charlotte erzählt auch so einiges.«

»Ach ja? Was erzählt Charlotte denn?« Jetzt hatte sie seine Neugier geweckt.

»Nur Gutes.«

»Na, dann bin ich beruhigt.«

Sie sahen einander in die Augen und hielten dem Blick eine gute Minute stand, ohne ein Wort zu sagen. Dann brach Susan den magischen Moment, weil sie aus den Augenwinkeln jemanden in ihren Laden gehen sah und Charlotte leise nach ihr rufen hörte.

»Ich muss dann mal wieder, entschuldige bitte.«

»Das macht doch nichts. Widme dich deiner Kundschaft, ich bin noch eine Weile da.«

»Das ist schön. Dann bis später.«

Sie eilte zu ihrem Geschäft, und als sie sich noch einmal umdrehte, sah sie Tobin, der ihr eindeutige Zeichen machte. Sie zeigte ihm einen Vogel und betrat ihren Laden.

KAPITEL 16

Der Samstag verging wie im Flug. Als am frühen Abend nicht mehr allzu viel los war, nutzte Susan die Gelegenheit, um selbst noch ein paar Einkäufe zu tätigen. Sie erstand zwei hübsche Tannengestecke bei Tobin, von denen sie am nächsten Tag eins mit zu ihrem Vater nehmen würde. Bei Orchid kaufte sie Badesalz für Laurie zu Weihnachten, da diese in letzter Zeit so gerne badete. Natürlich musste Susan auch eine von Orchids wunderschönen Kerzen in Blumenform haben, die es ihr total angetan hatten. Bei Laurie deckte sie sich mit einigen neuen Sorten Tee ein, bei Keira kaufte sie als Weihnachtsgeschenk für ihren Vater alles, was diese mit Pfefferminz anbot, und zum Schluss ging sie bei Ruby vorbei, denn die leckere Weihnachtsmarmelade durfte natürlich nicht fehlen.

»Du meine Güte, du hast ja kaum noch Marmelade übrig«, staunte sie, als sie Rubys Stand erreichte.

»Ja, ich bin auch total überrascht, wie gut die weggeht. Ich glaube, ich muss heute Abend neue einmachen. Für morgen habe ich nur noch zwanzig Gläser übrig, und ich denke kaum, dass die reichen werden.«

»Ich freu mich für dich, dass sie so gut ankommt. Gibst du mir bitte auch ein Glas? Ach was, ich nehme gleich zwei, von jeder Sorte.«

»Gerne.« Ruby legte die Gläser in den Baumwollbeutel, den Susan ihr geöffnet hinhielt.

»Ich könnte dich wohl nicht dazu überreden, mir das Rezept zu geben, oder? Das von Valerie, meine ich. Das von deiner Mutter soll natürlich in der Familie bleiben.«

»Ich fürchte, das geht nicht. Da musst du wohl bis nächstes Weihnachten warten, da werde ich die Marmelade ganz sicher wieder anbieten.«

»Schade. Aber wahrscheinlich besser so. Sonst würde ich noch jeden Tag ein Glas verputzen. Die ist nämlich so lecker, dass ich sie löffeln möchte.«

Ruby war vor ein paar Tagen auch mit Valeries Kirschmarmelade herumgegangen und hatte alle probieren lassen. Wobei nichts an Meryls Weihnachtsmarmelade herankam, fand Susan.

»Ich bin richtig froh, dass wir auch in diesem Jahr einen Weihnachtsmarkt auf die Beine gestellt haben«, sagte Ruby jetzt. »Sieh doch nur, wie glücklich alle sind. Und Laurie scheint das selbst mit ihrem dicken Bauch gut zu meistern.«

Susan sah zu ihrer Freundin hinüber und schmunzelte. Sie bekam ihren Mantel nicht einmal mehr zu. »Ja, unser Markt darf einfach nicht fehlen. Er ist jedes Jahr mein Weihnachts-Highlight.«

»Wie läuft es denn an deinem Stand? Ich hoffe, genauso gut wie bei mir?«

»Oh ja. Wir haben schon beinahe die Hälfte unserer Ware verkauft. Und falls doch was übrig bleibt, kann ich es mit ins Obdachlosenheim nehmen.«

»Ach, da fällt mir ein … Geh doch mal kurz in meinen

Laden, und lass dir von Gary die Bücher geben, die ich zusammengesammelt habe. Einige sind aus meinen eigenen Regalen und ein paar vom Flohmarkt, ich hoffe, das macht nichts?«

»Aber natürlich nicht. Das ist super, da werden sich die Leseratten sicher sehr freuen. Danke, Kleines.«

»Gern geschehen. Ich finde, jeder sollte die Möglichkeit haben, zu lesen und sich in andere Welten zu begeben. Bücher erfreuen die Menschen nämlich nicht nur, sie schenken ihnen auch Mut und neue Hoffnung.«

Susan wurde warm ums Herz. Ruby war schon etwas ganz Besonderes.

»Da gebe ich dir vollkommen recht. Gerade diese Menschen können ein wenig Hoffnung gut gebrauchen. Ich gehe gleich mal rein.«

Drinnen begrüßte sie Gary, der ihr zwei Beutel voll Bücher reichte. Sie bedankte sich auch bei ihm, da sie sich sicher war, er hatte seinen Teil beigetragen. War er doch selbst letztes Weihnachten noch obdachlos gewesen.

»Wir helfen wirklich gerne. Falls wir noch irgendwas tun können, lass es uns wissen, ja?«, sagte er.

»Da werde ich vielleicht drauf zurückkommen«, erwiderte Susan und brachte all ihre Errungenschaften nach Hause.

Am Sonntag öffneten die Ladeninhaberinnen der Valerie Lane erneut ihre Stände, und wieder verwandelte sich ihre kleine Straße in ein einziges Weihnachtsfest.

Charlotte war um Punkt elf da, weil die Geschäfte wie auch der Weihnachtsmarkt sonntags erst dann öffneten.

»Warst du bei deinem Vater?«, erkundigte sie sich gleich bei Susan.

»Ja, das war ich.«

»Wie geht es ihm?«

»Gut. Wie immer. Danke der Nachfrage. Wie geht es deinen Kindern? Die hatten scheinbar eine Menge Spaß gestern.«

»Jason ist viel zu cool, um so etwas zuzugeben, aber Vanessa hat mir abends, als ich nach Hause kam, gesagt, dass unser Weihnachtsmarkt für sie der schönste war, auf dem sie jemals gewesen ist.«

»Wow! Das ist ja mal ein Kompliment.«

»Das finde ich auch. Ich hoffe, heute kommen wieder genauso viele Leute in die Valerie Lane wie gestern.«

»Ganz bestimmt sogar.«

Susan behielt recht. Wenn möglich, war an diesem Tag sogar noch mehr los, und die Stimmung war noch ein wenig besser.

Keira verteilte selbst gebackene Plätzchen, Mr. Monroe drehte wieder die Orgel, und Lauries Aushilfe Hannah ging mit winzigen Bechern Punsch zum Probieren herum. Susan war immer wieder beeindruckt von Hannah, die einen riesigen Turban um die langen Dreadlocks gebunden hatte und eine esoterische Aura hatte, die alles um sie herum einnahm. Mehr als einmal hatte sie Susan etwas von Chakren erzählen wollen und dass sie ihre Aura reinigen könne, wenn sie nur endlich Altlasten abwerfen würde. Hannah hatte sie auch dazu bringen wollen, mit zum Yoga zu gehen, aber das war einfach nicht Susans Ding.

Als sie einen der kleinen Becher entgegennahm, lächelte sie Hannah an und war sich ziemlich sicher, dass sie ihnen allen Räucherstäbchen zu Weihnachten schenken würde. Oder einen von diesen Steinen, die man sich auf den Boden eines Wasserkrugs legte, um dem Getränk positive Energie zu verleihen.

Auch an diesem Tag kam Stuart vorbei, diesmal allerdings nur mit Vanessa. Jason habe ein Hallenfußballturnier gehabt, erzählte Vanessa, und sie und Stuart hätten dabei zugesehen. Irgendwann war ihr aber langweilig geworden, und sie hatte Stuart gebeten zu gehen. Sie hatte viel mehr Lust auf einen Besuch auf dem Weihnachtsmarkt.

»Er fand es eh peinlich, wie wir ihm zugejubelt haben«, sagte Stuart und grinste. »Nach dem letzten Spiel will er noch mit der Mannschaft Burger essen gehen. Ich habe ihm gesagt, das geht klar. Ich hoffe, das war okay?«, wandte er sich an seine Schwester.

»Ja, natürlich. Aber wie kommt er nach Hause? Hat er seinen Schlüssel dabei?«

»Er ruft an, wenn er abgeholt werden will, dann mache ich mich auf den Weg. Keine Sorge, ist alles geregelt, Sis.«

»Gut. Danke.«

»Mein Bruder nennt mich auch immer Sis«, gab Susan preis.

»Oh, ich wusste gar nicht, dass du einen Bruder hast«, sagte Stuart.

»Er ist ein paar Jahre jünger als ich und lebt zurzeit in Australien.«

»Australien«, schwärmte Vanessa. »Da gibt es süße kleine Koalababys.«

»Vanessa ist ganz verrückt nach Koalababys«, informierte Charlotte sie.

»Gut zu wissen.« Susan schrieb *Vanessa: Koalabär-Plüschtier* auf ihre gedankliche Weihnachtsgeschenke-liste.

»Ich mag Walrosse«, sagte Stuart grinsend, und Susan prustete los.

»Walrosse?«

»Ja, die sind so schön gemütlich.«

»Na, wenn du meinst.«

»Du magst bestimmt am liebsten Hunde, oder?«, fragte Vanessa.

»Gut geraten.« Susan zwinkerte ihr zu. »Apropos. Es wird Zeit, mit Terry Gassi zu gehen. Kommst du zehn Minuten allein klar, Charlotte? Ich hänge solange das Geschlossen-Schild in die Ladentür.«

»Darf ich bitte mit Terry Gassi gehen?«, bot Vanessa ganz aufgeregt an.

»Hm. Wenn du denkst, dass du das hinbekommst?« Sie sah zu Charlotte, die nickend ihr Einverständnis gab. »Du darfst ihn aber nicht von der Leine lassen und musst in der Nähe bleiben.«

»Ich kann das. Ich hab auch schon mal den Dackel unserer Nachbarin ausgeführt.«

Susan gab ihr Okay und rief Terry herbei, der sich gleich von Vanessa streicheln und an die Leine nehmen ließ und dann mit ihr davonmarschierte. Als sie ihnen nachsah, hatte Susan ein mulmiges Gefühl. Noch nie hatte sie Terry in fremde Hände gegeben. Doch sie vertraute Charlotte, die es ihr gesagt hätte, wenn sie es ihrer Tochter nicht zugetraut hätte. Also hoffte sie, dass alles gut ging, und widmete sich wieder Stuart, der wissen wollte, welchen Schal sie ihm empfehlen würde.

»Ich würde einen grünen nehmen, der passt super zu deinem Wesen.« Sie nahm ihn von der Stange und legte ihn Stuart um den Hals.

»Ach ja? Sehe ich aus wie ein Öko-Freak?«

»Genau. Fehlen nur noch die Sandalen. Ich befürchte aber, die sind in der Valerie Lane schwer zu bekommen.«

»Du bist ja heute ein richtiger Scherzkeks«, sagte er.

»Ich bin heute ja auch richtig guter Laune.« Susan nahm Charlottes Blicke und ihr zufriedenes Lächeln wahr. Erhoffte sie sich am Ende was für sie beide? »Nein, ehrlich. Nimm den grünen, er steht dir.«

»Na gut. Dann verlasse ich mich mal auf dein weibliches Urteil. Wie viel soll der kosten?«

»Fünfundzwanzig Pfund.«

Stuart bezahlte und sagte, er wolle noch einmal rüber zu Ruby's Antiques & Books. Er habe da gestern eine alte Ausgabe von Hemingways *Der alte Mann und das Meer* entdeckt und die ganze Nacht daran denken müssen.

Oh, wenn du wüsstest, woran ich die ganze Nacht denken musste, ging es Susan durch den Kopf.

Sie sah Stuart dabei zu, wie er die kleine Straße überquerte und sich dabei seinen neuen Schal um den Hals wickelte. Und alles, was sie wollte, war, dass er schnell wiederkam und sich weiter mit ihr unterhielt. Auch wenn es zu überhaupt nichts führte, war es dennoch schön, einfach mal loszulassen und ein wenig Unbeschwertheit zu genießen. Besonders jetzt zur Weihnachtszeit, wo doch Glück und Seligkeit in der Luft lagen.

KAPITEL 17

Am Montag war Rubys fünfundzwanzigster Geburtstag, und Susan brachte ihr selbst gestrickte Handstulpen vorbei, von denen Ruby einmal erwähnt hatte, dass sie die toll fände. Sie hatte für Ruby die Farben Beige und Braun ausgewählt, womit sie einen Volltreffer gelandet hatte.

»Die sind sooo hübsch. Vielen lieben Dank, Susan. Ich freu mich riesig.«

»Und ich freu mich, dass sie dir gefallen.«

»Sie gefallen mir sehr.«

»Und, was machst du heute noch Schönes?«

»Nach Feierabend werde ich mit Gary und meinem Dad Thailändisch essen gehen. Am Mittwoch bringe ich dann Kuchen mit in die Tea Corner, damit wir Mädels noch ein bisschen feiern können.«

»Hört sich gut an. Und nun erzähl, was hast du alles bekommen?«

Ruby strahlte übers ganze Gesicht. »Gary hat mir eine wunderschöne alte Ausgabe meines Lieblingsbuches geschenkt.«

»*Stolz und Vorurteil?*«

»Genau. Und sogar mein Dad hat mich mit Pralinen überrascht. Zwar nur welche aus dem Supermarkt, aber immerhin.«

»Das ist großartig. Er scheint sich wirklich wieder aufzurappeln, oder?«

»Ja. Seit Gary bei uns ist, wird er ganz langsam wieder … normal. Weißt du, eigentlich ist das für mich das beste Geschenk von allen.«

Susan streichelte ihrer Freundin über den Arm. Es bedurfte keiner Worte, sie verstanden beide, wie bedeutungsvoll diese Aussage war.

»Von Tobin habe ich einen zauberhaften Blumenstrauß bekommen, und Keira hat mir vorhin leckere Vanilletrüffeln vorbeigebracht. Orchid hat angerufen und mich ganz nebenbei gefragt, ob ich lieber blumige oder spritzige Parfüms mag …« Sie lachte. »Und Laurie hat angekündigt, später mit einem einzigartigen Geschenk vorbeizukommen. Ich bin schon gespannt.«

Susan wusste, was Laurie Ruby schenken würde. Sie hatte ihr erzählt, dass sie im Internet eine limitierte Jane-Austen-Teedose entdeckt hatte. Ruby würde sicher hin und weg sein.

Sie wünschte Ruby noch einen schönen Tag und viel Spaß abends beim Thailänder. Dann ging sie zurück in ihren Laden, um weiterzustricken. Sie hatte einiges aufzuholen.

Am Dienstagnachmittag fuhren Laurie, Keira und Orchid gemeinsam mit ihren Partnern nach London, und es war ganz still in der Valerie Lane. Es war außerdem ein ungewohnter Anblick, dass Orchid's Gift Shop geschlossen war. Orchid hatte Susan am Vorabend noch den Karton mit den fehlbeschrifteten Bechern vorbeigebracht, nachdem Susan mit ihrem Korb herumgegangen und überall eingesammelt hatte, was ihre Freundinnen zu entbehren hatten und ihr großzügig überließen. Darunter waren Keksschachteln, Schokoladentafeln, Teebeutelpackungen, Duschgel, Stifte und Bücher. All diese wundervollen Gaben würde Susan in den nächsten Tagen hübsch einpacken und zur Weihnachtsfeier am Sonntag mitnehmen.

Wie versprochen sah Susan am Dienstag nach Ladenschluss im Obdachlosenheim vorbei und wurde gleich wieder in Beschlag genommen. Carl zeigte ihr stolz die Strümpfe an seinen Füßen, die Susan ihm geschenkt hatte, und Edna und Lola, die beiden Frauen, die ihr beim letzten Mal ihre selbst gebastelten Sterne präsentiert hatten, hatten diesmal selbst gebackene Plätzchen dabei, die sie Susan auch gleich probieren ließen.

Dann machte sie sich auf die Suche nach Stuart, den sie diesmal in großer Runde vorfand. Er stand inmitten einer Gruppe von Leuten, die lauthals Weihnachtslieder sangen und die er auf der Gitarre begleitete. Susan spürte eine wohlige Gänsehaut, als sie sah, wie viel Freude er allen bereitete.

Stuart entdeckte sie und winkte sie herbei, und ohne groß zu überlegen, hakte sie sich bei den Menschen links und rechts unter und gab sich ganz dem Moment hin.

»Schön, dich zu sehen«, sagte Stuart, als sie eine Pause einlegten.

Shane, der Betreuer, kam dazu und fragte, wer denn Lust hätte, die Weihnachtsfeier mit vorzubereiten. Sie fand zwar erst am Sonntag statt, aber es gab eine Menge zu tun. Zum Beispiel mussten Spenden sortiert werden:

Spielzeuge nach dem Alter der Kinder, Kleider nach Größen und so weiter. Es musste eine Liste gemacht werden, was noch an Speisen und Getränken gebraucht wurde, und es mussten freiwillige Helfer gefunden werden – für die Küche, die Essensausgabe, den Ausschank, die Musik und die Geschenkevergabe.

»Ich würde mich gerne um die Musik kümmern«, bot Stuart an. »Ich kann den ganzen Tag bleiben.«

»Das hört sich fantastisch an«, sagte Shane. Er legte Stuart dankbar eine Hand auf die Schulter.

»Ich möchte auch helfen«, sagte Susan. »Wo braucht ihr denn am dringendsten Leute?«

»In der Küche und bei der Essensausgabe. Geschenke verteilen wollen alle, aber Geschirr spülen die wenigsten. Leider haben wir noch immer nicht annähernd genug eingetragene Freiwillige.«

Susan kam eine Idee. »Ich frage mal meine Freundinnen. Vielleicht hat die eine oder andere Zeit und Lust.«

»Das wäre großartig, Susan, danke.« Sein Lächeln wurde immer breiter. »Dich trage ich für die Essensausgabe ein, ja?«

»Aber gerne. Wo immer ihr mich braucht.«

Erst jetzt bemerkte sie Stuarts Blick. Er sah sie auf eine Weise an, die ihr ein Kribbeln im Bauch bescherte. Bevor sie erröten konnte, sah sie schnell weg.

»Hättet ihr jetzt Zeit, beim Sortieren zu helfen?«, fragte Shane Susan und Stuart.

»Klar!«, antworteten beide gleichzeitig und mussten lachen.

Die nächsten zwei Stunden legten sie Kleidungsstücke

in verschiedene Kisten. Es wurde nach gebraucht und neu, nach »Muss geflickt werden« und »Muss gewaschen werden«, nach Erwachsenen- und nach Kinderkleidung, nach Größen und nach Jahreszeiten sortiert.

Zwischendurch wechselten Susan und Stuart ein paar Worte. Sie wollte ihn nicht ausfragen, und doch interessierte es sie sehr, wie sein Leben aussah.

»Also, erzähl doch mal. Was machst du so, wenn du nicht hier bist und Gitarre spielst oder Klamotten sortierst?«, erkundigte sie sich und hoffte, es klang nicht allzu neugierig.

»Ich bin Musiklehrer und bringe Kindern das Gitarre-, Geige- und Klavierspielen bei.«

»Wow. Ein Multitalent. Wo unterrichtest du? An einer Schule?«

»Hauptsächlich gebe ich Privatunterricht. Ich bin aber tageweise auch an einer Musikschule angestellt. Und dann spiele ich noch Gitarre in zwei Bands.«

»Das hört sich wirklich aufregend an.« Sie schielte zu ihm hinüber. »Ich finde es ganz toll, dass du dir nebenbei noch die Zeit nimmst, herzukommen und die Leute hier zu unterhalten.«

»Das mache ich wirklich gern. Ich muss das übrigens an dich zurückgeben. Ich finde es genauso toll, dass du deine Zeit den Menschen hier opferst.«

»Ach, opfern würde ich das nicht nennen. Kennst du die gute Valerie?«, fragte sie.

»Nein. Ist das eine Märchenfigur?«

»Sie hat wirklich gelebt, vor über hundert Jahren. Valerie Bonham – nach ihr ist unsere kleine Straße benannt.«

»Oh. Was hat sie denn Gutes getan, dass man sie die *gute* Valerie nennt und eine Straße nach ihr benennt?«

»Sie hat so viel getan, das kann ich gar nicht alles aufzählen. Sie hat nie auch nur eine Sekunde gezögert, den Bedürftigen zu geben, was sie brauchten. Mittwochabends hat sie ihren Laden für alle geöffnet, die ein heißes Getränk oder ein offenes Ohr benötigten. Diese Tradition führen wir in der Valerie Lane übrigens bis heute fort.«

»Wow, hört sich schön an. Was hat sie noch getan?«

»Hm … lass mich überlegen. Sie hat einer Schwangeren dabei geholfen, ihr Baby zu gebären – mitten auf der Straße! Und sie hat einhundert Paar Handschuhe gestrickt, die sie in einer eisigen Winternacht an die Obdachlosen verteilt hat.«

»Einhundert Paar? Da muss sie aber lange gestrickt haben, was?«

»Ach, so lange dauert das gar nicht. Ich hab das auch schon gemacht.«

»Ja?«

Sie nickte. »Ja. Am letzten Valentinstag.«

»Du überraschst mich immer mehr, Susan Holmes. Im Übrigen würde es mich nicht wundern, wenn du eines Tages als die *gute Susan* in die Geschichte eingehen würdest.«

Nun errötete sie aber doch, ganz heftig sogar.

»Ach, so ein Unsinn.«

»Doch, doch. Ich sehe es auf Anhieb, wenn Menschen ein gütiges Herz haben. Bei dir war mir das gleich klar.«

»Du machst mich echt verlegen, Stuart«, sagte sie.

»Entschuldige, das war nicht meine Absicht. Verzeihst du mir, dass ich dich peinlich berührt habe?«

Sollte sie ihm sagen, was sie wirklich fühlte? Bevor sie weiter darüber nachdenken konnte, machten die Worte sich selbstständig.

»Eigentlich hast du mich nur berührt.« Sie errötete noch ein wenig mehr, wenn das möglich war.

Und Stuart – bildete sie es sich nur ein? – errötete ebenfalls.

Sie griffen beide schnell nach dem nächsten Kleidungsstück und warfen es in die dazugehörige Kiste oder auch nur in irgendeine Kiste, denn zumindest Susan konnte gerade absolut nicht mehr klar denken.

Und dann war auch schon wieder Mittwoch. Die Tage vergingen so schnell, und die Vorfreude auf Weihnachten stieg mit jedem Tag ein wenig mehr. Charlotte und Susan hörten jetzt im Laden immer Musik und saßen, wenn gerade keine Kundschaft da war, auf ihren Stühlen und strickten wie die Weltmeister, damit sie für die Weihnachtsfeier an Heiligabend genügend zusammenbekamen. Sie hatten bereits einen ganzen Karton voll Strümpfe in allen nur erdenklichen Farben. Da Handschuhe ein wenig zu kompliziert für Charlotte waren, kümmerte sich Susan als Nächstes darum, und ihre Mitarbeiterin nahm sich der Schals an. Susan hatte sich fest vorgenommen, bis Weihnachten mindestens zwanzig Paar Handschuhe und dreißig Schals fertig zu bekommen. Gut zwei Drittel lagen schon bereit.

Da Terry schon ganz ungeduldig war, ging Susan eine kleine Runde mit ihm Gassi, bevor sie am Abend zusammen die Tea Corner betraten.

Der niedliche kleine Teeladen war bereits gefüllt mit vielen wunderbaren Menschen, die miteinander Tee tranken, wild gestikulierend irgendwelche Geschichten erzählten und herzlich lachten. Wie immer spürte Susan nichts als Dankbarkeit.

Terry trottete gleich in seine Ecke, und Susan gesellte sich zu den anderen. Neben ihren vier Freundinnen waren an diesem Mittwochabend auch Mrs. Witherspoon und Humphrey, Barbara und Agnes und Mrs. Kingston da. Thomas saß an Keiras Seite, und Ruby hatte nicht nur Gary, sondern auch ihren Vater mitgebracht und wie versprochen jede Menge Kuchen. Orchid erzählte gerade ausgelassen von ihrem Abenteuer in London.

»Ich hätte nie gedacht, dass Laurie sich da so hochschwanger noch reintraut.«

»Na, hör mal, es war ja nicht gerade die Achterbahn, sondern nur das Riesenrad«, entgegnete Laurie.

»Ich muss ehrlich sagen, ich hatte die ganze Zeit Angst, dass dir wegen der Aufregung da oben noch die Fruchtblase platzt.«

»Na, das wäre ja mal was geworden«, sagte Mrs. Kingston.

»Mrs. Witherspoon, haben Sie je eine Entbindung auf dem Riesenrad erlebt?«, erkundigte sich Keira lachend. Wenn Thomas an ihrer Seite war, blühte sie so richtig auf, das war Susan schon oft aufgefallen. Die beiden waren einfach ein süßes Paar, und sie passten sogar optisch perfekt zueinander mit ihren braunen Haaren und den passenden Weihnachtspullovern.

Mrs. Witherspoon schmunzelte. »Nein, so etwas habe

ich nie erlebt. Das Kurioseste war wohl eine Entbindung im Bus.«

»Im Bus?« Orchid starrte sie gespannt an.

»Ich saß nichtsahnend im Bus und war auf dem Weg zu einer Freundin«, erzählte die alte Dame. »Da bekam die hochschwangere Frau zwei Sitze vor mir Wehen, und schon platzte auch ihre Fruchtblase. Sie hätte es nie und nimmer rechtzeitig ins Krankenhaus geschafft, da habe ich halt eingegriffen.«

»Das ist ja unglaublich«, sagte Barbara.

»Stellt euch das mal vor!« Agnes kräuselte die Nase. »Da ist jemandem die Fruchtblase mitten auf dem Sitz im Bus geplatzt, und tagtäglich setzen sich da Menschen drauf. Ich hoffe, sie haben danach wenigstens richtig desinfiziert.«

»Eklig!«, stimmte Orchid ihr zu. »Ich mag da gar nicht drüber nachdenken.«

»Ich hab neulich einen Typen gesehen, der sich im Bus in die Hose gepinkelt hat«, erzählte Agnes nun. »Das war so ein Besoffener, der anscheinend die Nacht durchgemacht hat und nicht mehr richtig wusste, was er tat. Ich hab mir auf jeden Fall vorgenommen, mehr Fahrrad zu fahren.«

»Können wir bitte das Thema wechseln?«, fragte Barbara. »Ich glaube nicht, dass das passend ist für so eine harmonische Runde.«

»Ach, hier kann man sich erzählen, was man will«, ließ Laurie sie wissen. »Wir sind doch unter Freunden.«

»Ich würde viel lieber über Weihnachten reden«, meldete Keira sich zu Wort.

»Ja, genau. Das gefällt mir auch besser«, sagte Barbara. »Erzählt doch mal, was ihr alle geplant habt.«

»Ich werde den Heiligabend im Gemeindezentrum verbringen, auf der Weihnachtsfeier für die Obdachlosen«, sagte Susan schnell, um allen anderen zuvorzukommen. »Zusammen mit Charlottes Bruder helfe ich ein wenig, sie haben mich für die Essensausgabe eingeteilt. Übrigens sind sie noch auf der Suche nach fleißigen Helfern. Hat nicht jemand von euch Lust?« Immerhin hatten alle noch vor Kurzem gesagt, dass sie mehr in der Richtung tun wollten.

»An Heiligabend?«, fragte Orchid und runzelte die Stirn. »Den verbringen die meisten von uns doch mit der Familie, oder? Also, ich zumindest.«

Obwohl Weihnachten in England am 25. Dezember gefeiert wurde und auch da erst die Bescherung stattfand, hatte Orchid recht. Viele Familien trafen sich am Abend zuvor schon auf ein nettes Beisammensein. Da Susan keine Familie hatte, mit der sie das hätte tun können, vergaß sie solche Dinge manchmal einfach.

»Natürlich«, sagte sie jetzt. »Wie schön, wenn ihr Zeit mit eurer Familie verbringt. Ich dachte nur, ich frage mal.«

»Also, ich mache da gerne mit.« Ruby, die an diesem Tag ein tiefblaues Kleid und altmodische Stiefel trug, lächelte sie an. Susan fiel die hübsche blaue Haarspange auf, mit der sie den Pony ihres dunklen Bobs zurückgesteckt hatte. »Und ich bin mir sicher, Gary ist auch dabei.« Sie sah zu ihm hinüber, er und Hugh spielten ein wenig abseits eine Runde Schach. »Können wir meinen Vater mit ins Gemeindezentrum nehmen?«

»Das könnt ihr ganz bestimmt.« Susan war mehr als dankbar. Vor allem freute sie sich, Freunde mitzubringen, die willig waren zu helfen. Das stellte sie doch in einem guten Licht dar, oder? Nicht, dass sie unbedingt gut ankommen wollte, sie tat diese Dinge aus ganz anderen Gründen, aber ihr war schon wichtig, was Stuart von ihr dachte.

Stuart. Sie musste zugeben, er hatte sich in ihrem Innern eingenistet.

»Ich bin auch dabei«, sagte Laurie nun.

»Ach stimmt, die Weihnachtsparty bei deinen Eltern fällt ja aus«, erinnerte sich Keira. »Bei Lauries superreichen Eltern findet sonst an Heiligabend immer eine imposante Schickimicki-Party statt«, informierte sie diejenigen, die es noch nicht wussten.

»Wieso fällt sie denn diesmal aus?«, erkundigte sich Barbara.

»Weil meine Eltern nach Hawaii fliegen. Am Freitag schon.«

»Das heißt, die Villa steht über Weihnachten leer?«, fragte Orchid und fasste sich nachdenklich ans Kinn.

»Theoretisch schon, ja. Wieso?«

»Ich hätte da eine Idee.« Plötzlich sprang Orchid auf. »Könnten wir da nicht unsere eigene Weihnachtsparty schmeißen?«

»Ich weiß nicht … Meine Mutter würde das bestimmt nicht so super finden, wenn ich ihr das vorschlagen würde.«

Orchid grinste. »Sie müsste es ja gar nicht erfahren. Du bist doch so dicke mit deinem Dad. Leih dir von ihm den

Haustürschlüssel. Wir feiern, räumen alles wieder auf, und es wird so aussehen, als ob wir nie da gewesen wären.«

Jetzt ließ sich auch Laurie von Orchids Begeisterung anstecken. »Das wäre natürlich eine Idee ...«

»Oh, cool. Eine Weihnachtsparty in einer Villa hab ich auch noch nicht gefeiert«, ließ Agnes die anderen wissen, und schon waren alle voll dabei.

»Vielleicht haben deine Eltern ja noch Kaviar und Champagner vorrätig«, sagte Keira kichernd.

»Wir wollten es doch so aussehen lassen, als wäre keiner da gewesen. Wenn ihre Vorratskammer leer ist, werden sie es eventuell merken.« Laurie zwinkerte ihrer besten Freundin zu.

»Dann bringen wir halt alles selbst mit«, schlug Orchid vor. »Jeder steuert etwas bei, so wie wir es immer machen. Nur diesmal alles ein bisschen festlicher. Was haltet ihr anderen denn davon?«

»Ich finde, das hört sich wundervoll an«, sagte Mrs. Witherspoon und klatschte in die Hände, wie sie es immer tat, wenn sie etwas erfreute.

»Ich würde auch nicht Nein sagen zu so einer fröhlichen Gesellschaft«, kam es von Humphrey.

»Wie gesagt, ich kann am Sonntag leider nicht«, sagte Susan ein wenig enttäuscht. Sie hatte ja eigentlich gehofft, dass ihre Freundinnen im Gemeindezentrum mithelfen würden, aber die hatten nun alle etwas Besseres vor. Und sie konnte ja schlecht verlangen, dass sie eine Party unter Obdachlosen einer in Lauries beeindruckendem Elternhaus vorzogen.

»Können wir die Party nicht an einem anderen Tag

stattfinden lassen?«, fragte Ruby und kam Susan somit zu Hilfe.

»Ach ja, richtig. Sonntag können die meisten von euch ja nicht. Wie wäre es denn dann, wenn wir am Samstag feiern würden? Könnt ihr da alle?«, wollte Laurie wissen.

Alle konnten. Alle hatten Lust. Alle begannen zu planen. Und am Ende des Abends waren sie voller Vorfreude auf die Party des Jahres, die wohl die letzte für Laurie und Barry als kinderloses Pärchen werden sollte.

Apropos Kinder …

»Du, Laurie … Hättest du etwas dagegen, wenn ich Charlotte mitsamt ihrer Familie auch einlade? Sie hat es zurzeit echt nicht leicht, ich würde ihr gerne eine Freude machen.«

»Na klar, lade sie nur ein. Je mehr, desto besser. Agnes, bring du ruhig deinen neuen Freund mit, und Barbara, ich wäre stark beleidigt, wenn Mr. Spacey nicht käme.«

»Er kommt bestimmt gerne. Ich werde ihn nachher gleich anrufen.«

»Was ist mit Tobin?«, fragte Keira, die den Blumenhändler ebenfalls sehr zu schätzen gelernt hatte.

Susan sah regelrecht, wie Orchids Innerstes bebte.

»Ich würde mich freuen, wenn er auch kommen würde. Ich habe aber leider so ein Gefühl, als würde er unsere Zusammentreffen in letzter Zeit meiden.« Laurie warf einen Seitenblick auf Orchid.

»Ich lade ihn morgen mal ein, vielleicht hat er ja Lust«, beschloss Keira.

»Mach das. Sag ihm, wir alle fänden es ganz toll. Er kann auch gerne eine Begleitung mitbringen.«

Orchid schnaubte kaum hörbar.

»Alles klar.« Keira war zufrieden, und Susan fragte sich, ob sie Tobin wohl dazu bringen konnte, sich dazuzugesellen. Sie selbst würde ihm auch noch mal gut zureden. Eine Weihnachtsfeier ohne ihn wäre einfach nicht vollkommen. Und eine ohne Stuart auch nicht. Sie hoffte sehr, dass Charlotte zusagen und auch ihr Bruder mit von der Partie sein würde.

Die Idee mit der Feier gefiel ihr von Sekunde zu Sekunde besser. Sie hoffte sehr, dass alles problemlos klappen würde, war sich aber ziemlich sicher, dass Lauries Vater ihr keine Steine in den Weg legen würde. Dann fiel Susan ein, dass sie gar nichts Passendes anzuziehen hatte für so einen schicken Anlass. Sie musste dringend shoppen gehen.

»Wer hat Lust, mich auf eine kleine Shoppingtour zu begleiten?«, fragte sie in die Runde.

»Ich!«, rief Laurie gleich. »Ich passe in überhaupt nichts mehr rein. Hoffentlich finde ich in der Abteilung für Umstandsmode etwas einigermaßen Ansehnliches.«

»Also abgemacht. Ich freu mich. Am Freitag nach Ladenschluss?«

Laurie schlug in die Hand ein, die Susan ihr hinhielt. Das war beschlossene Sache. Susan fühlte sich fast, als würde sie auf ein Date gehen, dabei war sie doch noch nicht mal sicher, ob ihr Angebeteter überhaupt kommen würde.

KAPITEL 18

»*Sleigh bells ring, are you listening? In the lane snow is gliste-ning*...«, sang Susan und hängte dabei ein paar neue Schals über die Stangen im Schaufenster. Auch die beiden Puppenköpfe bekamen neue Mützen auf, und zwar schön weihnachtliche. Die alten warf sie gleich in den Korb mit den Sachen für die Bedürftigen.

Susan war richtig guter Laune. In drei Tagen war Heiligabend, da würde sie Stuart auf jeden Fall wiedersehen. Vielleicht würde sie ihn ja sogar schon am Samstag treffen, falls er zu Lauries Party kommen wollte. Sie hielt die ganze Zeit Ausschau nach Charlotte, um ihr die Einladung zu übermitteln, doch heute war sie spät dran. Was ungewöhnlich war, denn sonst war sie die Pünktlichkeit in Person.

Na, vielleicht ist was mit einem der Kinder, dachte Susan gerade, als sie Charlotte herbeieilen sah. Sie erschien richtig gehetzt und irgendwie auch panisch, als sie die Valerie Lane überquerte und auf Susan's Wool Paradise zulief. Dabei blickte sie sich mehrmals ängstlich um.

Als sie endlich im Laden war, fragte Susan besorgt: »Alles in Ordnung, Charlotte? Ist irgendwas passiert?«

»Er verfolgt mich. Er ist schon den ganzen Morgen hinter mir her. Ich hab versucht, ihn abzuhängen, damit er nicht herausfindet, wo ich arbeite, aber nun weiß er es doch. Dieses Schwein! Dieses verdammte Schwein. Warum kann er mich nicht endlich in Frieden lassen?« Sie war den Tränen nah.

»Wer verfolgt dich?« Susan versuchte, aus Charlottes panischem Wirrwarr schlau zu werden. Dann dämmerte es ihr. »Etwa Rick? Dein Noch-Ehemann?«

Charlotte nickte mit feuchten Augen und zeigte nach draußen. »Da hinten ist er! Oh Gott, wie bekommen wir ihn denn nur hier weg? Sollen wir die Polizei rufen?«

Susan trat ans Fenster und versuchte, ihn auszumachen. Da stand er! Direkt neben Laurie's Tea Corner, lässig an die Wand gelehnt und böse grinsend.

Ihr erster Gedanke war, tatsächlich die Polizei zu rufen. Immerhin hatte Charlotte doch diese Verfügung, in der er ihr nicht näher als hundert Meter kommen durfte. Dann jedoch machte sich solch eine Wut in ihr breit, dass sie ohne groß darüber nachzudenken ihren Laden verließ, die Straße überquerte und auf ihn zuging. Sie hörte noch, wie Charlotte sie zurückrief, ihr sagte, dass er gefährlich sei, doch sie hatte keine Angst – nicht im mindesten.

»Sagen Sie mal, was soll das eigentlich?«, fragte sie den großen stämmigen Mann, als sie vor ihm stand. Er trug einen Hut, den er jetzt vorne anstupste, sodass er ein wenig mehr von seiner Stirn freilegte.

»Was mach ich denn? Ich steh doch nur da und seh mir Ihre hübsche kleine Straße an«, konterte er.

»Okay, Sie haben genug gesehen. Könnten Sie jetzt bitte wieder gehen?« Susan versuchte, das Zittern in ihrer

Stimme zu unterdrücken und knallhart zu klingen. »Und ich sage nur einmal Bitte.«

Rick lachte. Susan erkannte schon nach einer Minute, was für ein Riesenarschloch er war.

»Ich möchte aber noch gar nicht gehen. Vielleicht bleib ich sogar den ganzen Tag hier stehen«, drohte er.

»Dann muss ich wohl oder übel die Polizei anrufen.«

»Weshalb denn? Ich tu doch gar nichts.«

»Sie dürfen sich Charlotte nicht nähern, das wissen Sie ganz genau.«

»Na, dann geh ich halt hundert Meter von dem Laden da drüben weg und stell mich hinten in die Cornmarket Street. Kein Problem. Von da aus hab ich immer noch eine prima Aussicht.«

So ein Mist! Wie konnte sie ihn jetzt noch loswerden?

»Ich sag's Ihnen jetzt zum letzten Mal, bevor ich die Polizei rufe. Verschwinden Sie! Wir wollen Sie hier nicht haben. Charlotte will einfach nur, dass Sie sie in Ruhe lassen. Ist das denn so schwer zu verstehen?«

»Was geht Sie meine Frau an?«, fragte er. Jetzt konnte sie die Wut in seiner Stimme heraushören.

»Ihre Frau ist meine Freundin. Und wenn Sie ihr nur einmal im Leben etwas Gutes tun wollen, nachdem Sie sie jahrelang erniedrigt haben, dann schenken Sie ihr zu Weihnachten die unterzeichneten Scheidungspapiere und lassen sie endlich in Frieden leben.«

Susan hatte diese Worte mit solch einer Ruhe und auch mit unglaublich viel Stärke gesagt, dass Rick stutzte. Dann öffnete er den Mund, um etwas zu entgegnen, schloss ihn aber gleich wieder. Er schnaubte einmal, drehte sich um und machte kehrt.

Erleichtert atmete Susan auf. Erst jetzt nahm sie wahr, dass nicht nur Ruby aus ihrem Laden lugte und Laurie angriffsbereit in ihrer Tür stand, sondern auch, dass Tobin hinter sie getreten war.

Susan schwankte, doch Tobin war zum Glück gleich zur Stelle, um sie aufzufangen.

»Alles okay?«, fragte er. »Charlotte hat mich im Laden angerufen und kurz geschildert, was hier draußen vor sich geht. Ich wollte dir schon zu Hilfe eilen, als ich sah, dass du das ganz gut allein hinbekommst. Mann, du warst ja gar nicht mehr zu bremsen.«

»Ich muss zugeben, ich hatte echt ein bisschen Angst vor dem Kerl. Er ist so riesig und Furcht einflößend. Arme Charlotte, wie hat sie es nur so lange mit ihm ausgehalten?«

Tobin lachte. »Also, mir kam der Typ am Ende ganz klein vor.« Er zeigte mit dem Zeigefinger und dem Daumen wie klein.

»Meine Knie fühlen sich ganz weich an«, sagte Susan.

»Na komm, ich bring dich zurück in deinen Laden.«

Sie gingen langsam voran, und Laurie und Ruby, Charlotte, die jetzt aus dem Laden getreten war, und Agnes, die wohl von oben aus dem Fenster alles beobachtet hatte, begannen zu klatschen. Susan musste gestehen, sie fühlte sich ein wenig wie eine Heldin. Sie hoffte nur, mit ihrer Rede etwas bewirkt zu haben.

»Das hast du super gemacht, Susan«, rief Laurie ihr hinterher.

»Bravo!«, jubelte Agnes von oben herunter.

»Oh, Susan, ich weiß gar nicht, was ich sagen soll.«
Charlotte trat auf sie zu und umarmte sie. »Danke, danke.
Du bist so mutig. Ich wünschte, ich wäre nur ein bisschen
wie du.«

»Du bist doch mutig. Diesen Mistkerl zu verlassen hat
sicher jede Menge Mut benötigt.«

»Falls er wieder auftaucht, ruft mich, ja?«, ließ Tobin
sie beide wissen. »Oder holt am besten gleich die Polizei.
Mit dem Kerl ist nicht zu spaßen.«

Susan nickte. Sie mochte gar nicht daran denken, dass
Rick noch immer der Kontakt zu seinen Kindern erlaubt
war. Einmal die Woche durfte er etwas mit ihnen unternehmen, wobei aber immer eine Dame vom Jugendamt
dabei war. Sein Glück, dass er nur Charlotte, nie aber
Jason oder Vanessa geschlagen hatte.

Charlotte war noch den ganzen Vormittag mit den
Nerven völlig am Ende. Um sie ein bisschen aufzuheitern,
erzählte Susan ihr von der Party.

»Sie findet in der Villa von Lauries Eltern statt, und ihr
seid alle eingeladen. Bring gerne auch die Kinder mit, und
Stuart, falls er noch nichts vorhat.« Bei den letzten Worten spürte sie, wie sie leicht errötete.

»Bist du dir sicher? Sogar die Kinder? Stören die da
auch nicht?«

»Aber nicht doch. Wir werden eine bunt gemischte
Truppe sein. Jeder ist herzlich eingeladen. Es wird bestimmt ein toller Abend. Übrigens bringt jeder irgendwas
zu essen mit. Du musst aber nicht.«

»Oh, ich bringe gerne etwas mit. Wie wäre es mit Frühlingsrollen? Ich mache die selbst, und zumindest meine Kids lieben sie.«

»Super! Die solltest du dann aber von Keira fernhalten, die liebt chinesisches Essen, ganz besonders Frühlingsrollen.« Susan lachte.

»Na, dann mache ich halt doppelt so viele.« Charlotte schenkte ihr nun endlich ein kleines Lächeln, und Susan wusste, sie würde über all den Schmerz hinwegkommen, den die Vergangenheit ihr bereitet hatte. Sie war viel tapferer als Susan selbst, vielleicht sollte sie sich Charlotte ja zum Vorbild nehmen.

Gegen Mittag schaute Tobin bei ihnen herein und brachte ihnen beiden je einen Weihnachtsstern.

»Oooh, du schenkst uns Blumen?« Susan strahlte. »Womit haben wir die denn verdient?«

»Wenn man es genau nimmt, sind Weihnachtssterne gar keine Blumen. Es sind Wolfsmilchgewächse, und sie stammen eigentlich aus Mittel- und Südamerika. Ihr wisst, dass die Blätter giftig sind, ja? Du solltest die Pflanze also außer Terrys Reichweite stellen. Damit ist nicht zu spaßen.«

»Terry und Pflanzen? Der kleine Kerl frisst nichts als Fleisch, Kartoffeln und ab und zu mal ein klein wenig Obst. Da brauchst du keine Sorge zu haben.«

»Na, dann ist ja gut.«

»Vielen Dank«, sagte Charlotte gerührt. »Das ist wirklich lieb von Ihnen, Mr. Marks.«

»Ach, warum denn so förmlich? Ich bin Tobin, und wir können uns gerne duzen, das machen wir hier alle so in

der Valerie Lane, und du bist doch jetzt eine von uns.«
Wenn möglich, war Charlotte jetzt noch ein wenig ge-
rührter. »Kommst du auch zur großen Weihnachtsparty
bei Laurie?«, erkundigte er sich.

»Ich muss noch meine Kinder und meinen Bruder fragen, ob sie auch Lust haben, aber ich wäre wirklich gern
dabei.«

»Das heißt, *du* kommst?«, wollte Susan wissen und sah
Tobin schmunzelnd an. Oh ja, das würde eine schöne
Feier werden. Oder eine unangenehme, wenn nämlich
Tobin und Patrick wieder aufeinandertrafen, falls Orchid
ihren Freund mitbrachte.

Susan erinnerte sich noch gut an das Frühlingsfest, das
im Juni stattgefunden hatte. Patrick hatte Tobin Blicke
wie Blitze zugeworfen, dann hatten er und Orchid sich ge-
stritten, weil er anscheinend bemerkt hatte, dass zwischen
den beiden etwas vor sich ging. Danach hatte Orchid
Tobin nicht mehr so offen angesehen und auch kaum
mehr mit ihm geredet – jedenfalls eine Zeit lang. Aber wo
die Liebe hinfiel ... Die beiden waren füreinander bestimmt, da war sich Susan ganz sicher, und letztlich würden
sie auch zusammenfinden. Zumindest hoffte sie es sehr.

»Na klar komme ich. Ich wollte schon immer mal
sehen, wo Laurie aufgewachsen ist. Muss cool sein, eine
ganze Villa zum Herumtoben zu haben. Ich hoffe, du
bringst deine Kids mit«, sagte er dann zu Charlotte. »Denen wird es bestimmt gefallen, die vergoldeten Treppen-
geländer herunterzurutschen oder den Schokobrunnen
auszuprobieren, oder was es in Villen sonst so alles gibt.«
Er lachte.

»Ich war zwar noch nie da, aber ich glaube kaum, dass es da einen Schokobrunnen gibt.« Susan schmunzelte. »Lauries Mutter ist nämlich superstreng und immer auf Diät. Na ja, und wenn sie doch mal ein wenig Fett ansetzt, lässt sie es sich gleich absaugen. Lauries Vater ist Schönheitschirurg, müsst ihr wissen.«

»Na, ihr beide seid zum Glück perfekt, so, wie ihr seid, und braucht den guten Mann gar nicht«, schmeichelte Tobin ihnen.

»Du Schleimer!«, sagte Susan lachend und haute Tobin auf die Schulter. »Willst du irgendwas von uns, oder warum küsst du uns den Hintern?«

»Ich würde mich über eure Gesellschaft am Samstag freuen, das ist alles. Und vielleicht hat ja eine von euch Lust, mal mit mir ins Kino zu gehen? Seit ich den Laden habe, bleibt meine Freizeit ganz schön auf der Strecke.«

»Ich hätte sogar große Lust, ich war schon lange nicht mehr im Kino«, erwiderte Susan.

»Perfekt. Wann wollen wir gehen? Gleich heute oder morgen?«

»Tut mir echt leid, ich muss noch einiges für die Obdachlosen stricken. Wie wäre es denn mit Dienstag? Das fände ich schön, das ist nämlich der Tag, an dem ich früher immer mit meinem Bruder ins Kino gegangen bin. Außerdem ist Weihnachten dann vorbei, und wir haben alle wieder mehr Zeit.«

»Abgemacht. Dann also Dienstag. Charlotte, kommst du auch mit?«

»Geht ihr nur allein. Nächste Woche sind Ferien, und die Kinder werden sich den ganzen Tag langweilen. Ich würde dann nach der Arbeit gern ein wenig Zeit mit ihnen verbringen.«

»Alles klar. Dann ein andermal, ja?«

»Bestimmt.«

»Wir sehen uns alle spätestens am Samstag?«

»Spätestens«, erwiderte Susan. Eigentlich liefen sie sich doch in der Valerie Lane ständig über den Weg.

Sie und Terry begleiteten Tobin noch vor die Tür und gingen Gassi. Susan hatte eigentlich keine Bedenken, dass Rick noch einmal auftauchen würde, trotzdem machte sie heute ein wenig schneller als sonst. Eigentlich gingen sie nur kurz zum Covered Market in der High Street, ein Ort, den Susan sehr liebte. Dort waren in einem alten Gebäude in mehreren engen Gängen kleine Geschäfte und Marktstände angesiedelt. Es gab Fleisch und Fisch, Gemüse und Blumen, Torten in den unglaublichsten Formen für jeden nur erdenklichen Anlass und einen kleinen Eckladen mit den leckersten Cookies der Stadt. Natürlich durfte sie das Keira gegenüber nicht erwähnen, aber es war so. Ein Cookie-Kiosk – was konnte es Besseres geben?

Sie nahm eine Schachtel mit sechs verschiedenen Sorten und dachte sich, da würde auch etwas dabei sein, das Charlotte mochte. Den Rest würde sie selbst verputzen, heute war ihr so richtig nach Süßem.

Auf dem Rückweg machte sie noch schnell beim Sandwichladen halt und kaufte eins mit Schinken für Charlotte und eins mit Camembert für sich selbst. Zurück im Laden füllte sie Terry den Napf mit seinem Lieblingshundefutter aus der Dose und setzte sich zu Charlotte, die schon wieder fleißig am Stricken war.

»Stuart hat mir erzählt, dass ihr euch am Dienstag im Gemeindezentrum getroffen habt«, erwähnte Charlotte wie nebenbei.

»Ja, haben wir.«

»Das ist schön. Das ist wirklich sehr schön.« Sie lächelte vor sich hin. »Stuart hatte bisher auch noch nicht so richtig Glück in der Liebe, weißt du? Er hatte zwar ein paar Freundinnen, aber die Richtige war einfach nicht dabei.«

Susan hatte Schwierigkeiten, ihren Bissen vom Sandwich herunterzuschlucken, denn er steckte ihr plötzlich im Hals fest. Sie trank schnell ein paar Schlucke Wasser. »Aha«, brachte sie mühsam hervor.

»Ich will damit gar nichts andeuten, keine Sorge. Ich würde mich nur sehr freuen, wenn er endlich sein Glück finden würde. Eine Frau, die gut zu ihm ist, eine, die das Herz am rechten Fleck hat. Er ist so ein Familienmensch, ich wünsche ihm sehr, dass er eines Tages seine eigene hat.«

Susan seufzte innerlich. »Ich hab gesehen, wie toll er mit Vanessa und Jason umgeht.«

»Ja, er liebt Kinder. Er wird einmal einen ganz fantastischen Daddy abgeben.« Sie strahlte und dachte wohl, sie hätte genau das gesagt, was Susan hören wollte. Denn jede Frau wünschte sich doch so jemanden als Partner, oder?

Alle außer Susan. Denn sie konnte ihm diese Familie nicht geben, die er verdiente. Natürlich wusste Charlotte das nicht. Aber Susan war gerade eines klar geworden. Sie hatte keine Ahnung, was Stuart für sie empfand, ja, ob er überhaupt etwas für sie empfand, aber sie musste ihm reinen Wein einschenken, von Anfang an, das war nur fair.

Nur wie sollte man das anstellen, wenn man wusste, dass man damit den Mann, den man doch so mochte, für immer vergraulen würde?

KAPITEL 19

Der Nachmittag vor der Party. Susan pochte schon den ganzen Tag das Herz wie verrückt, denn Charlotte hatte inzwischen für ihre ganze Familie zugesagt. Außerdem hatte Susan am Abend zuvor eine Nachricht auf ihrem Handy bekommen, von Stuart, der sich für die Einladung bedankte und ihr schrieb, dass er sich auf die Party freue. Charlotte musste ihm ihre Telefonnummer gegeben haben, was ihr überhaupt nichts ausmachte – ganz im Gegenteil.

Je näher der Abend rückte, desto aufgeregter wurde sie. Sie hatte so lange keine Verabredung mit einem Mann gehabt, von Tobin mal abgesehen. Natürlich war dies hier kein Date im eigentlichen Sinne, doch sie spürte, dass etwas zwischen Stuart und ihr in der Luft lag, und sie wusste, dass sie beide so empfanden. Also würde diese Party allein deswegen schon etwas ganz Besonderes werden. Susan war gespannt, was an diesem vorweihnachtlichen Abend auf sie zukommen würde.

Am Freitag war sie wie abgemacht mit Laurie shoppen gegangen. Und obwohl sie beide geglaubt hatten, dass Laurie es viel schwerer haben würde, etwas zu finden, hatte sie sich in Nullkommanichts für ein Kleid entschieden. Susan dagegen hatte eine gefühlte Ewigkeit gebraucht, ein Outfit auszuwählen. Sie musste schmunzeln, als sie sich an Lauries zunehmende Verzweiflung erinnerte. Irgendwann war die Arme so erschöpft, dass sie sagte: »Susan, du siehst in jedem dieser Kleider super aus. Könntest du dich bitte endlich für eins entscheiden?«

»Meinst du wirklich? Ich weiß nicht … Es mag daran liegen, dass ich so gut wie nie Kleider trage. Ich finde mich einfach in keinem wirklich hübsch.«

»Darf ich einfach eins für dich aussuchen?« Laurie sah sie vielversprechend an. »Vertrau mir.«

»Na gut.« Erwartungsvoll überließ sie ihrer Freundin die Qual der Wahl. Der Laden schloss gleich, Laurie musste sich schnell entscheiden.

Laurie ging an den fünf Kleidern entlang, die Susan außen an die Türen der bereits leeren Umkleidekabinen gehängt hatte, und tippte erst das graue, dann das schwarze an, nahm dann aber das lilafarbene samt Bügel in die Hand.

»Nimm das hier. Lila steht dir wirklich unglaublich gut.«

»Lila ist meine Lieblingsfarbe«, ließ Susan sie wissen. Das stimmte, obwohl sie kaum etwas Lilafarbenes im Kleiderschrank hatte.

»Das weiß ich doch, Süße. Nimm es, ja? Es sieht fantastisch an dir aus.«

Susan überlegte noch immer. Dann nickte sie. »Okay, einverstanden.«

Sie konnte hören, wie Laurie neben ihr aufatmete, dann machten sie sich auf zur Kasse und gingen zum Abschluss noch eine kleine Runde über den Weihnachts-

markt, wo sie sich Waffeln mit Eis und heißer Himbeer-
sauce gönnten.

Seit sie am Abend zuvor mit dem Kleid nach Hause gekommen war und es noch einmal anprobiert hatte, malte
Susan sich immer wieder die verschiedensten Szenarien
aus. Wie sie in dem neuen Outfit, das wirklich eine gute
Entscheidung gewesen war, auf der Party erscheinen würde, wie sie mit Stuart zusammentreffen würde, dem vor
Staunen der Mund weit offen stünde. Wie er sie an die
Hand nehmen und mit ihr hoch in den ersten Stock gehen
und sie in einem der vielen Schlafzimmer verführen würde.

Herrje ... Sie musste dringend aufhören zu fantasieren.
So hohe Erwartungen würden nur alles zunichtemachen,
was wirklich auf sie zukommen würde. Es waren doch
gerade die kleinen Gesten, die sie und Stuart miteinander
verbanden. Die scheuen Blicke, das schüchterne Lächeln,
das sie einander schenkten, wann immer sie sich ansahen.
Die bedachten Worte, die doch so viel mehr bedeuteten,
als sie sagten.

Um kurz vor sechs war Susan derart nervös, dass sie
sich eine Tafel Schokolade aus der Schublade nahm und
ein großes Stück abbrach. Sie brauchte ganz dringend
etwas für ihre Nerven.

Als sie endlich den Laden schloss und noch schnell
eine Runde mit Terry ging, traf sie auf Laurie, die ebenfalls gerade zusperrte.

»Susan, sollen wir dich mitnehmen?«, fragte sie. »Barry
ist jeden Moment da, um mich abzuholen. Wir wollen
direkt zur Party fahren.«

»Ich bin noch gar nicht umgezogen«, sagte sie und sah an sich herunter. Sie trug die schwarze Jeans und den grauen Strickpulli, die sie im Laden angehabt hatte.

»Ich doch auch nicht. Du kannst die Sachen mitnehmen, und wir ziehen uns im Haus meiner Eltern um.«

Susan überlegte kurz. Das war natürlich eine Idee. Vor allem würde sie auf diese Weise gut zur Party kommen und müsste nicht in dem engen Kleid und mit den Tüten voll Geschenken und der Riesenschüssel Kartoffelsalat mit Trüffelöldressing in den Bus steigen.

»Okay, ich nehme dein Angebot gerne an. Wenn ihr nur zwei Minuten warten würdet? Ich bringe Terry schnell hoch und hole meine Sachen. Oder denkst du, ich kann ihn mitnehmen?«

»Na klar, nimm ihn mit. Und ich gebe euch auch drei Minuten.« Laurie kicherte. Sie wirkte auf Susan richtig angeheitert; wenn sie es nicht besser gewusst hätte, hätte sie geglaubt, ihre Freundin hätte schon ein paar Gläser Sekt intus. Aber vielleicht war es ja auch nur die bevorstehende Geburt, die sie so fröhlich stimmte. Oder die Party, wer wusste das schon? Susan fühlte sich ja selbst wie in anderen Sphären.

Sie lief schnell in die Wohnung, schnappte sich Kleid, Geschenke und Kartoffelsalat und kam hechelnd bei Laurie und Barry an, die schon in Lauries Wagen saßen. Als Barry sie mit Sack und Pack kommen sah, stieg er ganz Gentleman-like aus und hielt ihr und Terry die Tür auf.

»Oh, gut, ihr nehmt Lauries Auto. Ich hatte schon überlegt, wie ich in deinen Lieferwagen passen soll, Barry.«

»Ach, hinten drin ist 'ne Menge Platz«, scherzte er.

»Haha.«

»Wie ich höre, werde ich dich endlich mal im Kleid sehen?«

»Ja, das wirst du«, antwortete sie lächelnd. Und nicht nur er würde es. Sie fragte sich, ob Charlotte, Stuart und die Kinder sich wohl schon auf den Weg gemacht hatten und ob Stuart heute wohl einen Anzug tragen würde. Denn obwohl es eine Party unter Freunden war, hatte Laurie sich doch gewünscht, dass alle sich ein wenig zurechtmachten. »Du siehst übrigens sehr adrett aus in deinem Smoking«, lobte Susan Barry. »Ist das ein Hugo Boss?«

»Nein, das ist ein À-la-Stange.« Er grinste.

»Auch gut.«

Susan legte den Kleidersack neben sich auf die Sitzbank und platzierte die riesige Schüssel Kartoffelsalat auf ihrem Schoß – und auf ging's zur Party des Jahres, die, wie Susan hoffte, einige Überraschungen bereithalten würde. Nicht nur, was das mitgebrachte Essen der Gäste anbelangte.

Eine Stunde später betrachtete Susan sich im Spiegel und erkannte sich selbst kaum wieder. Sie hatte nicht nur das neue Kleid an, das sie wie einen anderen Menschen aussehen ließ, sie hatte auch Farbe im Gesicht – das Werk von Laurie, die fand, dass Susan sich wenigstens für den heutigen Anlass ein wenig aufhübschen sollte.

Susan hatte ja das Gefühl, dass Laurie insgeheim ahnte, wie viel sie für Stuart empfand.

»Und? Wie gefällst du dir selbst?«, wollte Laurie wissen.

»Ich bin sprachlos. Wie hast du das nur hinbekommen?« Sie trat näher an den großen Wandspiegel heran und betrachtete ihre Augen genauer. Laurie hatte sie leicht schwarz umrahmt, ihnen ein wenig lila Lidschatten verpasst und die Wimpern mit viel schwarzer Wimperntusche betont. Die Lippen hatte sie nur mit einem durchsichtigen Lipgloss versehen.

»So könntest du jeden Tag aussehen, wenn du wolltest.«

Ja, vielleicht. Aber das wollte Susan gar nicht. Sie mochte es natürlich. Am heutigen Abend allerdings fand sie die kleine Verwandlung schon ein wenig aufregend und auch angemessen.

»Ich danke dir, Laurie. Im Übrigen siehst du auch ganz bezaubernd aus.«

»Ach, ich …« Sie winkte ab. »Ich mag mich schon gar nicht mehr im Spiegel betrachten.« Sie trug ebenfalls ihr neues Kleid. Es war dunkelgrün, und sie sah ein bisschen so aus wie ein dicker Tannenbaum.

»Ich finde dich wunderschön. Du strahlst so.«

»Warten wir mal ab, wie ich heute in einer Woche aussehe.« Sie verzog das Gesicht.

Ach ja, richtig. In genau einer Woche war Stichtag.

»Du kannst es bestimmt kaum erwarten, dein Baby endlich im Arm zu halten, oder?« Wie immer wurde Susan ein wenig traurig, wenn sie über dieses Thema sprach, doch sie wollte eine gute Freundin sein und wusste, wie viel Laurie ihre erste Schwangerschaft und die bevorstehende Geburt bedeuteten.

Lauries Augen nahmen wieder diesen Ausdruck an, der

pures Glück vermittelte. »Einerseits wünschte ich, ich würde ewig schwanger sein, einfach, weil es so wundervoll ist, mein kleines Mädchen in mir zu tragen. Andererseits wünschte ich, sie würde schon morgen auf die Welt kommen, damit ich sie endlich mit eigenen Augen sehen kann. Oh, warte!«

Sie machte ein paar schnelle Schritte auf ihre Handtasche zu, die auf dem riesigen Bett in dem Gästezimmer lag, in dem sie sich befanden. Das Haus hatte insgesamt acht davon, hatte Laurie ihr zuvor erzählt. Susan musste zugeben, dass sie mehr als beeindruckt von der Villa war, die von außen ganz in Weiß gehalten und innen mit einigen sehr teuer aussehenden Kunstwerken dekoriert war. Allein die Wendeltreppe war schon ein Anblick! Hier in diesem Zimmer hing ein Gemälde an der Wand, das Laurie als Sechsjährige zeigte; sie trug einen Strauß Lilien im Arm und hatte einen weißen Hut auf dem Kopf. Es hätte jedes x-beliebige Mädchen sein können, doch die Tatsache, dass es sich um die Tochter der Hauseigentümer handelte und dass es noch mehr Bilder von Laurie gab, die im ganzen oberen Stockwerk verteilt hingen, zeigte Susan, dass Lauries Mutter wohl doch nicht so unterkühlt war, wie sie immer behauptete.

»Was hast du da?«, erkundigte sich Susan.

»Ein Ultraschallbild. Ich habe diese Woche noch mal eine Untersuchung gehabt, weil ich ja nun schon mehrmals Vorwehen hatte. Es ist aber alles in bester Ordnung. Sieh mal, ist sie nicht niedlich?«

Susan nahm das Bild, das Laurie ihr reichte, in die Hand und betrachtete es. Es war eines dieser neumodischen

Ultraschallbilder, auf denen man bereits in den ersten Monaten richtige Züge erkennen konnte. Laurie hatte sie alle immer auf dem Laufenden gehalten. Auf diesem Bild streckte das Baby ihnen den Fuß entgegen.

»Wirklich niedlich«, stimmte sie zu.

Laurie lachte. »Barry hat das natürlich gleich wieder so gedeutet, dass unsere Kleine mal Fußballerin werden wird.«

Susan schmunzelte. »Ja, das kann ich mir denken.« Apropos Barry … »Und es bleibt dabei, dass Orchid deine Geburtshelferin wird?«

»Nun, Geburtshelferin ist wohl ein bisschen zu weit hergeholt. Sie wird mich bei der Geburt begleiten, mir beistehen. Bei ihrer Schwester hat sie das auch schon ganz toll gemacht, ich habe mich mit Phoebe unterhalten.« Sie lachte erneut. »Eigentlich brauche ich ja nur jemanden, bei dem ich mich ausheulen und dessen Hand ich zerquetschen kann, wenn mich die Schmerzen packen.«

»Hast du dafür nicht Barry?«

»Doch, schon. Ich kenne meinen Mann aber. Im Grunde ist er nämlich total zart besaitet. Ich glaube nicht, dass er es bis zum Schluss durchhält. Ich könnte mir sogar vorstellen, dass er mittendrin in Ohnmacht fällt, spätestens wenn das Köpfchen herausguckt.«

Okay, so bildlich wollte Susan sich das eigentlich gar nicht vorstellen. Doch sie lächelte mit Laurie. In dem Moment klingelte es an der Haustür Sturm, und Susan musste zugeben, dass sie richtig erleichtert war. Laurie faltete die Hände, sah sie an und fragte: »Bist du bereit?«

»Ich bin bereit.«

Laurie nickte zufrieden und verließ das Zimmer. Susan aber blieb noch eine Minute, sah ein weiteres Mal in den Spiegel, zupfte ihre Hochsteckfrisur zurecht und atmete tief durch. Dann machte auch sie sich auf zur Treppe und kam sich beinahe vor wie eine Märchenprinzessin, als sie die Stufen hinunterschritt.

KAPITEL 20

Sie hörte Kindergelächter. Es waren anscheinend gleich mehrere Gäste gleichzeitig eingetroffen. Susan sah ein kleines Mädchen herumlaufen, bei dem es sich um Barrys Nichte Annie handeln musste, die zusammen mit ihrer Mutter aus Schottland zu Besuch war. Barry hatte während der Autofahrt erzählt, wie sehr er sich freute, dass seine Schwester nach Jahren endlich mal wieder in Oxford war und dass sie und Annie nicht nur über Weihnachten, sondern bis ins neue Jahr bleiben würden.

Dann sah Susan Vanessa, die in ihrem rosa Partykleid zusammen mit Terry Annie hinterherlief, und sie bekam sofort weiche Knie. Das bedeutete, dass Stuart höchstwahrscheinlich auch schon da war.

Sie hatte das Ende der Treppe erreicht und blickte sich um. Alle sahen ganz wundervoll aus, umarmten sich fröhlich und brachten Weihnachtsstimmung mit. Irgendwer hatte Musik angemacht, und George Michael sang *Last Christmas*. Susan fühlte sich fast in ihre Teenagerjahre zurückversetzt, in denen sie auf der einen oder anderen Party bei Freundinnen ähnlich aufgedonnert getanzt hatten. Damals hatten sie noch für die typischen männlichen Stars geschwärmt, hatten die Jungs von Take That angehimmelt oder auch die von den Backstreet Boys und von *NSYNC. Wo waren all diese Mädchenschwärme hin? Wo waren die Boygroups geblieben? Wieso himmelten die Mädchen von heute keine unerreichbaren Jungs mehr an? Hatten die Zeiten das mit sich gebracht, waren die Mädchen heute erwachsener? Und wieso fühlte Susan sich dann noch ganz genauso? Als würde sie in wenigen Augenblicken ihrem unerreichbaren, gut aussehenden, umwerfenden Schwarm gegenüberstehen?

Sie entdeckte ihn an der Bowleschüssel. Laurie hatte irgendeinen Trank aus Tee, Früchten und Gewürzen gezaubert, den sie Weihnachtspunsch nannte. Stuart füllte sich gerade ein Glas und schien sich seinerseits umzusehen. Gerade als er sie entdeckte und ihre Blicke einander fanden, wurde Susan von einer aufgeregten Orchid herumgewirbelt.

»Sieh dir das nur an! Der Kronleuchter allein muss teurer sein als meine gesamte Wohnungseinrichtung.«

»Da könntest du recht haben«, erwiderte Susan und sah sich noch einmal nach Stuart um. Der zuckte die Schultern und grinste wegen Orchids Verhalten. Die war völlig von den Socken, entdeckte hier und da etwas und zog Susan mit sich, sodass sie keine Chance hatte, Stuart persönlich zu begrüßen.

Als sie endlich entkommen konnte, weil Orchid ihre Schwester Phoebe und deren Mann Lance eintreffen sah, die Laurie ebenfalls eingeladen hatte, war Stuart leider verschwunden. Sie suchte nach ihm, konnte ihn auf die Schnelle aber nicht finden. Und schon wurde sie wieder in Beschlag genommen, diesmal von Hannah, die an diesem Tag ihre Dreadlocks zu einem hohen Turm aufgeschichtet hatte, in dem Weihnachtsglocken hingen.

»Wow!«, entfuhr es Susan unwillkürlich.

»Wie bitte? Oh, meine Frisur? Ich dachte, ich probiere mal was Weihnachtliches.« Sie nahm einen Schritt Abstand und betrachtete Susan eingehend. »Ich gebe das Wow gerne zurück. Du siehst ja endlich mal aus wie eine Frau!«

»Ähm ... danke?« Susan wusste beim besten Willen nicht, was sie auf dieses Kompliment – es war doch eins? – antworten sollte.

»Nein, ehrlich. Du siehst großartig aus. Die Liebe steht dir wirklich gut.«

»Die was, bitte?« Susan verschluckte sich an dem Punsch, den Laurie ihr ein paar Minuten zuvor in die Hand gedrückt hatte.

»Na, die Liebe. Ich habe die Geister für dich beschworen, musst du wissen. Allein hättest du das doch nie hinbekommen. Nichts für ungut.«

Hannah sah sie auf eine Weise an, die Susan ziemlich verwirrte. Fast hatte sie das Gefühl, als müsste sie Dankbarkeit empfinden für das, was Hannah beigesteuert hatte – was auch immer das war.

»Das war aber ... nett von dir«, sagte sie nur.

»Immer wieder gerne. Und jetzt geh und schnapp ihn dir.« Sie zwinkerte ihr zu und gab ihr einen kleinen Schubs.

Okay, dann wollte sie mal. Losgehen und ihn sich schnappen. Woher wusste Hannah eigentlich, dass sie Stuart mochte? Dass sie es wusste, war ziemlich offensichtlich. Hatte irgendwer ihr davon erzählt? Nur wusste es doch sonst keiner. Oder doch? War sie so durchsichtig? Oder war es einfach Hannahs esoterische Ader, die es ihr verraten hatte?

Wie auch immer, Susan wollte endlich Stuart finden. Als sie ihn allerdings am anderen Ende des Raums entdeckte, wurden ihre Knie so unglaublich weich, und sie musste wieder an die letzte Begegnung im Obdachlosenheim denken, bei der er ihr all diese Komplimente gemacht hatte. Daher war sie nach ein paar vagen Blicken ganz froh darüber, dass Laurie sie bei der Hand nahm und sie mit zu der Couch zog, auf der Ruby Platz genommen hatte, um allen Interessierten von irgendwelchen längst vergangenen Weihnachtstraditionen zu erzählen.

Sie sah, wie Stuart ebenfalls auf die Couchecke zuging, sich auf die Lehne eines etwas abseits stehenden Sessels setzte, auf dem seine Schwester Platz genommen hatte, und Ruby aufmerksam zuhörte.

Susan selbst konnte ihrer Freundin kaum folgen, denn die Worte verschwammen, bevor sie ihre Ohren erreichten. Alles, was sie wahrnahm, waren Stuarts Blicke auf ihrem Kleid und das Kribbeln, das sich in ihrem ganzen Körper ausbreitete.

»Und wisst ihr, wo die Weihnachtskarten herkommen?«, fragte Ruby in die Runde. Sonst war sie die Introvertiertheit in Person, aber wenn es um Historisches ging, blühte sie richtig auf, und alle Schüchternheit war vergessen.

»Nein. Erzähl es uns«, bat Keira, deren Freund Thomas

es sicher wusste, denn er war immerhin Professor für Geschichte. Doch er überließ es Ruby, die anderen zu beeindrucken. Eine sehr noble Geste, wie Susan fand.

»Da stecken doch sicher wieder die Schweden dahinter, oder?«, vermutete Mrs. Kingston und streichelte Terrys Bauch, den er ihr entgegenstreckte.

»Was schätzt ihr anderen?«, fragte Ruby und lächelte wissend.

»Die Deutschen?«, riet Humphrey. »Die haben doch auch den Christbaum erfunden, nicht wahr?«

»Ja, es wird behauptet, dass die Deutschen den Christbaum erfunden hätten, zumindest fand er dort im sechzehnten Jahrhundert eine der ersten schriftlichen Erwähnungen. Die Weihnachtskarte allerdings haben tatsächlich wir Engländer ausgetüftelt. Ein Herr namens Henry Cole hat im Jahre 1843 einen Illustrator beauftragt, eine Karte zu kreieren, die das Bild einer fröhlich feiernden Familie darstellte. Diese druckte er eintausend Mal in seiner eigenen Lithografenwerkstatt und verkaufte sie zum Preis von einem Shilling. Und damit war die Weihnachtskarte erfunden.«

»Was du alles weißt«, schwärmte Mrs. Witherspoon. »Was kannst du uns noch erzählen? Ich habe mal etwas über eine Erbse gehört, eine alte Tradition …«

»Meinen Sie *Die Prinzessin auf der Erbse*? Das ist ein Märchen«, sagte Agnes, die aus Platzmangel auf dem Schoß ihres entzückenden neuen Freundes saß. »Meine Mum hat es mir als Kind immer vorgelesen.«

»Nein, es hat etwas mit Weihnachten zu tun.«

»Oh, ich glaube, ich weiß, was Sie meinen«, sagte

Ruby. »Vor langer Zeit wurde Weihnachten in England ganze zwölf Tage lang gefeiert ...«

»Hörst du das, Mum? Wollen wir das wieder einführen?«, vernahm Susan Jasons Worte, der mal kurz den Blick von seinem Videospiel genommen hatte, um seine Mutter erwartungsvoll anzusehen. Es war überhaupt das Erste, was Susan ihn an diesem Abend sagen hörte.

»Das würde dir gefallen, ja?«, lachte Charlotte, und Stuart lachte mit. Susan sah ihn ein paar Sekunden zu lang an. Als er es bemerkte, lächelte er ihr zu, doch schnell blickte sie weg.

Sie wusste überhaupt nicht, wie ihr geschah. Sie wollte ihm so gerne näherkommen, und doch hatte sie eine furchtbare Angst davor.

»Zwölf Tage?«, fragte jetzt auch Mrs. Witherspoon.

»Ja, genau«, bestätigte Ruby. »In der Nacht des zwölften Tages gab es einen ganz besonderen Kuchen zu essen, in dem eine Erbse und eine Bohne eingebacken waren.«

»Da hast du deine Erbse«, sagte Humphrey und drückte die Hand seiner Liebsten sachte.

Mrs. Witherspoon lächelte ihn an und hörte gespannt zu, was Ruby weiter zu berichten hatte.

»Es war jedes Jahr aufs Neue ein Riesenspaß. Wer die Bohne fand, war der Bohnenkönig, und wer die Erbse fand, war die Erbsenprinzessin.«

»Langweilig«, grummelte Jason.

»Damals hatte man noch keine Smartphones, irgendwie musste man sich die Zeit ja vertreiben«, konterte Stuart.

»Wie reizend«, fand Keira.

»Ja, finde ich auch«, stimmte Laurie zu.

»Natürlich war das eine Tradition, die nur die Reichen begingen«, klärte Ruby sie auf.

»Waren Erbsen und Bohnen damals denn so teuer?« Agnes grinste, und Susan musste schmunzeln.

»Nein, aber nicht jeder konnte sich einen Kuchen leisten. Und nicht jeder feierte Weihnachten zwölf Tage lang.«

»Ich finde die Idee schön. Obwohl ... nach zwei Tagen Weihnachtsköstlichkeiten platze ich immer schon aus allen Nähten«, meinte Keira. »Zwölf Tage sind dann wohl doch ein paar zu viele.«

Sie alle mussten lachen.

»Apropos Essen. Wollen wir langsam mal das Buffet stürmen?«, fragte Laurie, und alle waren dabei. Besonders freuten sich die Gäste wohl auf die Hummerschwänze, die Lauries Vater beigesteuert hatte. Der hatte seiner Tochter nämlich nicht nur bereitwillig den Schlüssel überlassen, sondern auch noch ganz viel Spaß auf der Party gewünscht und dafür gesorgt, dass es ihnen an nichts fehlte.

»Hast du zufällig Orchid gesehen?«, hörte Susan eine Stimme hinter sich fragen, als sie den langen Tisch abging und all die Köstlichkeiten bestaunte. Das wohl Tollste war ein Wackelpudding in Form einer Sternschnuppe. Als sie sich umdrehte, stand Patrick vor ihr.

»Nein, tut mir leid. Vielleicht ist sie im Bad?«

Orchids Freund knabberte nervös an seiner Lippe. »Nein, da ist sie nicht.«

»Also, ich glaube, es gibt hier weit mehr als nur ein Badezimmer.« Susan lächelte ihn zuversichtlich an. »Sie kann ja nicht weit sein. Wenn ich sie sehe, sage ich ihr, dass du nach ihr suchst.«

»Danke.« Patrick ging weiter und lief kurz darauf die Treppe hoch.

Als Susan wenig später mit einem Teller voll Selleriesalat, geräuchertem Lachs und gefüllten Eiern am Fenster stand, spürte sie, dass jemand hinter sie trat. Sie glaubte schon, es sei Stuart, doch es war nur Charlotte, die sie beiseitenahm.

»Sag mal, was ist eigentlich euer Problem?«, fragte sie und sah sie stirnrunzelnd an.

Susan runzelte ebenfalls die Stirn. »Wie bitte?«

»Na, du und Stuart«, flüsterte Charlotte so laut, dass jeder Umstehende es hören konnte, wenn er die Ohren spitzte.

»Pssst! Was meinst du denn?« Jetzt war sie es, die Charlotte noch ein Stück mehr beiseitenahm.

»Ihr seid wirklich unglaublich. Ihr mögt euch echt gern, das sieht ja ein Blinder, und doch habt ihr heute noch kein Wort miteinander gesprochen. Warum geht ihr euch aus dem Weg?«

»Ich weiß ehrlich nicht, wovon du sprichst. Wir gehen uns nicht aus dem Weg.«

»Sieht mir aber ganz danach aus. Ist irgendetwas vorgefallen, wovon ich nichts mitbekommen habe?«

»Nein, ich …«

Eingehend sah Charlotte sie an. »Ja?«

»Das ist alles nicht so einfach, Charlotte.«

»Oh, ich glaube, das ist es.«

»Nein, du verstehst das nicht. Ich habe deinen Bruder

244

sehr gern, das stimmt. Aber … er hat etwas Besseres verdient als mich.«

»Jetzt redest du völligen Unsinn, Susan.«

Sie sah auf ihre Schuhe, schwarze hohe Stiefel, die sie von ganz hinten aus dem Schrank hervorgekramt hatte.

»Nein, es stimmt. Es gibt da etwas, das ihr beide nicht von mir wisst. Und wenn Stuart es wüsste, würde er mich bestimmt nicht mehr wollen.« Sie errötete stark. »Ich meine, falls er mich überhaupt je … Ich will damit nicht sagen, dass ich denke, dass er …« Sie hielt den Mund, weil sowieso nichts Gescheites herauskam.

»Susan … Lass ihn entscheiden, wie bedeutend die Sache für ihn ist. Worum auch immer es sich handelt. Sprich mit ihm darüber. Du hast doch nichts zu verlieren.«

Doch. So einiges. Ihre über die Jahre wiedergewonnene Fassung, ihre Schutzmauer. Die war so zerbrechlich geworden in den letzten Wochen, sie wusste nicht, was passieren würde, wenn sie zuließ, dass jemand sie durchbrach.

Susan nickte, damit Charlotte lockerließ, und ging mit ihrem Teller davon.

Sie blickte sich in dem gewaltigen Salon um und überlegte, wo sie sich einen Platz suchen könnte. Dann entdeckte sie Stuart, der ihr zuwinkte. Dies wäre die Gelegenheit, endlich mit ihm zu reden. Doch Susan war noch ganz durcheinander von dem Gespräch mit Charlotte und musste sich erst einmal sammeln. Deshalb tat sie so, als ob sie Stuart nicht sähe, und huschte zwischen ein paar tanzenden Leuten hindurch.

Die Verandatür stand offen, und darüber war sie ganz froh. Sie trat nach draußen und nahm nicht einmal die

Kälte wahr. Sie suchte sich eine unbeleuchtete Stelle, stellte ihr Essen auf der Balustrade ab und genoss einfach nur die frische Luft, die Einsamkeit und die Stille. Die währte aber nicht sehr lange, denn wie aus dem Nichts kam eine aufgebrachte Orchid hinter der gepflegten hohen Hecke hervor und stapfte an ihr vorbei, ohne sie auch nur zu bemerken. Dabei zupfte sie sich ihr Kleid zurecht.

Keine zwei Minuten später entwich Tobin derselben Ecke und ging in Richtung Haus.

Tobin und Orchid?

Bevor Susan weiter darüber nachdenken konnte, was das zu bedeuten haben könnte, hörte sie eine sanfte Stimme hinter sich.

»Du siehst wunderschön aus heute Abend.«

Sie schloss die Augen und konnte nicht anders, als zu lächeln. Langsam drehte sie sich um.

»Danke«, sagte sie. »Du siehst auch sehr stattlich aus.«

Stuart grinste. »Hab den Anzug bestimmt seit fünf Jahren nicht getragen. Bin ganz überrascht, dass er noch passt.«

Nun musste auch Susan grinsen.

»Ist dir nicht kalt?«, fragte er, zog sein Sakko aus und legte es ihr über die Schultern, ehe sie überhaupt antworten konnte.

Von drinnen erklangen die ersten Töne von *Winter Song*. Ein wunderschönes, melancholisches Lied von Sara Bareilles und Ingrid Michaelson, das sie schon immer gemocht hatte.

»Ich danke dir«, sagte sie und kuschelte sich in Stuarts Jacke, roch unauffällig an ihr, versank in seinem Duft.

»Susan, läufst du vor mir davon?«, fragte er mit ernster Stimme.

Sie versuchte, ruhig zu atmen, das Schwindelgefühl zu unterdrücken. »Wie kommst du darauf?«

»Es fühlt sich so an.«

»Nun, vermutlich hast du recht.«

»Habe ich irgendetwas getan, das dich verärgert hat?«

»Nein, nein. Ganz bestimmt nicht. Es liegt allein an mir.«

»Magst du mir sagen, was los ist? Du kannst mit mir über alles reden, ich hoffe, das weißt du.«

Sie seufzte. »Nicht darüber, Stuart. Es tut mir leid, aber ich kann nicht.« Ja, sie hatte sich vorgenommen, es ihm zu sagen, aber es war so verdammt schwer …

Er trat ganz nah an sie heran, sah ihr in die Augen. »Was immer es ist, ich werde damit leben können. Ich hab dich wirklich gern, Susan. Ich will dich nicht gleich wieder verlieren, bevor wir überhaupt eine Chance hatten, dass sich etwas zwischen uns entwickelt. Wenn du mich nicht magst, dann …«

»Nein, das ist es nicht!«, ließ sie ihn schnell wissen. »Ich mag dich sogar sehr.«

Oh, wie er sie ansah … Ihr wurde heiß und kalt.

»Wo liegt denn dann das Problem?«, fragte er behutsam.

»Willst du es wirklich wissen?« In diesem Moment hätte sie ihm ihre geheimsten Geheimnisse verraten.

»Ja.«

»Du würdest mit mir nicht glücklich werden, Stuart.«

Reglos und auch ein wenig hilflos sah er sie an.

»Ich … Ich kann keine Kinder bekommen, niemals«,

brachte sie mit Mühe und so leise hervor, dass es kaum zu hören war.

»Das tut mir sehr leid«, sagte Stuart voller Mitgefühl und berührte sanft ihren Arm.

Mit allem hatte sie gerechnet, aber nicht mit solch einer Reaktion. Sie starrte ihn an. Verwirrt. Dankbar. Gerührt. Erwidern konnte sie jedoch nichts.

»Und das ist das große Problem?«, fragte er.

»Du liebst Kinder, Stuart.«

»Ja klar tue ich das. Und es gibt viele einsame Kinder auf der Welt, die ein Zuhause suchen.«

»Jeder Mann will doch eigene Kinder …« Sie wusste, es war verrückt, jetzt schon das Thema Kinder anzusprechen, aber in ihrem Fall war es von so großer Bedeutung.

»Susan. Such nicht nach Ausreden. Wenn ich dir sage, dass es kein Problem ist, dann ist es das auch nicht.«

Eine unglaubliche Erleichterung ergriff sie. »Ehrlich? Ich weiß nicht, was ich sagen soll.«

»Dann sag einfach gar nichts mehr und lass mich dich endlich küssen.«

Als wäre der Moment noch nicht perfekt genug, fielen just ein paar zarte Schneeflocken vom Himmel. Susan spürte die Kälte nicht, ihr war einfach nur warm ums Herz. Und als Stuart sie in die Arme nahm und seine Lippen die ihren berührten, konnte sie sich nichts Schöneres auf Erden vorstellen.

KAPITEL 21

Den restlichen Abend erlebte Susan wie in Trance. Während sie ihre mitgebrachten Geschenke an diejenigen verteilte, die sie an Heiligabend nicht sehen würde, sich Phoebes neueste Babybilder ansah und Mrs. Witherspoon dabei lauschte, wie sie von Valerie erzählte, spürte sie noch immer Stuarts warme Lippen auf ihren.

Sie konnte nicht glauben, dass er sie wirklich geküsst hatte. Ein bisschen fühlte sie sich wie Cinderella und hatte Angst, dass, sobald die Uhr Mitternacht schlug, alles vorbei sein würde.

Immer wieder trafen sich ihre Blicke, und auch Charlottes und Lauries Blicke nahm sie wahr und fragte sich, ob sie wohl durchs Fenster etwas gesehen hatten.

Gerade als sie auf Laurie zuging, um das herauszufinden, verzog diese schmerzvoll das Gesicht und hielt sich den Rücken.

Sofort war Susan an ihrer Seite. »Hey, alles in Ordnung?«

»Alles gut. Es sind nur wieder diese Vorwehen.«

»Bist du dir sicher? Nicht, dass das Baby heute schon zur Welt kommen will.«

Laurie winkte ab. »Ich bin mir sicher. Mach dir keine Sorgen und genieß die Party, ja? Sag mal, ist irgendwas zwischen Stuart und dir? Ihr seht einander so eigenartig an.« Sie schmunzelte.

»Eigenartig? Was meinst du damit?«

»Na, verliebt würde ich sagen.«

Susan errötete. »Ich … äh … nun ja, ich … Oh, ich glaube, Ruby ruft mich«, sagte sie und machte sich schnell davon.

Irgendwann würde sie ihren Freundinnen sicher von dem Kuss erzählen, und die würden sich schwer wundern, da Susan immer beteuert hatte, den Männern für immer abgeschworen zu haben. Doch heute Abend gehörte dieser besondere Moment nur ihr.

Ruby hatte sie natürlich keinesfalls gerufen, und deshalb fragte Susan sie, als sie bei ihr angekommen war, einfach mal, wie es Hugh unter all den fremden Leuten ging.

»Oh, es gefällt ihm unerwartet gut. Er hat sogar jemanden gefunden, mit dem er über Bienen reden kann. Ein Naturwissenschaftler, der anscheinend mit Barry befreundet ist.«

»Bienen?«, fragte Susan stirnrunzelnd. Sie hatte nicht gewusst, dass Hugh sich für Bienen interessierte.

»Ja, er hat seit einiger Zeit diese verrückte Idee, Bienen zu züchten.« Ruby schüttelte den Kopf. »Ich hoffe, dieser Typ ermutigt ihn nicht auch noch dazu. Ich geh mal lieber nach ihm sehen.« Bevor sie sich aufmachte, sagte sie aber noch: »Deine Augen funkeln heute so. Du siehst richtig glücklich aus.«

»Das bin ich«, erwiderte sie lächelnd.

Sie sah Ruby nach und spürte plötzlich eine Hand an ihrer, nur ganz kurz, als hätte jemand sie aus Versehen im

Vorbeigehen gestreift. Doch dann sah sie Stuart neben sich, der schon wieder einen Punsch in der Hand hielt und sie wissen ließ: »Charlotte sagt, wir sollten uns langsam auf den Weg machen. Vanessa schläft gleich ein.« Er deutete zum Sofa, wo eine ziemlich erledigte Achtjährige lag, die kaum noch die Augen offen halten konnte.

»Dann kommt gut nach Hause. Wir sehen uns morgen?«

»Wir sehen uns morgen.« Er lächelte sie noch einmal an, und sie begleitete ihn, um sich von Charlotte und den Kindern zu verabschieden.

Als Tobin ihr eine halbe Stunde später anbot, sie mitzunehmen, nahm Susan den Vorschlag gerne an. Im Auto fiel ihr ein, dass sein Pullover nicht annähernd fertig war. Und dabei hatte er ihr heute so ein hübsches Herzlichwillkommen-Schild für ihre Ladentür geschenkt, über das sie sich riesig gefreut hatte.

»Sorry, Tobin, aber für dein Geschenk brauche ich noch ein paar Tage. Du bekommst es, sobald es fertig ist.«

»Darf ich raten? Es ist etwas Selbstgestricktes?«

Susan grinste. »Wie bist du denn darauf gekommen?«

»War nicht allzu schwer zu erraten. Ich bin gespannt.« Er stellte das Autoradio an.

Es lief gerade *Christmas Lights* von Coldplay, Susans absoluter Lieblingsweihnachtssong. Während sie die beleuchteten Straßen entlangfuhren, dachte sie nur, wie wundervoll dieser Abend war. Und ein klein wenig überkam sie die Angst, denn wenn alles so perfekt war, hielt es doch meistens nicht lange an, oder?

Hatte die Uhr schon Mitternacht geschlagen? Wartete der Zauber schon darauf, zu verfliegen?

»Ich finde es erstaunlich, wie viel du überhaupt gestrickt hast. Du hast *alle* beschenkt!«, sagte Tobin nun.

Sie hatte nicht nur Mrs. Witherspoon und Humphrey Strickjacken im Partnerlook überreicht, sondern auch Keira und Orchid samt ihren Lebensgefährten und allen auf der Party anwesenden lieben Menschen aus der Valerie Lane Schals und Mützen geschenkt.

»Ich habe ja auch schon im Sommer damit angefangen.« Sie lachte.

»Na, das erklärt alles.«

»Danke, dass du Terry und mich nach Hause fährst, Tobin.«

»Gar kein Problem. Ich muss doch sowieso in die Richtung.«

»Du bist ein Schatz.« Sie sah ihn von der Seite an und überlegte, ob sie den merkwürdigen Vorfall ansprechen sollte, den sie beobachtet hatte. Dann entschloss sie sich, es einfach zu tun, immerhin waren sie gute Freunde. »Sag mal, Tobin, was war das denn vorhin mit dir und Orchid?«

Sie merkte, wie seine Gesichtszüge sich versteinerten.

»Wovon redest du?«

»Na, von draußen im Garten. Was habt ihr denn da hinter der Hecke gemacht?«

Tobin bekam einen Hustenanfall und brauchte eine Weile, bis er sich gefasst hatte. Fast glaubte sie, er täusche ihn nur vor, um Zeit zu schinden und sich eine gute Ausrede zu überlegen. »Da möchte ich lieber nicht drüber reden«, sagte er schließlich.

»Alles klar, das akzeptiere ich.«

Sie erreichten die Valerie Lane, die wie ausgestorben war. Barbara und Agnes waren noch nicht zurück, sie wollten Mrs. Witherspoon und Humphrey zu Hause absetzen.

»Danke. Dann wünsche ich dir noch einen schönen Abend.«

Susan nickte. Sie wollte aus dem Auto steigen, ja wirklich, das wollte sie. Doch irgendeine Macht hinderte sie daran und veranlasste, dass sie sich wie gelähmt fühlte.

»Susan? Alles okay? Sag mal, weinst du?«

Erst jetzt bemerkte sie, dass ihr tatsächlich Tränen die Wangen hinunterliefen. Sie begann zu schluchzen.

»Was ist denn los?«, fragte Tobin besorgt.

»Das weiß ich selbst nicht so genau.«

»Soll ich vielleicht noch mit raufkommen? Wir können reden, wenn du willst.«

Sie nickte erneut, und jetzt schaffte sie es auch, auszusteigen, den Hund aus dem Wagen zu lassen und auf ihre Haustür zuzugehen. Tobin war an ihrer Seite, und sie fühlte sich ein wenig besser in dem Wissen, jetzt nicht allein sein zu müssen in ihrer stillen Wohnung. Als sie diese betraten, trottete Terry sofort in seine Ecke und schlief kurz darauf ein. Susan holte die in mehrere Servietten gewickelten, übrig gebliebenen Mini-Würstchen, die Laurie ihr für Terry mitgegeben hatte, aus ihrer Tasche und legte sie in den Kühlschrank. Morgen würde er sich sicher darüber freuen.

»Nun sag mir, was dich bedrückt«, forderte Tobin sie auf, sobald sie auf der Couch saßen.

»Stuart hat mich geküsst.«

»Na, das ist doch toll. Du hast es so verdient, Susan. Er scheint ein echt netter Kerl zu sein. Wo liegt denn das Problem?«

»Du sagst es schon. Er ist ein echt netter Kerl. So nett, dass ich nicht weiß, ob er nur nett sein will oder wirklich ehrlich mit mir ist. Heute habe ich ihm ein Geheimnis gestanden.« Sie seufzte schwer. »Ich habe ihm gestanden, dass ich keine Kinder bekommen kann.«

»Oh, Susan, das wusste ich nicht.« Tobin nahm ihre Hand und tätschelte sie.

»Das weiß sonst niemand. Nicht einmal Laurie und die anderen. Ich habe es nie irgendwem erzählt.« Keinem außer Meryl, die damals ihre einzige Freundin gewesen war. Ihr hatte sie es in einem trostlosen Moment anvertraut, doch sie hatte es längst mit ins Grab genommen.

»Aber warum denn nicht? Du weißt, sie sind alle für dich da.«

»Ja, das weiß ich. Es fällt mir aber sehr schwer, darüber zu reden. Ich fühle mich einfach nicht als vollständige Frau, verstehst du? Es hat mich Jahre gekostet, mich damit abzufinden, dass ich niemals eine eigene Familie haben werde.«

»Das tut mir schrecklich leid für dich, Susan. Bist du deshalb allein? Ich meine, ich höre von allen Seiten, dass du den Herren der Schöpfung abgeschworen hast. Jetzt ist da natürlich Stuart, aber … Oh, so langsam verstehe ich, worum es hier geht.«

»Ja, ich hatte den Männern tatsächlich abgeschworen, nachdem mich mein Verlobter am Tag unserer Hochzeit vor dem Altar stehen gelassen hat. Und nachdem der eine

Mann, dem ich danach wieder mein Herz geschenkt habe, mich verlassen hat, weil ich keine Kinder bekommen kann. Er hat jetzt eine Frau, die ihm genau das gegeben hat, was ich eben nicht kann: zwei entzückende Kinder.« Sie lächelte traurig.

»Oh, Susan. Das ist ja schrecklich. Was dir alles widerfahren ist … Langsam begreife ich, warum du so verschlossen bist. Danke, dass du mir das alles erzählst. Ich schwöre, ich werde es niemandem weitersagen.«

»Das weiß ich doch, Tobin.«

Er sah sie nun ebenfalls traurig an. »Du wärst eine gute Mutter.«

»Ja, das wäre ich.« Sie erzählte ihm nicht von Valerie, das wäre zu viel für einen Abend. Sich überhaupt hinter ihrer Schutzmauer hervorzutrauen fühlte sich sehr ungewohnt an.

»Und du hast Stuart also heute ebenfalls davon erzählt?«, nahm er das eigentliche Thema wieder auf.

Susan nickte. »Ja, das habe ich.«

»Wie hat er reagiert?«

»Ganz toll hat er reagiert. Er meinte gleich, es gibt genügend Kinder auf der Welt ohne ein Zuhause.«

»Da hat er ganz recht. Hast du je über Adoption nachgedacht?«

»Ehrlich gesagt nein. Ich hatte einfach mit dem Thema Familie abgeschlossen.«

»Hmmm … Aber jetzt ist da Stuart, den du wirklich magst und der dir sagt, er könnte sich vorstellen, Kinder zu adoptieren. Das ist doch eine Überlegung wert, oder?«

»Wir kennen uns gerade mal ein paar Wochen. Ich will

mir nicht schon wieder falsche Hoffnungen machen, verstehst du?«

»Egal, wie lange ihr euch kennt. Zwischen euch sprühen eindeutig Funken, das sieht sogar ein Blinder. Manchmal ist das so zwischen zwei Menschen. Sie begegnen sich und … sind einfach füreinander bestimmt.«

»So wie du und Orchid?«

»Kein Kommentar.«

»Ach, Tobin.«

»Ach, Susan. Können wir zum Thema zurückkehren, bitte?«

»Okay. Glaubst du denn, dass Stuart es wirklich ernst meint?«

»So schätze ich ihn ein, ja.«

»Das hoffe ich sehr.«

»Und ich hoffe es für dich. Und nun hör auf, so traurig zu sein. Das ist etwas Gutes, was dir heute passiert ist. Komm mal her.« Er hielt die Arme auf, in die Susan sich sinken ließ.

Sie war so dankbar, dass mit Tobin alles so unkompliziert war und sie eine platonische Freundschaft teilten, die zwischen Mann und Frau selten war in dieser Welt. Aneinander gekuschelt saßen sie eine Weile so da, bis ihnen irgendwann die Augen zufielen.

Susan erwachte aus einem wunderbaren Traum und streckte sich. Als sie realisierte, dass es bereits hell war, schreckte sie hoch. Schnell sah sie zur Uhr, stellte aber mit Erleichterung fest, dass es erst Viertel nach acht war.

Sie zog sich den Morgenmantel über und ging nach

nebenan ins Wohnzimmer, wo noch immer Tobin auf der Couch lag und schnarchte. Der Gute war so müde gewesen, dass sie ihn schlafen gelassen und mit einer Wolldecke zugedeckt hatte, als sie irgendwann in der Nacht aufgewacht war.

»Tobin, steh auf«, sagte sie und rüttelte ihn leicht.

»Hm?«, machte er und öffnete die Augen schwerfällig.

»Du bist bei mir eingeschlafen.«

»Ehrlich?« Er setzte sich auf. »Oje. Wie spät ist es?«

»Viertel nach acht.«

»Na, dann ist ja gut.« Es war Sonntag, und sie mussten ihre Läden erst um elf öffnen.

»Es ist Heiligabend«, sagte Susan. »Weihnachten steht vor der Tür.«

»Ja. Und sieh mal aus dem Fenster. Es schneit.«

Sie blickte in Richtung Straße und freute sich über die großen weißen Flocken, die vom Himmel fielen.

»Wie schön«, sagte sie und begab sich sogleich zum Fenster.

Draußen versuchte Mr. Spacey verzweifelt, mit einer Schaufel gegen den zentimeterhohen Schnee anzukämpfen, der immer wieder aufs Neue auf die freigeschippten Stellen fiel.

»Was hältst du von einem Weihnachtsfrühstück?«, fragte sie, drehte sich um und lächelte Tobin an.

»Oh, da sag ich nicht Nein. Zu Hause wartet nur eine Schachtel Cornflakes auf mich.«

»Du liebe Güte, ich kann dich doch an Weihnachten keine Cornflakes essen lassen.«

»Eigentlich ist ja erst morgen Weihnachten.«

»Das stimmt. Aber auch heute geht das nicht. Du brauchst ein nahrhaftes Frühstück. Heute kommen sicher eine Million Kunden, die noch auf den letzten Drücker Geschenke besorgen wollen.«

»Und dafür müssen wir natürlich gestärkt sein.«

»Genau. Was hältst du von Eiern und Speck?« Dass sie ihren Vater erst morgen am ersten Weihnachtstag besuchen würde statt wie sonst sonntags, passte ihr gut.

»Hört sich fantastisch an.«

»Na, dann mach du dich gerne im Bad frisch. In der Schublade ist eine Ersatzzahnbürste. Ich bin dann in der Küche.«

Als Tobin sich auf in Richtung Bad machte, erinnerte Susan sich an ihren letzten Besuch, der über Nacht geblieben war. Das war Keira gewesen, als sie sich von ihrem grauenvollen Freund Jordan getrennt hatte, der sie wie ein Stück Dreck behandelt hatte. Sie war so froh, dass ihre Freundin inzwischen jemanden gefunden hatte, der sie wie eine Prinzessin auf Händen trug und ihr jeden Wunsch von den Augen ablas. Eigentlich hatten all ihre Freundinnen das wahre Glück gefunden – nun, Orchid hing noch ein bisschen in der Schwebe. Aber wenigstens musste keine von ihnen die Feiertage allein verbringen, nicht einmal Mrs. Witherspoon, für die dieses Weihnachten das erste als Ehefrau an Humphreys Seite sein sollte.

Susan bereitete ein festliches Frühstück zu. Backte zu den Eiern und dem Bacon noch Croissants auf und stellte ein Glas von Meryls Weihnachtsmarmelade auf den Tisch – die durfte natürlich nicht fehlen.

Tobin und sie unterhielten sich angeregt über das bevorstehende Fest, und Susan lud ihn noch mal ein, am Abend nach Ladenschluss im Gemeindezentrum vorbeizuschauen.

»Falls ich Blumen übrig habe, die sich bis Dienstag nicht halten, bringe ich sie gerne vorbei.« Er hatte bereits fünfzig Pfund gespendet, die Susan in Wolle investiert hatte.

»Oh, eine schöne Idee. Obwohl du dich dann vor willigen Frauen wahrscheinlich nicht retten kannst.« Sie lachte, und Tobin lachte mit.

Gegen halb zehn erhob sich Tobin von seinem Stuhl und stellte sein Geschirr in die Spüle. »Ich sollte mich langsam aufmachen, schließlich muss ich meinen Wagen vor zehn Uhr wegfahren. Nicht, dass noch jemand den Abschleppdienst ruft.«

»Doch nicht an Weihnachten!«, war sich Susan sicher und stellte Butter und Marmelade zurück in den Kühlschrank.

»Ich sollte dennoch los. Vorher mache ich aber noch den Abwasch, ich bestehe drauf.«

Normalerweise hätte Susan ihn nicht gelassen, aber Terry war schon ganz ungeduldig, weil er endlich rauswollte, und sie stand noch immer im Bademantel da. Also lief sie schnell ins Schlafzimmer, zog sich um und machte im Bad Katzenwäsche. Als sie zehn Minuten später wieder in der Küche stand, war diese blitzeblank.

»Vielen Dank, Tobin, wirklich lieb von dir. Ich wollte mich sowieso noch mal bedanken. Für alles.« Sie schenkte ihm ein warmes Lächeln.

»Ist doch selbstverständlich. Wozu sind Freunde da?«
Er erwiderte ihr Lächeln. »Es ist Viertel vor zehn. Gehen
wir?«

Sie zogen sich die warmen Mäntel an, und auch Terry
steckte Susan in ein kuscheliges Jäckchen. Während sie
in ihre Stiefel schlüpfte, bat sie Tobin: »Würdest du Terry
vielleicht schon mal mit runternehmen? Dann kann ich
das Altpapier entsorgen, das sich angesammelt hat. Du
glaubst gar nicht, wie viele Papprollen ich von dem
ganzen Geschenkpapier hier habe, das ich verbraucht
habe.« Sie hatte in den letzten Tagen sicher an die hundert kleine Präsente verpackt.

»Klar, wir gehen schon mal vor. Komm, Terry«, rief er
dem kleinen Racker zu, der schneller aus der Tür war, als
sie gucken konnten.

Susan klemmte sich einen Batzen alter Zeitschriften
und Zeitungen unter den einen Arm, zig Papprollen unter
den anderen und versuchte die Wohnungstür abzuschlie-
ßen, ohne dass ihr dabei etwas runterfiel. Unten stopfte
sie alles in die Tonne und entdeckte dann Tobin dabei,
wie er seinen Wagen vom Schnee befreite.

»Ich hab Terry erlaubt, an den Kirschbaum zu pinkeln.
War das okay? Er hatte es eilig.« Tobin grinste.

Susan lachte. »Ja, in Notfällen ist das okay.«

Sie blieb noch bei Tobin stehen, bis er mit dem Auto
fertig war, und gab ihm dann eine dicke Umarmung.
»Frohe Weihnachten, Tobin. Und danke noch mal.«

»Du hast dich noch gar nicht bedankt«, erwiderte er
scherzhaft. »Wir sehen uns später?«

Sie nickte und sah dabei zu, wie Tobin ins Auto stieg

und davonfuhr. Dann rief sie Terry herbei und betrat ihren Laden.

Mit einem Lächeln schaltete sie die Musik an. Vielleicht, nur vielleicht würde dieses Weihnachten ja doch mal ein richtig schönes werden und auch für sie ein Geschenk bereithalten. Ein Geschenk, das sie sich mehr wünschte, als sie überhaupt geahnt hatte. Ein Geschenk, das ihr Leben verändern konnte.

Und während der Schnee weiter fiel, summte sie zur Musik mit und spürte den Weihnachtszauber, der bereits Einzug in die Valerie Lane gehalten hatte.

KAPITEL 22

Es schneite den ganzen Tag lang, und es kamen nur wenige Kunden in Susans Laden. Bei Orchid, Tobin und Keira sah das ganz anders aus, da wurden von elf bis fünf Geschenke gekauft, als wären es die letzten offenen Geschäfte auf Erden. Susan allerdings hatte den Nachmittag über Zeit, um an Tobins Pullover weiterzustricken, ein bisschen umzudekorieren und die eingepackten Geschenke für ihre restlichen Freunde und natürlich die für die Obdachlosen noch ein wenig mit Schleifen und Stickern zu verschönern.

Als um Viertel vor fünf abzusehen war, dass niemand mehr kommen würde, schloss Susan ihr Wollparadies, hängte ein Schild mit der Aufschrift MERRY CHRIST-MAS ins Schaufenster und beschloss, ein Taxi zu nehmen. Sicher hätte sie wieder mit Laurie fahren können, doch wer wusste schon, wann die Klarschiff machte und ob sie nicht vorher noch mal nach Hause wollte. Susan konnte es kaum erwarten, zu der Feier zu kommen, und wollte lieber früher als später hin. Vor allem, weil sie dort Stuart wiedersehen würde. Sie hatte ihm eine SMS geschrieben und darin noch einmal erwähnt, wie schön sie den vorigen Abend gefunden hatte. Dass er noch nicht geantwortet hatte, lag sicher daran, dass er als freiwilliger Helfer, der den ganzen Tag im Gemeindezentrum eingeteilt war, so viel zu tun hatte. Das hoffte sie zumindest. Sie hoffte ebenfalls, dass der Vorabend nicht nur ein Traum gewesen war, denn es fühlte sich alles noch immer sehr unwirklich an.

Da es ziemlich stark schneite, ließ sie Terry diesmal zu Hause. Sie zog sich noch schnell um, schnappte sich all ihre vollgepackten Geschenketüten und machte sich schwer beladen auf den Weg.

Um Viertel nach fünf erreichte sie die Ecke Cornmarket Street und High Street, zu der sie das Taxi hatte rufen lassen, und nannte dem Fahrer die Adresse.

Das Gemeindezentrum war schon von außen so hübsch geschmückt, dass sie lächeln musste. Die Bewohner des Obdachlosenheimes hatten mit Tannen- und Mistelzweigen dekoriert, selbst gebastelte Sterne von innen an die Fenster geklebt und ein Banner aufgehängt, das verkündete: GROSSE WEIHNACHTSFEIER AM 24. DEZEMBER AB 16:00 UHR.

Freudig betrat Susan das Gebäude. Köstlicher Essensgeruch wehte ihr entgegen. Es duftete nach dem Braten, den ihre Grandma immer gemacht hatte, als sie ein Kind gewesen war, und brachte schöne Erinnerungen mit sich.

Sie fragte sich, was Michael heute wohl essen und ob er Weihnachten mit seiner neuen Freundin verbringen würde. Wenn sie morgen telefonierten, würde sie ihn mit Fragen löchern.

»Susan, da bist du ja!« Eine aufgeregte Vanessa kam ihr entgegengelaufen und umarmte sie herzlich.

Susan war unglaublich gerührt von dieser Begrüßung. »Hallo, Vanessa. Ihr seid ja auch hier. Helft ihr denn schön?« Sie suchte nach Charlotte, die ihr erzählt hatte, dass ihre Kinder heute ein paar Stunden mit Rick haben würden. Sie hatte nicht erwartet, die drei hier zu sehen.

»Ja. Ich verteile Eis.«

»Es gibt Eis?«

Vanessa nickte. »Drei Sorten.«

»Wow! Hebst du mir eins auf?«

»Na klar. Ich verstecke eins für dich.« Sie zwinkerte ihr zu.

»Lieb von dir. Irgendwo hab ich auch ein Geschenk für dich dabei. Schau mal in den roten Beutel, da steht auf einem dein Name drauf.«

Vanessas Augen weiteten sich. »Ehrlich? Mum! Susan hat ein Geschenk für mich«, rief sie ihrer Mutter zu, die Susan jetzt an der Dessertausgabe entdeckte. Ja, es gab einen ganzen Tisch nur für Desserts. Susan war sprachlos, was die Leute hier auf die Beine gestellt hatten. Sie mussten viele Spenden aufgetrieben haben.

Schnell hatte Vanessa ihr Geschenk gefunden und vom Papier befreit. Ihr hatte Susan selbstverständlich nichts gestrickt, sondern ihr neben einem kleinen Koala-Plüschtier ein hübsches pinkfarbenes Tagebuch bei Orchid gekauft. Sie dachte, das wäre ein nettes Geschenk, ganz im Sinne von Valerie.

Vanessa war außer sich vor Freude, und da sie schon mal dabei waren, gab Susan auch gleich Charlotte ihr Geschenk – ein Parfüm und ein Paar Handschuhe – und dazu eine Umarmung.

»Oh, vielen Dank! Ist es okay, wenn ich das später aus-packe? Ich bin hier gerade schwer beschäftigt.«

»Das sehe ich.« Es hatte sich eine lange Schlange ent-lang des Tisches gebildet. »Magst du das deinem Bruder geben?«, bat Susan Vanessa und reichte ihr das Päckchen mit den Kopfhörern, über die er sich hoffentlich freuen würde. Sie wollte Vanessa eben fragen, wo denn ihr Onkel sei, als sie ihn selbst entdeckte. Er stand am Braten, schnitt ihn in Scheiben und verteilte diese auf die Teller. Sie winkte ihm zu, er winkte leicht zurück, erwiderte ihr Lächeln jedoch nicht.

Bevor Susan überlegen konnte, was das zu bedeuten hatte, wurde sie umlagert. Jeder wollte ein Geschenk haben, und sie verteilte ihr Mitgebrachtes gerecht, bis alle glücklich waren. Sie bekam im Gegenzug dafür viele strahlende Gesichter und dankbare Worte – und sogar das ein oder andere Präsent. So schenkten ihr Edna und Lola selbst gebastelte Ketten aus rohen Nudeln, die sie an-gemalt hatten, und Benny überreichte ihr stolz ein ge-schnitztes Etwas, das Susan nicht so recht identifizieren konnte.

»Das ist ein Weihnachtself«, erklärte Benny und strahl-te dabei. Susan war es absolut egal, was es war. Allein die Geste war nett, und die Tatsache, dass diese Menschen, die sonst überhaupt nichts hatten, hier eine Aufgabe fan-den, war wundervoll.

»Vielen Dank, ihr Lieben. Ich bin sprachlos. Die Sachen sind wirklich wunderschön«, sagte Susan gerührt.

»So, ich habe ein paar Minuten«, hörte sie Charlottes Stimme und sah, wie diese sich einen Stuhl heranzog und sich zu ihr setzte. »Ist das nicht eine tolle Feier, die sie hier auf die Beine gestellt haben?«

Susan nickte lächelnd. »Ja, da kann ich dir nur zustimmen. Ganz, ganz wundervoll.« Sie betrachtete Charlotte. »Du strahlst ja so. Gibt es irgendwas Besonderes, oder ist es nur das Weihnachtsfieber?«

Charlotte hatte plötzlich Tränen in den Augen. Sie drehte sich ein wenig zur Seite und flüsterte: »Beides, würde ich sagen. Vanessa und Jason haben sich ja heute mit Rick getroffen. Du wirst es nicht glauben, was er ihnen für mich mitgegeben hat, in einem dicken braunen Umschlag zusammen mit einer Weihnachtskarte ...«

Susan konnte es sich fast denken. Falls Rick sich ihren Vorschlag nämlich tatsächlich zu Herzen genommen hatte, dann ...

»Die Scheidungspapiere – unterschrieben und alles!«, erzählte Charlotte, noch bevor Susan hätte antworten können. Durch die Tränen hindurch lächelte sie erleichtert.

»Oh, Liebes, das freut mich so für dich.« Susan umarmte ihre neue Freundin sanft. Wie gut sie sich vorstellen konnte, welch ein Brocken Charlotte von den Schultern gefallen sein musste. »Das ist ja das perfekte Weihnachtsgeschenk.«

»Ja, das ist das richtige Wort. Es ist einfach nur perfekt.«

So, wie der Kuss am Abend zuvor. Gerade, als Susan Charlotte nach Stuart fragen wollte, betraten Laurie, Barry, Ruby, Gary und Rubys Vater Hugh den Raum, und die Gelegenheit war verflogen. Ihre Freunde waren wohl alle zusammen hergefahren, und auch sie hatten noch jede Menge Geschenke dabei, für die sie sogleich dankbare Abnehmer fanden. Und nun kam auch noch Tobin vorbei, der wie versprochen die übrig gebliebenen Blumen brachte. Er ging gleich wieder, weil er zu seiner Familie wollte, der Rest von ihnen aber machte sich an die Arbeit und half, wo immer Hilfe benötigt wurde, und sie alle gaben an diesem Heiligen Abend so viel, wie nur möglich war. Um zurückzugeben, was sie das ganze Jahr über bekommen hatten, auch wenn ihnen vielleicht nicht immer bewusst gewesen war, wie gut sie es doch hatten.

»Es ist echt unglaublich, wie fröhlich diese Menschen sind«, sagte Laurie irgendwann in einer ruhigen Minute zu Susan und hatte dabei wieder einmal feuchte Augen. Laurie war sehr zart besaitet zurzeit.

»Ja. Schlimm ist es erst, wenn sie die Hoffnung verloren haben.« Susans Blick wanderte zu Stuart hinüber, der jetzt auf einem Stuhl saß und Gitarre spielte, während sich um ihn herum eine Gruppe gebildet hatte, die ihm lauschte und teilweise mitsang.

Susan fragte sich, ob sie falsch gelegen hatte. Falsch gelegen in der Annahme, dass Stuart seine Worte vom Vorabend ernst gemeint hatte. Denn sein Verhalten heute sagte etwas ganz anderes aus. Er benahm sich sehr kühl ihr gegenüber, war noch immer nicht zu ihr gekommen, um sie zu begrüßen, hatte ihr nicht einmal fröhliche Weihnachten gewünscht. Gab es etwa einen ganz anderen Grund dafür, dass er nicht auf ihre SMS geantwortet hatte?

Sie hätte so gerne mit Stuart geredet. Sie war noch nicht einmal dazu gekommen, ihm sein Geschenk zu überreichen. Während sie nun Laurie und den anderen ihre Geschenke gab, vernahm sie bekannte Klänge. Stuart hatte mit den Weihnachtsliedern pausiert und einen Song ihrer Lieblingsband Coldplay angestimmt, was er allerdings nicht wissen konnte. Der Song hieß *Magic*. Als sie den Text aus seinem Mund hörte, lief ihr ein Schauder über den Rücken. Er sang von der Magie, die er empfand, wenn er sie sah.

Meinte er etwa *sie*?

Als er die Worte ... *and I just got broken, broken into two* sang, klang es so, als wäre er wirklich entzweigebrochen worden.

Sie half gerade Edna dabei, Tobins Blumen in einer Vase zu arrangieren, drehte sich nun aber zu Stuart um und starrte ihn an. Und seine Augen ... blickten ihr so unendlich traurig entgegen.

Was war nur geschehen? Sie hätte ihn so gerne gefragt ... Als sie ihn wenig später am Punschtisch entdeckte, nahm sie all ihren Mut zusammen und sagte: »Stuart, ich frage mich, was los ist. Ich würde wirklich gerne wissen ...«

Carl kam lauthals singend an und klopfte ihm auf die Schulter. »Super Show, Stu!«

Stuart rang sich ein Lächeln ab. »Danke, Carl.«

»Trinkst du einen Punsch mit mir?«

»Aber sicher.« Er nahm den Pappbecher entgegen und wandte sich endlich an Susan, die mehr als nur ein wenig verloren dastand. »Es ist nichts, alles in Ordnung«, sagte er zu ihr, ging mit Carl und ein paar anderen davon und ließ sie enttäuscht zurück.

Auch am Ende des Abends war sie kein bisschen weitergekommen. Er war ihr aus dem Weg gegangen, das war eindeutig. Als sie und ihre Freunde sich gegen halb elf verabschiedeten, kam Stuart endlich doch noch zu ihr. Ohne irgendeine Erklärung drückte er ihr ein kleines, in lila Papier eingewickeltes Geschenk in die Hand.

»Hier. Das hatte ich dir besorgt. Frohe Weihnachten«, sagte er und war schon wieder weg, ehe sie es sich versah.

»Danke«, erwiderte sie, ohne dass er es hörte, und überlegte, ob sie ihm hinterhergehen sollte.

»Kommst du, Susan?«, rief dann aber Barry. »Laurie schläft gleich im Stehen ein.«

»Ja klar«, antwortete sie, reichte noch schnell Charlotte das Geschenk für Stuart mit der Bitte, es ihm zu geben, und folgte Barry und der gähnenden Laurie.

»Alles okay?«, erkundigte sich Barry bei ihr.

»Ja, ja. Alles gut«, sagte sie. Obwohl nichts gut war. Denn sie verstand die Welt nicht mehr. Verstand nicht, was passiert war. Am Abend zuvor war doch alles noch so schön gewesen. Wie konnte sich innerhalb von vierundzwanzig Stunden ihre und Stuarts Beziehung von einer aufblühenden Liebe zu einem unterkühlten ... Nichts entwickeln? Sie hatte nicht einmal das Bedürfnis, das Geschenk aufzumachen. Denn in ihren Ohren hatte es so geklungen, als hätte er es ihr nur deshalb gegeben, weil er es sowieso schon besorgt hatte. Eine liebevolle Übergabe hätte anders ausgesehen.

Als sie hinten in Barrys Wagen saß, war ihr zum Weinen zumute. »Es ist nichts«, hatte Stuart gesagt. Und dieses »Nichts« hatte sich so … enttäuscht, ja, fast verbittert angehört. »Alles in Ordnung …« Susan wusste genau, dass eben nicht alles in Ordnung zwischen ihnen war. Es wäre ja auch zu schön gewesen, wenn sie wirklich einen Mann kennengelernt hätte, der sie so akzeptierte, wie sie war. Stuart hatte sich ihr Geständnis offenbar durch den Kopf gehen lassen und entschieden, dass es doch etwas war, mit dem er nicht leben konnte. Sie verübelte es ihm nicht mal. Sie trauerte nur um die Beziehung, die sie hätten haben können, wenn die Dinge anders gewesen wären.

Als sie in der Valerie Lane ausstieg, sich verabschiedete und bedankte, fühlte sie sich innerlich leer. Und als sie die Treppen hochging, ihre Wohnung aufschloss und sich auf einen der Küchenhocker setzte, liefen ihr die Tränen über die Wangen.

Sie holte das Geschenk aus der Manteltasche und wickelte es vorsichtig aus. Eine kleine Schachtel kam zum Vorschein. Sie öffnete sie und … entdeckte das entzückendste aller Herzen in Form eines Anhängers an einer goldenen Kette. Sie legte sich eine Hand auf den Mund, denn ihr entfuhr ein Schluchzer. Und die Tränen liefen und wollten gar nicht wieder aufhören. Wenn Stuart ihr so etwas Liebevolles besorgt hatte, musste er dann nicht etwas für sie empfinden? Und hätte er ihr die Kette überhaupt noch geschenkt, wenn wirklich alles aus und vorbei wäre?

In diesem Moment kam Terry herbeigeschlurft.

»Hallo, mein Lieber«, sagte sie unter Tränen und gab ihm ein winziges Stück Braten, das auf einem Teller übrig geblieben war, und dazu zwei gekochte Kartoffeln, die er schon immer sehr gemocht hatte. Gierig verputzte er alles in Sekundenschnelle.

»Ach, mein Guter. Du bist so leicht zufriedenzustellen. Und du magst mich ganz genau so, wie ich bin, oder?« Sie beugte sich zu Terry hinunter und nahm ihn auf den Arm. Er kuschelte sich an sie. »Du bist mein Allerbester, Terry. Frohe Weihnachten.«

Sie setzte sich mit Terry und der riesigen Keksdose voll selbst gebackener Weihnachtsplätzchen, die Charlotte ihr geschenkt hatte, auf die Couch und schaltete den Fernseher mit der Fernbedienung an. Es lief gerade *Tatsächlich Liebe*. Susan sah Andrew Lincoln zum wohl hundertsten Mal dabei zu, wie er am Weihnachtsabend an Keira Knightleys Tür klingelte und ihr in Form von Schildern schweigend seine Liebe gestand, damit ihr frisch angetrauter Ehemann, der im Haus auf sie wartete und nebenbei bemerkt auch noch sein bester Freund war, nichts davon mitbekam.

»Ach, ich liebe diesen Film«, schluchzte Susan, und schon wieder kamen ihr die Tränen.

KAPITEL 23

Zum zweiten Mal in Folge nickte Susan auf dem Sofa ein. Diesmal war sie aber zu fertig, um hinüber in ihr Bett zu wandern, also blieb sie einfach im Wohnzimmer. Am Morgen fühlte sie sich wie gerädert, sie hatte kaum geschlafen und immer wieder über Stuarts Worte und auch über die Bedeutung seines Geschenks nachgedacht. Sie wusste, wenn sie damit weitermachte, würde es ihr den ganzen Tag verderben, und dabei liebte sie Weihnachten doch so sehr. Heute wollte sie kein Trübsal blasen. Also versuchte sie, die Gedanken und Gefühle, die sich in ihr aufgestaut hatten, zu ignorieren oder sie zumindest bis nach Weihnachten zu verbannen.

Als Allererstes rief sie ihren Bruder an, um ihm fröhliche Weihnachten zu wünschen. Michael freute sich, von ihr zu hören.

»Hey, es ist doch noch gar nicht Dienstag.«

»Es ist aber Weihnachten. Oder feiert ihr das in Down Under etwa nicht?«

»Ach, stimmt ja. Da hier die ganze Zeit Sommer ist, war mir das kurz entfallen.«

Sie konnte sich sein breites Grinsen bildlich vorstellen.

»Haha. Hast du mein Geschenk bekommen?«

»Hab ich, Sis. Du willst wohl, dass ich zehn Kilo zunehme, was?«

Sie hatte ihm einen ganzen Karton seiner Lieblingsschokolade, seines Lieblingskakaopulvers und seiner Lieblingskekse besorgt, alles aus dem Supermarkt zugegebenermaßen. Hätte sie drei Kilo Schokolade bei Keira gekauft, wäre sie arm geworden. Allein das Porto war horrend gewesen.

»Gern geschehen, Bro.«

Er lachte. »Nein, wirklich, danke, Susan. Ich freue mich sehr.«

»Und das freut mich. Wie läuft es bei dir? Wie geht es Mindy?«

Kurze Stille. Dann: »Wir sind nicht mehr zusammen.«

»Waaas? Ich dachte, sie wäre die Eine?« Susan konnte nur den Kopf schütteln. Typisch Michael.

»Leider musste ich herausfinden, dass ich für sie nicht nur der Eine war.«

»Ups. Das tut mir leid.« Wie gemein, dass nicht nur sie, sondern auch noch ihr Bruder an Weihnachten der Liebeskummer plagte. Sie war sich aber sicher, dass Michael sehr viel schneller darüber hinwegkommen würde als sie.

»Schon okay. Irgendwann finde ich sie bestimmt.«

»Wenn du wieder in England bist, solltest du unbedingt in der Valerie Lane vorbeischauen. Hier gibt es eine Menge wunderbarer Frauen.« Nun, die meisten von ihnen waren zwar bereits vergeben, aber man wusste ja nie.

»Das werde ich auf jeden Fall machen. Und wie geht es dir so?«, erkundigte er sich.

»Mir? Ach ...« Was sollte sie ihm sagen? Dass ihr Herz

wieder einmal gebrochen war? »Eigentlich ganz gut. Es ist Weihnachten, das ist doch ein Grund, glücklich zu sein, oder?«

»Hast du was Besonderes vor heute? Irgendwelche Partys?«

»Ich war schon in den letzten beiden Tagen auf tollen Weihnachtspartys. Heute werde ich nur Dad besuchen fahren und … du weißt schon.«

»Mum?«

Sie nickte. Natürlich konnte er das nicht sehen, aber er würde es wissen.

»Grüßt du Dad bitte von mir?«

»Das mache ich.«

»Ich hab dir ebenfalls ein Paket geschickt und auch was für ihn mit reingetan. Wahrscheinlich ist es aber noch nicht da, oder? Ich war wieder mal viel zu spät bei der Post.«

»Nein, es ist noch nicht angekommen.«

»Mist! Dann hast du ja gar keine Geschenke.« Von ihrem Vater konnte Susan auch nichts erwarten. Es gab zwar im Seniorenheim einen kleinen Tante-Emma-Laden, wo er ein paar Süßigkeiten hätte kaufen können, doch er hatte seit Jahren weder Michael noch ihr etwas geschenkt. Wahrscheinlich kam es ihm überhaupt nicht in den Sinn.

»Du, ich habe ganz bezaubernde Geschenke bekommen. Von meinen Freunden. Selbst gemachte Marmelade und ein Buch, Tee und einen hübschen Becher, leckere Pralinen, Badeöl, ein Herzlich-willkommen-Schild, selbst gebackene Kekse, ein selbst gemaltes Bild, zwei Ketten aus Nudeln und einen geschnitzten Weihnachtself«, zählte sie alles auf. Die Herzkette erwähnte sie nicht.

»Ketten aus Nudeln und ein geschnitzter Weihnachtself? Wer schenkt dir denn so was?«

»Die lieben Leute aus dem Obdachlosenheim. Da war ich gestern auf einer Weihnachtsfeier und habe ausgeholfen.«

»Oh, Susan. Du willst wohl die neue Mutter Teresa werden«, sagte Michael liebevoll.

»Ach Quatsch. Ich will nur der beste Mensch sein, der ich sein kann.«

»So warst du schon immer. Es tut mir leid, dass unsere Eltern das nie gesehen haben.«

Susan hatte einen Kloß im Hals und musste schlucken.

»Und dennoch fährst du Dad jeden Sonntag besuchen.«

»Er hat doch sonst niemanden.«

»Sag ich ja. Mutter Teresa.«

Michael scherzte schon wieder, doch Susan war noch immer sehr gerührt.

»Danke, Michael. Es bedeutet mir viel, dass du das alles in mir siehst.«

»Ich bin ja nicht blind.«

»Trotzdem danke.«

»Gerne, Sis. Ich wünsche dir schöne Weihnachten.«

»Das wünsche ich dir auch.«

Sie hängten auf, und Susan überlegte, was sie sich zum Frühstück machen könnte. Plötzlich hatte sie Lust, einen Kuchen zu backen. Sie suchte eines der Backbücher heraus, in dem auch weihnachtliche Rezepte waren, und entschied sich für einen schlichten Gewürzkuchen.

Nach weniger als einer Stunde duftete die Wohnung wunderbar nach Zimt und Koriander, nach Nelken und nach Kardamom. Als er fertig war, schnitt Susan sich ein Stück von dem noch warmen Kuchen ab und biss genüsslich hinein. Der Pflaume-Zimt-Tee, den Laurie ihr am Tag zuvor geschenkt hatte, schmeckte hervorragend dazu, und Susan konnte sogar kurz lächeln, ehe ihr Blick wieder auf die Kette fiel, die noch immer auf dem Küchentresen lag. Die Kette, deren Bedeutung sie nicht kannte und wahrscheinlich auch niemals herausfinden würde.

Nachdem sie ihren Vater besucht, ihm seine Pfefferminzpastillen und dazu als Weihnachtsgeschenk Pfefferminztäfelchen, -plätzchen und -schokolade geschenkt hatte, eine Stunde bei ihm geblieben war und sein Schweigen ertragen hatte, verabschiedete sie sich von ihm.

»Fährst du jetzt zum Friedhof?«, erkundigte er sich.

»Ja«, antwortete sie und hielt die Luft an. Sie hoffte, er würde jetzt nicht fragen, ob er sie begleiten dürfe. Das hatte er noch nie getan, auch wenn er sich einmal im Jahr, am Todestag seiner Frau, von einem der freiwilligen Betreuer zum Friedhof fahren ließ. Aber es mochte ja sein, dass er heute das Bedürfnis hatte, immerhin war Weihnachten. So grausam ihre Mutter zu Susan auch gewesen war, war sie doch immer eine hingebungsvolle Ehefrau gewesen. Hatte ihrem Mann das Essen auf den Tisch gestellt, wenn er von der Arbeit kam, hatte ihm die Socken gestopft und ihm den Nacken massiert, der ihm von der sitzenden Tätigkeit als Notar geschmerzt hatte.

»Wärst du so gut und würdest einen Strauß Blumen

von mir aufs Grab legen?«, bat er sie aber nur, wie schon so oft.

»Ja, natürlich, Dad.«

»Rote Rosen, bitte.«

»Okay.«

»Du kannst dir das Geld dafür aus meiner Brieftasche nehmen. Sie liegt da in der Schublade.« Er zeigte zur Kommode.

»Das ist wirklich nicht nötig.«

Er nickte nur. »Danke.«

»Kein Problem.«

Sie betrachtete ihren Vater und fragte sich, wann die Beziehung zu ihm so kühl geworden war, und dann, ob sie es vielleicht schon immer gewesen war. Sie versuchte oft, sich die schönen Dinge ihrer Kindheit in Erinnerung zu rufen, aber das war gar nicht so leicht. Richtige Wärme hatte sie nie gespürt, bedingungslose Liebe nie erfahren. Sehnte sie sich deshalb so nach Liebe? Hatte sie deshalb so früh wie möglich eine eigene Familie gründen wollen? Mochte sie deshalb ihre Soap Operas so gerne gucken, in denen es doch immer um Liebe und Leidenschaft ging?

Hatte sie deshalb so sehr auf eine Zukunft mit Stuart gehofft?

Nein. Das mit Stuart war etwas anderes. Etwas Unerwartetes. Stuart war nicht wie andere Männer. Er war etwas Besonderes, das hatte sie gleich gespürt. Stuart war Hoffnung. Stuart war Verstandenwerden. Stuart war eine Schneeflocke, die sanft vom Himmel fiel und mit ganz viel Vorsicht behandelt werden musste. Zu ihrem großen Bedauern war diese Flocke irgendwo angeeckt, bevor sie ihr Ziel, den sicheren Boden, hatte erreichen können. Sie wusste nicht, was die Flocke dazu bewogen hatte, ihren Weg zu verlassen, aber es war geschehen, und sie war in einer Millisekunde dahingeschmolzen.

»Bye, Dad. Wir sehen uns am Sonntag, ja?«

»Mach's gut, Susan.«

»Fröhliche Weihnachten.« Sie trat an seinen Sessel, beugte sich über ihn und küsste ihn auf die Stirn.

Er schien nicht allzu verwundert, obwohl sie das sonst nie tat, legte sich aber eine Hand an die Stelle, an die sie ihn geküsst hatte, und starrte weiter auf den Fernsehbildschirm, in dem irgendein Prediger von der Geburt Jesu erzählte.

»Fröhliche Weihnachten«, murmelte er, und seine Aufmerksamkeit war dahin.

Susan ging zur Tür, legte ihre Hand auf die Klinke und drückte sie langsam herunter. Dabei war sie sich bewusst, was sie alles nicht hatte und niemals haben würde.

Sie fuhr zum Friedhof. Zuerst legte sie die roten Rosen und die weißen Lilien, die sie unterwegs besorgt hatte, auf das Grab ihrer Mutter. Lilien standen für ein reines Herz; sie galten aber nicht ihrer Mutter, weil die so ein reines Herz gehabt hätte, nein, sondern als Symbol für ihres. Sie hoffte so sehr, dass ihre Mutter, wo immer sie jetzt war, erkannte, dass Susan ein guter Mensch war. Auch wenn sie nicht mehr in die Kirche ging, auch wenn sie nicht der Mensch geworden war, den ihre Mutter sich gewünscht hatte, so war sie dennoch eine Frau, die stolz auf sich sein konnte. Weil sie es allein geschafft hatte, weil sie sich etwas aufgebaut hatte, ihr Leben meisterte, weil sie eine gute Freundin war und liebevolle Menschen um sich hatte, die sie so mochten, wie sie war. Ja, sie war eine Tochter, die sich manche Mutter wünschen würde. Ihre Mutter hatte selbst Schuld, dass sie sich das hatte entgehen lassen.

Aber es war Weihnachten, ihre Mutter war längst von dieser Welt gegangen, und Susan wollte keinen Groll hegen. Alles, was sie wollte, war, ihren Frieden zu finden. Vergebung. Von Gott, ihrer Mutter und sich selbst.

Nachdem sie eine Weile am Grab ihrer Mutter gestanden hatte, suchte sie noch ein anderes auf. Eines, das ihr schon von Weitem Tränen in die Augen trieb. Ein Grab, das so unglaublich klein war und dessen heller Stein mit der liebevollen Inschrift so herzzerreißend war, dass Susan jedes Mal bis an ihre Grenzen stieß.

Valerie
† 12.10.2009
Unvergessen

Susan ging in die Knie, legte die weißen Rosen, die für Unschuld standen, auf die hart gefrorene, mit Schnee bedeckte Erde und sagte: »Mummy ist hier. Frohe Weihnachten, meine kleine Valerie.«

Sie fegte mit der Hand den Schnee von dem Stein, wischte über die Inschrift, die ebenfalls ein wenig verdeckt war, und stellte sich aufrecht hin. Dann sah sie zum Himmel empor und fragte wie jedes Mal, wenn sie hier war: »Warum?«

Sie weinte eine ganze Weile, erzählte ihrem Mädchen

von all den Dingen, die seit ihrem letzten Besuch geschehen waren, und als sie nicht mehr stehen konnte und ihre Hände, Füße und Ohren schon steif gefroren waren, sagte sie: »Ich denke jeden Tag an dich. Ich werde dich immer in meinem Herzen bewahren.« Sie hauchte einen Kuss auf ihre Hand und legte diese an den Grabstein.

Valerie. Süße, kleine Valerie.

Wie wäre Susans Leben verlaufen, wenn ihr kleines Mädchen zur Welt gekommen wäre? Wäre sie dann heute eine glückliche Mutter, würde sie ihr Kind zum Ballett fahren und zum Klavierunterricht? Würde sie mit ihr Puppen spielen und Kekse backen? Würde sie ihrer Kleinen Gutenachtgeschichten vorlesen? Würde sie einen Mann an ihrer Seite haben, sogar weitere Kinder? Würde sie ein erfülltes Leben führen?

Andererseits würde all das bedeuten, dass sie niemals in die Valerie Lane gefunden hätte. Dass sie Laurie, Ruby, Keira, Orchid und Tobin nicht begegnet wäre, den Zusammenhalt nicht kennen würde, der ihr doch so viel Kraft gab. Sie hätte nicht ihren eigenen Laden, womöglich nicht einmal Terry. Alles hatte Vor- und Nachteile. Vielleicht war das Leben, das sie heute führte, einfach ihre Bestimmung. Ändern konnte sie es sowieso nicht. Das Einzige, was sie tun konnte, war, dankbar zu sein für die guten Dinge, die ihr Tag für Tag widerfuhren. Dankbar und zufrieden.

Auf dem Weg zum Bus ging sie noch an Meryls Grab vorbei. Es war wunderschön gepflegt, vom Schnee befreit und mit Tannenzweigen, einem kleinen Tannenbaum und Weihnachtskugeln geschmückt. Ruby musste heute schon hier gewesen sein.

»Hallo, Meryl«, sagte sie und legte die eine letzte Rose, die sie aufbewahrt hatte, oben auf den hellen Stein. »Keine Sorge. Ich halte mein Versprechen und kümmere mich um sie. Sie macht sich wirklich gut und ist sehr glücklich in letzter Zeit. Sie hat sogar die Liebe gefunden. Aber das weißt du ja alles.« Sie lächelte und sah ein weiteres Mal hinauf zum Himmel. Sie hatte nicht die geringsten Zweifel, dass Meryl von dort oben auf sie heruntersah. An der Seite von Valerie Bonham, von deren Grab leider niemand wusste, wo es sich befand, sonst hätte Susan auch dieses noch besucht.

Nun hatte sie aber genug von Gräbern, vom Friedhof und von verlorenen Menschen. Sie wollte einfach nur nach Hause, ein heißes Bad nehmen, es sich bei einem Film gemütlich machen und alles andere ausschalten.

Als sie zu Hause ankam, war es bereits dunkel, und Susan wurde sich bewusst, dass sie noch nicht mal etwas gegessen hatte, von dem Kuchen zum Frühstück einmal abgesehen. Sie ließ sich ein Bad ein, rief den Pizzaservice an und zog sich aus. Durchgefroren und zitternd stieg sie in die dampfende Wanne. Sie zündete ein paar Kerzen an und lehnte sich zurück. So hätte sie für immer verweilen können.

Als der Pizzabote klingelte, lag sie noch immer im warmen Wasser. Sie stieg schnell aus der Wanne, zog sich ihren Bademantel über und lief tropfend zur Tür. Dort nahm sie ihre riesige Pizza Funghi entgegen und gab dem jungen Mann ein üppiges Trinkgeld. Dann holte sie das Telefon von der Station und wählte eine Nummer.

»Ruby? Hallo, hier ist Susan. Fröhliche Weihnachten!

Ich wollte mich nur mal kurz erkundigen, wie es dir und deinem Dad geht.«

»Oh, Susan, fröhliche Weihnachten! Uns geht es super, danke. Wir wollen gerade essen. Ich habe ein Kartoffelgratin gekocht, mein Dad hat Kartoffelwoche.«

»Hört sich gut an. Dann will ich euch auch gar nicht weiter aufhalten. Lasst es euch schmecken.«

»Werden wir.« Es folgte eine kurze Pause. »Du, Susan, alles okay? Bist du etwa ganz allein?«

»Vorhin war ich bei meinem Vater. Jetzt bin ich zwar allein, aber ich werde es mir mit Terry bei einem Film gemütlich machen.«

»Möchtest du vorbeikommen? Wir haben genug zu essen.«

»Das ist lieb von dir, aber ich habe mir gerade eine Pizza bringen lassen. Ich lege jetzt auch auf, bevor unser aller Essen kalt wird.«

»Na gut. Danke für deinen Anruf und einen schönen Abend!«

»Danke, den wünsche ich euch auch. Und grüß schön!«

»Das mache ich.«

Als sie aufgelegt hatten, sah Susan zu Terry, der sie traurig anblickte. Er spürte, dass sie sich selbst etwas vormachte. Er ahnte sicher auch, dass sein Frauchen in diesem Moment eigentlich jemand ganz anderen hier haben wollte, mit dem sie ihr Essen teilen konnte. Terry starrte auf die Pizza.

»Nein, mein Kleiner, das ist nichts für dich. Ich hole dir lieber ein Würstchen.«

Sie ging in die Küche, wo noch immer die goldene Herzkette lag. Sie legte sie sich um, umfasste sie mit der Hand und seufzte. Dann fiel ihr Blick auf den Gewürzkuchen, und sie nahm gleich den ganzen Teller mit rüber ins Wohnzimmer. Sie brauchte jetzt ganz dringend etwas für die Seele, und da waren Pizza, Kuchen und *Vom Winde verweht* genau das Richtige.

KAPITEL 24

»Willst du Popcorn?«, fragte Tobin.

»Was wäre Kino ohne Popcorn?«, erwiderte Susan und bekam zwei Minuten später von Tobin einen ganzen Eimer davon in die Hand gedrückt.

»In welchen Saal müssen wir?«, fragte er und blickte auf die Tickets.

»Vier«, antwortete sie und sah sich nach irgendeinem Wegweiser oder einer übergroßen Vier um. Sie ging nicht sehr oft ins Kino, und in diesem modernen Komplex im Einkaufscenter war sie noch nie gewesen.

Statt einer Vier erhaschte sie allerdings etwas ganz anderes, beziehungsweise jemanden. Stuart kam mit seiner Nichte und seinem Neffen aus einem der Säle und hatte ein Lächeln im Gesicht, das sofort verschwand, als er sie sah.

Susans Herz sackte in die Hose. Sie spürte die Spannung zwischen ihnen sogar auf die Entfernung und fragte sich, was sie denn nur falsch gemacht hatte. Warum reagierte Stuart so? Auch wenn er sie nicht zur Freundin haben wollte, nicht damit umgehen konnte, dass sie keine Kinder bekommen konnte, dann brauchte er sie doch trotzdem nicht so zu behandeln. Das hatte sie nicht verdient!

»Susan!«, rief Vanessa, die sie sogleich entdeckte. »Was machst du denn hier?«

Susan versuchte zu lächeln. »Na, ich will ins Kino. Was denn sonst?«

»Ihr habt aber viel Popcorn«, sagte die Kleine.

»Tobin war der Meinung, wir bräuchten so viel. Wie wir das alles aufessen sollen, ist mir aber ein Rätsel. Bedien dich gerne.« Sie hielt ihr den Eimer hin.

»Nein, danke. Ich hatte ein Riesen-Slush, und mir ist immer noch ganz schlecht.«

»Oje.«

Nun hatten auch Stuart und Jason sie erreicht. Von Jason bekam sie wieder nur ein knappes Winken, das aber immer noch warmherziger war als das, was sie von Stuart erhielt.

»Hi, Susan«, sagte er höflich, sein Gesicht sprach jedoch Bände. Es sagte aus, dass er ihr hier lieber nicht begegnet wäre. Tobin sah er genauso kalt an.

»Hallo, Stuart.« Sie wünschte, Stuart könnte unter dem dicken Pullover und dem Schal die Kette sehen, die sie noch immer trug. Zu gerne hätte sie seine Reaktion erfahren.

»Danke für die Kopfhörer, die sind cool«, hörte sie Jason plötzlich sagen und war ganz überrascht.

»Gerne. Schön, dass sie dir gefallen.«

»Ich hab schon in mein Tagebuch geschrieben«, berichtete Vanessa aufgeregt.

»Das ist toll, Süße. Es wird dich hoffentlich sehr bereichern. Ich hatte auch ein Tagebuch, als ich in deinem Alter war.«

»Hi, alle zusammen«, sagte nun Tobin, der sich wohl ein wenig unbeachtet fühlte. Susan hatte ihm von Stuarts merkwürdigem Verhalten berichtet, doch er konnte sich auch keinen Reim darauf machen. Charlotte, die natürlich mitbekommen hatte, dass etwas vorgefallen war, hatte ihr am Vormittag im Laden angeboten, mal mit ihrem Bruder zu reden. Doch Susan hatte sie davon abgehalten. Stuart musste selbst wissen, was er wollte. Und sie war es ganz eindeutig nicht.

»Hi«, erwiderte Vanessa.

Wieder nur ein tonloses Winken von Jason.

Ein grimmiges »Hi« von Stuart.

»Was habt ihr euch angesehen?«, erkundigte Tobin sich, als würde er Stuarts seltsames Verhalten gar nicht bemerken.

»Ach, nur was mit Superhelden«, gab Stuart zur Antwort. »Ihr wollt aber wohl was anderes gucken, oder? Bestimmt einen Liebesfilm oder so.«

War das Sarkasmus, was Susan da heraushörte?

»Nein. Eine Komödie«, ließ Tobin ihn wissen.

»Aha. Na, dann viel Spaß.«

»Danke. Bis dann.« Tobin hatte den Saal Nummer vier erspäht und begab sich in die Richtung.

Vanessa sah neugierig und ein wenig irritiert von Stuart zu Susan und wieder zurück. Stuart konnte Susan kaum in die Augen blicken. Zu gerne hätte sie mit ihm geredet. Aber dies war nicht der richtige Moment und auch nicht der richtige Ort.

»Na, also … Macht's gut.« Sie winkte leicht und ging mit ihrem Eimer Popcorn Tobin hinterher.

Kurz bevor sie den Saal erreichte, drehte sie sich noch einmal um, Stuart und die Kinder waren aber schon nicht mehr zu sehen. Dann jedoch erhaschte sie Stuart am Ausgang des Kinos, und er sah in ihre Richtung. Ein unglaubliches Kribbeln machte sich in ihr breit, denn sein Blick sagte mehr als tausend Worte. Und sie wusste, dass das noch nicht alles gewesen war und dass viel mehr dahintersteckte, als sie geglaubt hatte.

»Der hat sich aber wirklich mehr als komisch benommen, du hast recht«, sagte Tobin, als sie sich auf ihre Plätze setzten.

Susan nickte nur.

»Ihr solltet wohl dringend mal miteinander reden, oder?«

»Das glaube ich auch.«

Jetzt lag es allerdings an Stuart, den nächsten Schritt zu tun. Sie hatte ihm ihr Herz ausgeschüttet, noch mehr konnte sie sich selbst nicht erniedrigen. Entweder, er kam auf sie zu, oder er ließ es sein. Es lag allein in seiner Macht, was aus ihnen werden sollte.

»Hast du zufällig was von Orchid gehört?«, fragte Tobin wie nebenbei.

Die gute Orchid, die auf der Feier bei Laurie am Samstag ewig in ihrem dünnen Kleid und ohne Jacke im Garten verschwunden gewesen war, hatte sich erkältet. Am Sonntag hatte sie die ganze Zeit geschnieft und gehustet, und heute war ihr Laden geschlossen geblieben. Natürlich hatte Susan sofort bei ihr angerufen und sich nach ihrem Befinden erkundigt. Orchid hatte ihr niesend mitgeteilt, dass sie im Bett hatte bleiben müssen.

»Sie ist jetzt richtig krank, die Arme. Hat sich wohl am Samstag erkältet.« Sie warf Tobin einen vielsagenden Blick zu, er würde schon wissen, wovon sie sprach.

»Oh, das tut mir leid. Hoffentlich ist sie wieder fit, wenn Laurie ihr Baby bekommt. Sie wollte doch bei der Geburt dabei sein, oder?«

Daran hatte Susan auch schon gedacht. »Ja, das wollte sie. Und das wird sie auch. Es dauert noch einige Tage, erst Samstag ist Stichtag. Und ich glaube ja sowieso, dass das Baby ein wenig später kommt. Es fühlt sich bestimmt viel zu wohl in Lauries Bauch, um ihn jetzt schon zu verlassen.«

»Ja, mir ist auch aufgefallen, wie liebevoll Laurie ihren Bauch immer streichelt. Sie strahlt so eine unglaubliche Ruhe aus und wird das bestimmt richtig gut machen als Mummy.«

Susan lächelte. »Da bin ich mir ganz sicher.«

Tobin sah plötzlich ein wenig blass aus. »Entschuldige bitte, Susan, das war nicht sehr einfühlsam von mir. Ich sollte solche Bemerkungen dir gegenüber unterlassen.«

»Ach, so ein Unsinn. Warum denn? Laurie wird eine Supermum, das wissen wir alle. Warum sollten wir es dann nicht auch aussprechen?«

»Okay, wenn du meinst.«

Der Saal wurde dunkel, und der erste Werbespot erschien auf der Leinwand.

»Danke noch mal für den coolen Pullover«, flüsterte Tobin.

»Ich freu mich, dass er dir gefällt. Ich hoffe, der Film ist gut.«

»Das ist er garantiert. Wenn Melissa McCarthy mitspielt, kann er nur gut sein.«

»Ja, die ist unglaublich witzig.«

Susan machte es sich in ihrem Sitz bequem, nahm sich eine Handvoll Popcorn und freute sich auf zwei Stunden Ablenkung. Doch aufhören, an Stuart zu denken, konnte sie dennoch nicht. Immer wieder schlich er sich in ihre Gedanken, und sie wusste nicht, wie sie ihn da je wieder verscheuchen sollte.

Am darauffolgenden Abend saß Susan bei Laurie in der Tea Corner und trank einen wunderbar aromatischen Tee. Er enthielt Orange und Ingwer, und Laurie freute es sehr, dass einige von ihnen endlich auf den Geschmack der scharfen Knolle gekommen waren. Denn anfangs hatten sie sich gegen Ingwer gewehrt und ihn als ein Mittel gegen Erkältung hingestellt. Aber Orchid, die immer lautstark protestiert hatte, war an diesem Abend nicht da, und die anderen schenkten sich nun schon zum zweiten Mal nach. Laurie selbst trank Pfefferminztee, da Ingwer angeblich Wehen auslösen konnte und sie unbedingt noch schwanger bleiben wollte, bis Orchid wieder auf den Beinen war, wie sie ihnen mitteilte.

Heute hatte sich außer Ruby, Keira und Susan keiner bei Laurie eingefunden. Wahrscheinlich waren noch alle erledigt vom Weihnachten-Feiern.

»Und? Wie war euer Weihnachten?«, fragte Laurie und rieb sich erst den runden Bauch und dann den Rücken.

»Sehr schön«, begann Keira. »Wir haben zusammen mit meiner Mum bei Thomas' Familie in London gefeiert.

Er hat da noch eine Tante und einige Cousins und Cousinen. Es war richtig harmonisch, mit Singen vor dem Tannenbaum und einem Festmahl, das mich drei Tage satt gemacht hat.«

»Das hört sich wundervoll an«, sagte Ruby. »Wir haben Weihnachten ganz still verbracht. Bei uns zu Hause mit *Vom Winde verweht* und becherweise Eiscreme.«

»Das klingt ebenfalls gut«, sagte Laurie.

»Und du, Susan? Wie war es bei dir?«, wollte Keira wissen.

»An Heiligabend war ich ja auf der Feier im Gemeindezentrum, zusammen mit Laurie und Ruby. Ich wollte euch noch mal ganz herzlich danken, dass ihr so toll geholfen habt.«

»Das haben wir doch gerne gemacht«, sagte Laurie, und Ruby nickte zustimmend.

»Na ja, und zu Weihnachten war ich dann bei meinem Dad und habe meine Mutter und Meryl auf dem Friedhof besucht.«

Ruby drückte ihre Hand und sah sie dankbar an.

»Und abends habe ich ebenfalls *Vom Winde verweht* gesehen.«

Laurie musste lachen. »Haben wir das etwa alle? Ich war nämlich irgendwann so kaputt, dass ich mich auch nur noch auf die Couch gelümmelt habe. Bis zum Ende habe ich aber nicht durchgehalten, ich bin so schrecklich müde zurzeit, und der Film ist wirklich *sehr* lang.«

»Ich hab ihn nicht geguckt«, informierte Keira sie und errötete dabei ein bisschen. »Ich war anderweitig beschäftigt.«

»Ach ja? Inwiefern?«, wollte Susan wissen.

»Thomas hat mir einen geheimen Platz gezeigt, an dem er sich als Kind beim Versteckspielen immer verkrochen hat.«

»Ohooo!«, machte Laurie.

»Hihi. Na ja, man kann sich da auch heute noch sehr gut verstecken.« Keira kicherte wie ein verliebtes Mädchen.

»Was ihr alles ausheckt«, sagte Susan, dann fiel ihr Blick auf Laurie. »Ist alles okay, Süße?«

»Ja. Nun, ich habe schon den ganzen Abend so komische Schmerzen, aber das sind sicher nur wieder Vorwehen, die hatte ich in letzter Zeit ja öfter.«

»Bist du dir sicher?«

Laurie konnte nicht einmal mehr antworten, da floss auch schon ein Schwall Fruchtwasser aus ihr heraus und mitten auf den Boden der Tea Corner. Alle sprangen gleichzeitig auf.

»Nein, du musst sitzen bleiben!«, schimpfte Keira. »Muss man das nicht, wenn die Fruchtblase geplatzt ist? Oh Gott, ich kenne mich gar nicht aus. Mrs. Witherspoon wüsste das, die war doch Hebamme. Oder Orchid, die war schließlich schon bei einer Geburt dabei. Oh nein, Orchid! Sie sollte dir doch beistehen.« Sie sah panisch von Laurie zu den anderen zum nassen Boden und zum Telefon.

»Wir sollten alle erst mal tief durchatmen und überlegen, was zu tun ist«, sagte Susan, die versuchte, die Ruhe zu bewahren. Irgendeiner musste es ja, denn Keira war total hysterisch, und Ruby starrte nur sprachlos auf das Nass zu ihren Füßen und schien völlig überfordert. »Am besten rufen wir Barry an«, ordnete Susan an. Sie nahm das Telefon in die Hand, wählte die eingespeicherte Nummer und schrie in den Hörer: »Alarmstufe Rot! Komm sofort in die Tea Corner!«

»Bin gleich da!«, schrie er zurück und hatte schon aufgelegt.

Susan überlegte laut, ob sie nicht doch lieber den Krankenwagen rufen sollten, doch ausgerechnet Laurie beruhigte sie und sagte, dass sie sich keine Sorgen zu machen brauche. Es würde bestimmt alles gut gehen. Sie warteten also auf Barry, so ruhig es ging, doch als er eintraf, konnte man allen die Erleichterung ansehen.

»Wie geht es dir, mein Schatz?« Barry gab Laurie einen Kuss und sah sie besorgt an.

»Den Umständen entsprechend«, erwiderte sie und biss die Zähne zusammen, weil wieder eine Wehe kam.

»Schafft ihr es überhaupt noch rechtzeitig ins Krankenhaus?«, fragte Keira.

Barry lachte. »Wir haben einige Kurse mitgemacht und an die tausend Geburtsfilme gesehen«, erzählte er. »Und eines kann ich dir mit Gewissheit sagen: So schnell wie im Film geht das in echt nicht, erst recht nicht beim ersten Baby. Es könnte durchaus sein, dass sich die Kleine noch zehn Stunden oder sogar mehr Zeit nimmt.«

»Oh Gott, arme Laurie«, bemitleidete Ruby ihre Freundin.

»Also, wir machen uns dann mal auf in den Kreißsaal. Ich nehme nicht an, dass Orchid schon wieder auf den Beinen ist?«

»Nein!«, jammerte Laurie, dann sah sie Susan an. »Willst du nicht mitkommen und mir bei der Geburt zur Seite stehen? Ich wäre dir so dankbar.«

Wie konnte Susan da Nein sagen? Sie seufzte innerlich, lächelte Laurie aber an und antwortete: »Aber natürlich. Ich werde dir nicht von der Seite weichen.«

Sie bat Ruby, Terry nach Hause zu bringen, gab ihr den Haustürschlüssel und sagte ihr, dass sie diesen danach einfach unter die Fußmatte legen könne. Zwei Minuten später saßen Laurie, Barry und Susan im Auto und fuhren einer wahrscheinlich endlosen Nacht entgegen.

Barry hatte sich getäuscht. Denn auch wenn es Lauries erste Geburt war, ließ sich die kleine Clara Delphine keinesfalls ewig Zeit. Es war fast so, als wollte sie unbedingt noch vor Mitternacht auf die Welt kommen, damit sie an einem Mittwoch geboren wurde. Schließlich war der Mittwoch in der Valerie Lane ja etwas ganz Besonderes.

Während es draußen stürmte, blieb Susan an Lauries Seite und hielt ihre Hand, redete ihr gut zu, erinnerte sie daran, dass die Schmerzen es wert waren und sie bald ihre kleine Tochter sehen würde. Barry musste auf andere Weise hinhalten. Er ertrug eine gequetschte Hand und ließ sich von der kraftlosen Laurie anschreien, bis er selbst ganz fix und fertig war.

Als das wunderhübsche Baby dann pünktlich um 23:55 Uhr das Licht der Welt erblickte, strahlte nicht nur Laurie vor Glückseligkeit. Friedlich, als hätte sie gerade nicht die schrecklichsten Stunden aller Zeiten durchgestanden, hielt sie die kleine Clara wenig später im Arm und lächelte sie an. Barry setzte sich zu ihnen und gab erst Laurie einen Kuss und küsste dann dem Baby behutsam die Stirn. Er war ganz bewegt und konnte seine beiden Lieblingsmenschen nur immer sprachlos ansehen.

»Ist sie nicht bildschön?«, fragte Laurie.

»Das ist sie«, stimmte Susan zu.

»Von wem sie das wohl hat«, schmunzelte Barry. »Sagt mal, ist es okay, wenn ich mal kurz vor die Tür gehe und meine Eltern anrufe? Die können dann ja allen anderen Bescheid sagen. Ich muss es endlich loswerden, dass ich gerade Daddy geworden bin.«

»Aber natürlich, mein Schatz«, sagte Laurie und wandte nur ganz kurz den Blick von ihrem Baby ab, um ihrem Ehemann ein dankbares Lächeln zu schenken.

Als Barry draußen war, sagte Susan: »Du warst toll, Laurie, wirklich.«

»*Du* warst toll! Ich weiß nicht, wie ich das ohne dich geschafft hätte. Oder wie ich mich jemals revanchieren soll.«

»Das brauchst du nicht. Ich habe es wirklich gerne getan.«

»Ich weiß es! Wenn du ein Baby kriegst, werde ich an deiner Seite sein. Komme, was wolle. Versprochen!«

Susan stiegen Tränen in die Augen. Den ganzen Abend über schon war sie sehr wehmütig und emotional gewesen, nun konnte sie es nicht länger zurückhalten. Und auch wenn dies vielleicht nicht der richtige Moment war, weil Laurie doch so glücklich war, war es einfach an der Zeit, dass sie ihr die Wahrheit sagte. Vielleicht war es sogar der perfekte Moment.

»Ich muss dir etwas sagen, Laurie. Ich hätte es schon viel früher tun sollen. Ich … konnte nur einfach nicht, weil es so unglaublich wehtut, darüber zu sprechen.«

»Was ist es, Susan? Du kannst mir alles sagen.«

Sie sah ihre Freundin an. »Ich kann leider keine Kinder bekommen. Du wirst dich also auf diese Weise niemals bei mir revanchieren können.«

»Oh nein, Susan. Wie traurig.« Sie löste eine Hand von ihrem Baby, stellte sicher, dass es auch so genügend Halt hatte, und reichte Susan diese Hand. »Wie ist das gekommen?«

»Es ist eine sehr lange Geschichte. Ich hatte … Es ist ein Unglück geschehen, danach wurde mir gesagt, dass ich niemals wieder schwanger werden kann.«

»Niemals wieder? Heißt das, du warst einmal schwanger?«

Sie nickte. »Ja, das ist aber schon lange her. Ich habe sie verloren.«

»Es war ein Mädchen?«

Sie nickte erneut. »Ihr Name war Valerie. Ist das nicht ein Zufall?«

»Oh mein Gott. Susan, das ist kein Zufall, das ist Schicksal. Vielleicht wurde dir deswegen der Weg zu uns gewiesen.«

»Ja, das denke ich auch manchmal.«

»Ach, Süße, das tut mir so schrecklich leid für dich. Ich kann mir nicht einmal ansatzweise vorstellen, was du durchgemacht hast. Und jetzt wird mir auch vieles endlich klar. Du warst immer ein verschlossenes Buch für mich, für uns alle. Wir hätten dich so gerne gelesen, doch du wolltest dich nicht öffnen. Jetzt verstehe ich es.«

»Bitte erzähle den anderen nichts davon, ja? Auch nicht Barry.«

»Ich verspreche es hoch und heilig, meine Lippen sind versiegelt.«

»Danke. Weißt du, es gab in der Vergangenheit Zeiten, da wusste ich nicht, wie ich jemals damit klarkommen sollte. Jetzt aber, wenn ich mir dieses kleine Wunder ansehe, könnte ich mir sogar vorstellen, auf irgendeine Weise doch eine eigene Familie zu haben.«

»Aber natürlich. Warum denn auch nicht? Es gibt heutzutage doch so viele Möglichkeiten. Du könntest zum Beispiel adoptieren.«

»Dasselbe hat Stuart auch gesagt.«

»Ja? Du hast es ihm also anvertraut? Du hast ihn wirklich gern, oder?«

»Ja, das habe ich.«

»Ihr würdet ein wirklich schönes Paar abgeben, finde ich.«

Ja, das fand Susan auch. Nur Stuart schien sich da noch nicht so sicher zu sein.

»Mal sehen, was die Zukunft bringt«, erwiderte Susan.

»Möchtest du Clara mal halten?« Laurie sah sie fragend an.

»Ich würde gerade nichts lieber tun als das.«

Laurie reichte ihr behutsam das Baby. Susan konnte es nicht fassen, dass dieses niedliche Wesen vor wenigen Stunden noch in Lauries Bauch gewesen und jetzt schon ein richtiges Familienmitglied war. Die Kleine war zum

Anbeißen. Sie strich ihr mit einem Finger über die Wange, als Barry zurückkam.

»Ich soll dich von allen grüßen, Laurie. Ich habe nun doch noch meine Schwester angerufen und meinem Bruder eine SMS geschickt, ich hatte irgendwie das Gefühl, ich werde hier nicht allzu sehr vermisst.«

Laurie und Susan wechselten einen geheimnisvollen Blick.

»Wie auch immer, sie haben sich alle schon für morgen angekündigt. Und deine Eltern kommen sofort, wenn sie aus Hawaii zurück sind.«

»Die hast du auch angerufen?«, fragte Laurie.

»Na sicher.«

»Ich bin gespannt, was meine Mutter alles zum Meckern findet. Wahrscheinlich gibt es sogar an einem Neugeborenen schon irgendwas auszusetzen.«

»An unserer Delphine? Niemals! Sieh sie dir an, sie ist perfekt.«

»Ja, das ist sie. Im Übrigen ist ihr Name Clara. Delphine kann gerne noch dahinter kommen, aber nur, dass du schon mal Bescheid weißt. Ich bin hier nämlich diejenige, die Höllenqualen durchgestanden hat, ich darf von nun an alles entscheiden, was unsere Tochter angeht.« Sie lehnte sich müde zurück in die Kissen.

»Okay, okay. Damit kann ich leben.« Barry lachte und nahm Susan das Baby ab. Sie hatte nie einen stolzeren Vater gesehen. »Willkommen auf dieser schönen Erde, Clara Delphine. Ich möchte, dass du jetzt schon eines weißt: Fußball und Tee werden in deinem Leben eine große Rolle spielen. Und eine Frau namens Valerie Bonham, von der deine Mummy dir viele Gutenachtgeschichten erzählen wird.«

»Ja, das … werde … ich«, murmelte Laurie noch und fiel dann in einen wohlverdienten Schlaf.

Es war ein langer, aufregender Tag für sie alle gewesen. Auch Susan war völlig erledigt und wollte, als sie gegen halb drei Uhr morgens nach Hause kam, nur noch ins Bett. Glücklich und erschöpft schloss sie die Augen und schlief mit einem Lächeln auf den Lippen ein.

KAPITEL 25

»Meryl, wie kann ich dir nur helfen?«, fragte Susan ihre Freundin, noch immer unter Schock. Denn diese hatte ihr gerade gestanden, dass sie an Bauchspeicheldrüsenkrebs erkrankt war und die Ärzte keine Hoffnung auf Genesung hatten. Viel zu weit war die Krankheit bereits fortgeschritten. Zusammen standen sie an einem regnerischen Tag in der Valerie Lane.

»Mir kann keiner mehr helfen, Susan. So traurig es ist. Weißt du, was mich am meisten bekümmert? Meine Ruby. Sie ist in London und ist so unglaublich glücklich und erfüllt. Sie hat jetzt sogar einen festen Freund. Ich weiß aber, wenn ich ihr sage, wie es um mich steht, bricht sie sofort ihr Studium ab und kommt zu mir. Das kann ich ihr doch nicht antun, oder?«

»Ich weiß wirklich nicht, was ich dir da raten soll. Das solltest du ganz allein aus dem Herzen heraus entscheiden.«

Meryl schüttelte den Kopf. »Ich kann es ihr nicht sagen. Noch nicht. Es ist schlimm genug, dass Hugh so leidet. Mein armer Hugh, was wird er nur ohne mich machen?«

»Ach, Meryl.« Susan holte eine Packung Taschentücher hervor, gab ihrer Freundin eins und wischte sich mit einem anderen die eigenen Tränen weg. »Weißt du, manchmal liegen die Ärzte falsch. Vielleicht gibt es ja doch noch Hoffnung.«

»Nein. Ich spüre es, es geht zu Ende mit mir. Im Grunde spüre ich es schon seit einer Weile, ich wollte es nur nicht wahrhaben.« Meryl lächelte durch ihre Tränen. »Ich werde aber nicht daran verzweifeln, nein. Stattdessen werde ich mich darauf freuen, die gute Valerie endlich kennenzulernen. Da oben.« Sie deutete zum Himmel.

»Oh, rede doch nicht so. Ich will die Hoffnung noch nicht aufgeben, das kann ich nicht. Bitte sei so gut und lass sie mir, ja?«

Meryl nickte, sah ihr in die Augen und bat sie um die einzige Sache, die ihr wirklich wichtig war. »Susan, ich möchte dich um eines bitten. Wenn ich nicht mehr bin ... Würdest du dich dann ein bisschen um meine Ruby kümmern? Sie ist so still und in sich gekehrt. Sie wird jemanden brauchen, der sich ihrer annimmt.«

»Das werde ich tun, das verspreche ich.«

»Danke.« Sie hakte sich bei ihr ein, und gemeinsam gingen sie gemächlich die kopfsteingepflasterte Gasse entlang.

»Hier hast du noch mehr Luftschlangen«, rief Susan am Silvesterabend Ruby zu und warf ihr eine Tüte entgegen. Sie betrachtete sie schon seit einer ganzen Weile – so glücklich wie in den letzten Wochen und Monaten hatte sie sie noch nie gesehen. Ihr neuer Buchladen lief, ihr Vater benahm sich beinahe wieder normal, und mit Gary hatte sie einen ganz wunderbaren Partner an ihrer Seite gefunden. Meryl wäre mehr als zufrieden, wie die Dinge sich entwickelten, und Susan war es auch.

»Danke«, rief Ruby zurück, befreite die Dekoration aus der Verpackung, löste einen der runden Papierabschnitte von der Rolle und pustete hinein. Eine lange Luftschlange in Blau und Grün entpuppte sich, die Ruby sogleich über die Laterne vor ihrem Laden warf.

»Zum Glück regnet oder schneit es heute nicht, sonst wären die in null Komma nichts Matsch«, rief Susan ihr zu. Das Wetter meinte es wirklich gut mit ihnen. Sie konnte sich an vergangene Silvester erinnern, an denen sie nicht einmal Feuerwerk hatten anzünden können, weil der Regen so heftig geprasselt hatte. Heute aber hatte man schon den ganzen Tag von überall her Knaller gehört und, sobald es dunkel geworden war, Raketen am Himmel gesehen.

»Dann hätten wir aber immer noch die Ballons«, erwiderte Ruby.

Das stimmte. Ballons hatten sie nämlich eine ganze Menge. Tobin stand schon seit einer Ewigkeit vor seinem Laden und blies welche mit Helium auf. Keira nahm sie ihm ab, knotete ein Band daran und befestigte sie überall in der Valerie Lane. Die Straße sah inzwischen so aus, als wenn sie jeden Moment davonfliegen könnte.

»Haben wir genug Sekt?«, erkundigte sich Orchid, die ausnahmsweise mal nicht in Tobins Gegenwart herumzickte. Sie alle waren richtig guter Laune und freuten sich auf den Start ins neue Jahr, das ihnen hoffentlich viel Glück und noch mehr Liebe bringen würde.

»Mehr als genug. Wenn wir das alles austrinken, werden wir eine ganze Woche lang beschwipst sein«, lachte Susan. Sie hatte seit dem Kino von Stuart weder etwas gesehen noch gehört und hatte sich inzwischen eingestanden, dass es zwar ein schöner Gedanke gewesen war, eine gemeinsame Zukunft mit ihm zu haben, aber auch ein Hirngespinst. Die Liebe war für sie nicht bestimmt, das wusste sie doch schon seit Langem.

»Wo ist denn Patrick heute?«, wollte Keira wissen. Auch Susan hatte sich das schon gefragt. Hatte Orchid nicht eigentlich eine romantische Silvesterreise nach Paris geplant? Die erwähnte besser keine von ihnen.

Orchid zuckte die Achseln. »Ach, der wollte was mit seinen Kumpels unternehmen. Ist schon okay, ich bin viel lieber hier bei euch.« Sie warf Tobin einen kaum merklichen Blick zu. Doch Susan nahm genau wahr, wie seine Wangen immer rosiger wurden.

Glücklicherweise war Orchid wieder einigermaßen gesund. Sie bedauerte zwar sehr, nicht bei Claras Geburt dabei gewesen zu sein, doch Laurie hatte ihr etliche Fotos des Babys auf ihr Smartphone geschickt und sie so ein wenig entschädigt.

»Ich habe das Buffet fertig aufgebaut«, verkündete Barbara, die sich um das leibliche Wohl aller kümmerte. Sie hatte in den vergangenen Stunden verschiedene Schnittchen vorbereitet, die nun auf Servierplatten bereitstanden. Mr. Monroe hatte mehrere Tüten Chips beigesteuert, die ebenfalls in Schüsseln darauf warteten, verzehrt zu werden.

Vanessa und Jason stürzten sich auch sofort darauf. Sie waren ebenfalls hier, zusammen mit Charlotte. Eigentlich hatte auch Stuart vorgehabt zu kommen, doch obwohl er es sich anders überlegt hatte, hatte Charlotte nicht auf die Feier verzichten wollen.

»Ich habe ihm gesagt, dann soll er eben allein zu Hause sitzen und Trübsal blasen. Wir drei feiern in der Valerie Lane. Hier, bei dir.«

Stuart bläst Trübsal?, fragte Susan sich, konnte aber

nicht weiter darüber nachdenken, da Charlotte anscheinend wichtige Worte an sie richten wollte.

»Ich möchte dir übrigens, bevor das alte Jahr zu Ende geht, noch mal von Herzen dafür danken, dass du mir die Stelle gegeben hast. Sie ist mehr als nur ein Job für mich, sie ist eine zweite Chance, ein Neubeginn. Mir hätte überhaupt nichts Besseres passieren können. Danke, Susan, eine Million Mal danke.«

Susan war extrem gerührt, als sie hörte, wie viel Charlotte das alles bedeutete, und sie war froh, dass sie ihr hatte helfen können.

»Das hab ich doch gerne gemacht, Charlotte. Und ich möchte dir auch danken. Die Zusammenarbeit mit dir ist wirklich bereichernd.«

Sie lächelten einander an, und jede wusste, was die andere fühlte, es waren gar keine weiteren Worte nötig.

Jason kam herbei und fragte seine Mutter, ob er auch ein paar Raketen anzünden könne. Gary habe ihm angeboten, es mit ihm zusammen zu machen. Charlotte nickte und zeigte Gary einen Daumen nach oben.

Die Straße wurde immer voller und die Stimmung immer besser. Agnes und Steven zündeten Knallfrösche an. Christine, die Krankenschwester, hatte einen jungen Mann an ihrer Seite, der sie sichtlich anhimmelte. Susan war sehr froh, dass sie über Tobin hinweg zu sein schien. Und da kamen auch Mrs. Witherspoon und Humphrey um die Ecke gebogen. Mrs. Witherspoon trug den hübschen grünen Schal, den Humphrey kurz vor Weihnachten bei Susan erstanden hatte, als er zum ersten Mal ganz allein in die Valerie Lane gekommen war. Natürlich hatte

Susan ihm einen guten Preis gemacht und noch die passende Mütze draufgepackt.

»Hallo, wie schön, dass Sie da sind. Wollen Sie mit uns ins neue Jahr reinfeiern?«, fragte Susan die beiden.

»Oh nein, so lange halten wir nicht durch. Um Mitternacht befinden wir uns längst im Land der Träume«, entgegnete Mrs. Witherspoon lachend. »Wir dachten uns, wir machen nach dem Abendessen einen kleinen Verdauungsspaziergang und sehen mal in der Valerie Lane vorbei, um euch allen einen guten Rutsch ins neue Jahr zu wünschen.«

»Das ist aber nett. Ich wünsche Ihnen auch einen guten Rutsch.«

»Rutscht aber nicht zu doll, sonst fallt ihr auf die Nase«, scherzte Humphrey.

»Wir werden unser Bestes geben.« Susan grinste.

»Wir haben übrigens gestern Laurie besucht«, erzählte Mrs. Witherspoon. »Ich habe gewiss schon viele Babys gesehen, aber ihres ist doch das süßeste von allen.«

Da konnte Susan der alten Dame nur zustimmen. Sie war selbst zwei weitere Male bei Laurie gewesen, die inzwischen aus dem Krankenhaus entlassen worden war, und die kleine Clara wurde ihrer Meinung nach von Tag zu Tag noch ein bisschen niedlicher.

»Da gebe ich Ihnen recht. Schade, dass Laurie heute Abend nicht hier sein kann, aber für das Baby wäre es viel zu laut, genauso wie für meinen Terry. Den habe ich oben in der Wohnung gelassen und zur Beruhigung klassische Musik angemacht.«

»Das ist sicher eine gute Idee. Wir wollen den anderen

noch kurz Hallo sagen und machen uns dann wieder auf nach Hause.«

»Nehmen Sie sich gerne was vom Buffet«, sagte Susan und erhaschte einen Blick auf Hugh, der Barbara gerade fragte, ob sie denn nichts mit Kartoffeln hätte. Ah, der Gute hat ja Kartoffelwoche, dachte Susan, da wird doch wenigstens bei den Chips was dabei sein. Dann wünschte sie Mrs. Witherspoon und Humphrey noch einen guten Heimweg.

Susan sah den beiden Alten zu, wie sie ganz langsam einen Fuß vor den anderen setzten. Dabei fiel ihr Blick auf Ruby und Gary, die sich eng umschlungen hielten und dabei hinauf zum Himmel sahen, den einige vereinzelte Raketen erhellten.

Ob Ruby wohl wusste, dass ihre Mutter von da oben auf sie heruntersah? Wusste sie, wie schwer es ihrer Mum gefallen war, sie zu verlassen?

Susan seufzte und machte weiter damit, die Valerie Lane silvestermäßig zu verzieren. Der festliche Schmuck war bereits abgehängt, und es schien fast, als wäre Weihnachten nie gewesen. Was Susan auch ganz recht war. So sehr sie Weihnachten auch liebte, wollte sie dieses Jahr einfach nur hinter sich lassen und sich auf ein neues freuen, in dem sie hoffentlich nicht wieder enttäuscht werden würde.

Der letzte Abend des Jahres schritt voran, es wurde zu Musik getanzt, es wurden Barbaras Schnittchen gegessen, es wurde ein wenig Feuerwerk gezündet, und um halb zwölf holte Orchid die Sektflaschen hervor.

Susan glaubte, sie sehe nicht richtig, als plötzlich Stuart in der Valerie Lane stand.

»Was machst du denn hier?«, fragte sie verwirrt und trat auf ihn zu. Aus den Augenwinkeln sah sie Charlottes zufriedenes Lächeln, als hätte sie genau darauf gewartet.

»Ich wollte das alte Jahr nicht ausklingen lassen, ohne noch einmal mit dir geredet zu haben«, begann er.

Sie sah ihn an. »Ah ja?« Sie fand beim besten Willen keine Worte dafür, was sie fühlte. Sie wusste nur, dass er endlich zu ihr gekommen war.

Er sah jedoch ein wenig angespannt aus. »Ja. Charlotte sagt, wir sollen uns aussprechen.«

»Charlotte sagt das, ja? Und willst du das denn auch?« Sie war sich da nämlich gar nicht so sicher.

Er zuckte mit den Schultern. »Sie meint, es habe sicher ein Missverständnis gegeben. Für mich gab es da zwar nichts falsch zu verstehen, ich habe aber darüber nachgedacht und finde, ich sollte wenigstens noch mal nachhaken, um sicherzugehen … na ja.« Wieder ein Achselzucken.

»Ich verstehe schon, dass du nicht damit leben kannst, es sind keine Erklärungen nötig, Stuart.«

»Stimmt, ich kann nicht damit leben. Wie könnte ich es auch?«

»Es war wohl zu viel von mir verlangt, von dir zu erwarten, dass du es akzeptierst. Bitte entschuldige.«

Nun war Stuart derjenige, der sie verwirrt ansah. »Akzeptieren? Dass du mit einem anderen zusammen bist?« Er holte tief Luft. »Und dabei dachte ich wirklich, da wäre was Besonderes zwischen uns.«

Susan war wie erstarrt. Sie verstand überhaupt nichts mehr. Wovon redete er denn nur?

»Du siehst verwirrt aus«, sagte Stuart.

»Ja, das bin ich. Ich weiß nämlich beim besten Willen nicht, wovon du sprichst.«

»Na, von dem Blumenverkäufer.«

»Von Tobin?«

»Genau dem.«

»Ich bin nicht mit Tobin zusammen«, stellte sie klar.

Er räusperte sich. »Ich bin am Sonntag in die Valerie Lane gekommen. Weil ich nach unserem Kuss nicht schlafen konnte und die ganze Zeit an dich denken musste. Und weil ich unbedingt mit dir reden, dir noch einmal versichern wollte, dass es wirklich absolut okay für mich ist …« Er blickte sich um und sprach ein bisschen leiser. »Na, du weißt schon, das, was du mir anvertraut hast. Dass ich trotzdem mit dir zusammen sein will. So sehr, verdammt!« Er atmete tief durch, schien Mühe zu haben weiterzusprechen. »Doch dann habe ich ihn aus deiner Wohnung kommen sehen.«

Oh nein! Und sie hatte Tobin draußen auch noch umarmt! Was musste das auf Stuart nur für einen Eindruck gemacht haben? Das erklärte alles! Sein zurückweisendes, kühles Verhalten. Er glaubte …

»Oh Gott! Deshalb hast du mir die kalte Schulter gezeigt.«

»Ich muss zugeben, dass ich mehr als enttäuscht war. Ich meine, ich habe noch nie so eine Verbindung gespürt.« Er sah sie herzzerreißend an.

»Mir geht es ganz genauso, Stuart«, ließ sie ihn mit

zittriger Stimme wissen. Ihr Herz pochte schneller. Wie konnte sie ihm deutlich machen, was sie fühlte?

»Ehrlich?«

Sie nickte. »Ja, ehrlich. Ich fühle mich in deiner Gegenwart so ... geborgen. So glücklich.« So vollkommen, fügte sie gedanklich noch hinzu.

»Dann hab ich mir das also nicht nur eingebildet?«, fragte er noch einmal, um sicherzugehen.

»Nein, das hast du nicht. Da ist etwas Besonderes zwischen uns, ich bin unglaublich froh, dass wir das beide so empfinden.« Sie ging mit weichen Knien einen Schritt auf ihn zu und sah ihm in die Augen. »Und was Tobin betrifft ... Er ist nur ein Freund, der nebenbei bemerkt bis über beide Ohren in Orchid verschossen ist.« Nun war sie es, die die Stimme senkte. »Er hat sich die ganze Nacht über mein Gejammer und meine Bedenken angehört – deinetwegen. Ich weiß nicht, was du glaubst, gesehen zu haben, aber ich habe ihm lediglich eine Umarmung gegeben. Zum Dank, dass er mir zugehört hat.«

Sie konnte förmlich sehen, wie Stuart ein Stein vom Herzen fiel.

»Du kannst dir gar nicht vorstellen, wie erleichtert ich gerade bin«, sagte er.

»Ich auch. Jetzt, wo ich weiß, was das Problem war. Und ich dachte, du willst nichts mehr mit mir zu tun haben, weil ...«

»Susan ...« Stuart nahm ihre Hand. »Ich habe es ehrlich gemeint, bitte glaube mir.«

Sie spürte nichts als Wärme in ihrem Herzen. »Ich glaube dir. Und ich danke dir.«

»Wofür?«

»Dafür, dass du so wundervoll bist.« Alles in ihr kribbelte, als sie es endlich aussprach. Ein *Ich liebe dich* wäre ihr nicht schwerer über die Lippen gekommen.

»*Du* bist wundervoll, Susan. Ich habe selten eine so hingebungsvolle, selbstlose, warmherzige Frau kennengelernt.«

»Oh, Stuart.« Sie sah ihm in die Augen, und er erwiderte ihren Blick. Der Moment war voller Magie, wie in dem Song, den er noch vor Kurzem gesungen hatte. Und sie wollte nur noch eins … »Kannst du mich bitte endlich küssen?«

»Noch nicht. Erst um Mitternacht. Starten wir gemeinsam in ein neues Jahr.«

Sie sahen beide auf ihre Uhren. Es war sieben Minuten vor zwölf.

»Ich finde, wir sollten das alte miteinander beenden und zusammen in das neue starten. Was hältst du davon?« Erwartungsvoll sah sie Stuart an.

Er lächelte. »Eine gute Idee. Sie gefällt mir viel besser als meine.« Und dann, ganz langsam, kam er näher, nahm nun auch ihre andere Hand in seine … beugte sich zu ihr herunter und küsste sie.

Sie küssten sich so lange und innig, dass Susan ein Feuerwerk vor Augen hatte, bevor es überhaupt losging.

»Ich will ja nicht stören, aber hier habt ihr zwei Gläser Sekt«, unterbrach Orchid sie. »Es ist gleich Mitternacht.«

Und da hörten sie auch schon den Countdown. Jeder in der Valerie Lane zählte mit. Als Susan zu Charlotte sah, erkannte sie, dass diese, während sie zusammen mit ihren Kindern von zehn rückwärts zählte, ihr zwei hochgehaltene Daumen entgegenstreckte. Sie lächelte ihr zu und zählte selbst freudig mit.

»Neun, acht, sieben, sechs, fünf, vier, drei, zwei, eins – frohes neues Jahr!«

Alle fielen sich in die Arme, doch Susan ging nicht wie gewohnt gleich zu ihren Freundinnen. Viel lieber wollte sie erst mal Stuart im neuen Jahr begrüßen. Und das tat sie mit einem erneuten Kuss, und dieser war vielleicht noch leidenschaftlicher als der vorige.

Als sie sich endlich trennten und Susan zu Orchid, Ruby und Keira ging, strahlte sie heller als die Raketen am Himmel. Sie hielt Stuart an der Hand, denn so schnell würde sie ihn nicht wieder loslassen, jetzt, wo sie endlich zueinandergefunden hatten.

»Sehe ich da richtig?«, fragte Keira erstaunt.

Susan antwortete ihr mit einem breiten Lächeln.

»Na, das wurde aber auch Zeit«, sagte Orchid und haute Susan freundschaftlich auf die Schulter.

Na, das musst du gerade sagen, dachte Susan nur. Sie hatte allerdings deutlich etwas aus ihren Augenwinkeln wahrgenommen, als die Uhr zwölf geschlagen hatte. Orchid und Tobin hatten sich nämlich umarmt, zwar nur kurz, aber es war mehr, als sie jemals offen gezeigt hatten.

»Ich bin so froh, dass ihr doch noch zueinandergefunden habt«, sagte Charlotte begeistert und schloss Susan und Stuart gleichzeitig in die Arme.

»Ich freue mich so für dich«, ließ Ruby sie wissen, die

liebe Ruby, die in diesem Jahr selbst ihr Glück gefunden hatte. Oh, im letzten natürlich. Jetzt hatte ein neues Jahr begonnen, und Susan konnte kaum erwarten, was es alles für sie bereithielt.

Keira hielt plötzlich ihr Smartphone in die Mitte, und Laurie, die ihr Baby schlummernd im Arm hielt, wünschte ihnen allen ein frohes neues Jahr. Und sie alle riefen zurück: »Frohes neues Jahr, Laurie!«

Susan konnte sich überhaupt keinen schöneren Start ins neue Jahr vorstellen. Neues Leben, neue Liebe, alles war auf einmal möglich.

»Darf ich heute Nacht mit zu dir kommen?«, fragte Stuart, als sie wieder ein wenig abseits standen.

Tobin verteilte gerade Wunderkerzen. Als er bei ihr angelangt war und ihr und Stuart auch welche davon in die Hände drückte, zwinkerte er ihr vielsagend zu.

Bevor Susan Stuart antworten konnte, fügte er noch hinzu: »Sofern ein anderes männliches Wesen nichts dagegen hat.«

Sie sah Tobin nach, der noch immer Wunderkerzen verteilte und dabei zu *Wannabe* von den Spice Girls mitsang. Sie musste lachen. Tobin hatte eindeutig schon ein wenig zu viel Sekt intus, dabei trank er sonst gar nicht.

»Ich habe dir doch gesagt, dass Tobin nur …«

»Den meine ich doch gar nicht. Vielmehr sprach ich von Terry.«

Sie musste lachen. »Also, ich glaube, der wird schon damit einverstanden sein.«

Sie ließ die abgebrannten Wunderkerzen fallen und hielt Stuart ihre Hand hin. Und dieser großartige, herzensgute Mann ergriff sie und ließ sich von ihr in ihre Wohnung führen, die von nun an nie wieder ein einsamer Ort für sie sein sollte.

KAPITEL 26

Zwei Wochen später …

»Seht mal, was wir euch bringen«, sagte Susan, als sie und Stuart an diesem Mittwochabend Laurie's Tea Corner betraten. Sie stellte eine Keksdose auf den Tisch.

»Oh, die sehen ja aus wie die Schokokekse nach meinem Rezept«, sagte Keira.

»Ganz genau, das sind sie auch. Ich habe sie heute mit den Frauen im Obdachlosenheim gebacken, während Stuart Gitarrenunterricht gegeben hat.«

»Na, da muss ich doch gleich mal probieren und sehen, ob ihr sie auch gut hinbekommen habt.« Keira griff nach einem Plätzchen und biss hinein. »Mmmm, sind euch super gelungen.«

»Na, dein Rezept ist ja auch eins, das eigentlich jeder hinbekommen sollte, oder?«

»Mögt ihr einen Tee?«, fragte Hannah, die hinter dem Tresen auftauchte.

Laurie war noch nicht wieder in den Laden zurückgekehrt, sie wollte noch eine kleine Weile zu Hause bleiben und ihre Zeit ganz der süßen Clara widmen. Sie fehlte ihnen allen sehr.

»Gerne. Was gibt es denn heute Leckeres?«

»Da sich die Damen nicht entscheiden konnten, habe ich einmal Rooibusch-Vanille und einmal schwarzen Tee mit Erdbeergeschmack gemacht.«

Ohne zu überlegen, wusste Susan sofort, wer welchen ausgesucht hatte. Orchid mochte immer gerne etwas mit Früchten, Keira ebenfalls. Ruby dagegen war ein Vanillefan. Sie und Mrs. Witherspoon, die keinen schwarzen Tee vertrug, hatten sicher den Rooibuschtee genommen. Humphrey trank immer das, was seine Frau trank, und Hannah hatte für sich garantiert etwas gänzlich anderes zubereitet. Einen Jasmintee oder eine Mischung, die ihre Chakren positiv beeinflusste.

»Ich nehme gerne einen Rooibuschtee, danke.«

»Ich probiere den anderen«, sagte Stuart.

Susan konnte es noch immer nicht glauben, dass er mit hergekommen war. Sie hatte ihm gesagt, dass es meist ein reines Damenkränzchen war, doch er hatte darauf bestanden, mal an einem dieser Mittwochstreffen teilzunehmen, von denen sie immerzu schwärmte.

Stuart war unglaublich. Einen zuvorkommenderen, verständnisvolleren Freund hätte sie sich nicht wünschen können. Und auch jetzt war er wieder ein Schatz. Er lehnte sich nämlich zu Humphrey hinüber und fragte: »Spielen Sie Karten?«

»Ich habe früher viel gepokert. Wenn ich als Pilot unterwegs war. Wussten Sie, dass ich einmal Pilot war?« Wie immer, wenn er davon sprach, sah er unglaublich stolz aus.

»Ja, das haben Sie mir bereits erzählt.« Stuart lächelte den alten Mann an. »Hmmm … Im Pokern bin ich eine Niete. Spielen Sie auch Mau-Mau?«

»Aber natürlich.«

»Wie wäre es dann mit einer Runde, während unsere Frauen den neuesten Klatsch austauschen?«

Susan fand es unglaublich schön, von Stuart als »seine Frau« bezeichnet zu werden.

»Haben Sie denn Spielkarten dabei?«, fragte Humphrey und sah dabei richtig schelmisch aus.

»Das habe ich immer. Ich bin nämlich jederzeit für eine gute Partie Mau-Mau zu haben. Wollen wir uns dort hinten an den Tisch setzen?«

»Da bin ich dabei.« Humphrey erhob sich, wandte sich dann aber doch noch seiner Frau zu. »Ist das in Ordnung, mein Engel?«

»Aber sicher. Geh nur spielen, mein Liebster.«

Humphrey und Stuart setzten sich an den Fenstertisch, und Susan, Mrs. Witherspoon und die Mädels quatschten über dies und das. Dabei ließ Susan die letzten zwei Wochen Revue passieren. Gleich am Tag nach Neujahr war Charlotte ganz aufgeregt in den Wollladen gekommen und hatte ihr berichtet, dass Rick sie angerufen und sich für alles entschuldigt hatte, was er ihr die letzten Jahre angetan hatte, und dass er darum bat, die Kinder wieder öfter sehen zu dürfen. Er wolle eine Therapie machen, das versprach er ihr hoch und heilig. Susan hatte Charlotte gefragt, ob sie ihm je vergeben könnte, und diese hatte geantwortet, dass sie es nicht wisse, es aber ganz bestimmt versuchen werde, schon der Kinder zuliebe. Wieder mit ihm zusammenkommen würde sie aber ganz sicher nie mehr. Wenn Rick wirklich eine Therapie machte und sich zum Guten änderte, konnte sich das nur positiv auf seine Beziehung zu den Kindern auswirken, und auch er würde vielleicht endlich einige Dinge aufarbeiten, die ihn anscheinend schon seit Jahren quälten und ihn zu dem Menschen machten, der er geworden war. Doch für eine Beziehung mit Charlotte war es zu spät. Sie hatte ihn hinter sich gelassen, und sie freute sich, jetzt endlich ihr eigenes Leben führen zu dürfen.

Was Susan und Stuart betraf, war Charlotte hin und weg. Sie wünschte ihnen beiden alles Glück der Welt, ebenso wie alle anderen, die davon erfuhren, dass sie jetzt fest zusammen waren.

Susan und Stuart sahen sich fast täglich, was wirklich schön war nach so vielen einsamen Jahren. Das Beste war, dass sie sich so gut ergänzten, sich nicht einengten, einander Freiräume ließen und doch immer füreinander da waren. Sie redeten viel, Susan hatte Stuart sogar von Valerie erzählt, und sie waren zusammen auf dem Friedhof gewesen und hatten ihr Grab besucht. Nie und nimmer hätte sie sich vorstellen können, dies einmal mit irgendjemandem zu tun, erst recht nicht mit einem Mann. Aber Stuart war, was ihr im Leben gefehlt hatte, das wusste sie jetzt. Und sie war dankbar für jede Minute mit ihm.

Laurie hatte ein paarmal in der Valerie Lane vorbeigeschaut und hatte natürlich ihr Baby mitgebracht. Susan hätte es ewig im Arm halten können, und so langsam freundete sie sich mit dem Gedanken an, eines Tages vielleicht wirklich ein Kind zu adoptieren.

Sie sah zu Stuart hinüber, der konzentriert mit Humphrey Karten spielte. Sie musste an die letzte Nacht denken. Stuart hatte seine Gitarre mitgebracht und ihr einen neuen Song vorgespielt, den er nur für sie geschrieben hatte. Er hieß *My Love* und verursachte noch immer eine Gänsehaut bei ihr. Er ging so:

> My love
> I will always stand by you
> My love
> We will make it through the darkest night
> 'cause even when the sun goes down
> I will shine for you and you will shine for me

Während sie jetzt die Melodie leise vor sich hin summte, sah Stuart zu ihr herüber und schenkte ihr sein liebevollstes Lächeln. Und Susan lächelte zurück. Sie lächelte aus der Tiefe ihrer Seele, denn sie war endlich, endlich glücklich.

SUSANS WEIHNACHTLICHE LIEBLINGSREZEPTE FÜR WUNDERBARE STRICKNACHMITTAGE

SUSANS GEWÜRZKUCHEN

Zutaten

- 200 g Zucker
- 200 g Backmargarine
- 4 Eier
- 350 g Dinkelmehl
- 1 Päckchen Backpulver
- 1 Päckchen Vanillin
- 1 TL gemahlene Nelken
- 1 TL Zimt
- 1 TL gemahlener Koriander
- 1 TL gemahlener Ingwer
- 3 EL Kakaopulver

Den Zucker und die Margarine schaumig schlagen, dann die Eier einzeln unterrühren. Das Mehl mit dem Backpulver mischen, danach die restlichen Zutaten hinzufügen und alles gut verrühren. Den Teig in eine eingefettete Kasten- oder Gugelhupfform füllen und im vorgeheizten Backofen bei 190 Grad Ober-/Unterhitze etwa 45 Minuten backen. Nach Belieben mit Puderzucker bestreuen.

Für eine vegane Variante nimmt man Pflanzenmargarine und tauscht die vier Eier gegen vier gehäufte EL Apfelmus aus.

LAURIES BRATAPFELTEE

Zutaten für eine Tasse

- 1 halber roter Apfel
- 1 kleine Zimtstange
- 2 Nelken
- 1 halbe Vanillestange

Den halben Apfel mit der Schale in kleine Würfel schneiden und auf einem mit Backpapier belegten Blech verteilen. Im Backofen bei 50 Grad Umluft etwa 2 Stunden trocknen, dabei die Tür einen Spalt offen lassen, damit die Feuchtigkeit entweichen kann. Die Apfelstücke zusammen mit der Zimtstange, den Nelken und der halben Vanillestange in einen Topf geben. 200 ml Wasser hinzugeben und kurz aufkochen. Fünf Minuten ziehen lassen, durch ein Sieb in eine Tasse gießen, nach Belieben süßen und heiß genießen.

MERYLS
WEIHNACHTSMARMELADE

Zutaten für etwa 6 Marmeladengläser

- 1 kg rote Äpfel
- 1 kleines Stück frischer Ingwer
- 500 g Gelierzucker
- 3 TL Zimtpulver
- 1 TL Kardamompulver
- 1 ausgekratzte Vanillestange

Die Äpfel schälen und in kleine Würfel schneiden. Den Ingwer schälen und klein hacken. Äpfel und Ingwer mit dem Gelierzucker in einen Topf geben, unter Rühren kurz aufkochen, dann bei mittlerer Hitze weiterköcheln lassen, bis alles zu einem groben Apfelmus zerkocht ist. Dabei immer weiterrühren. Den Topf von der Kochplatte nehmen, die Gewürze hinzugeben und gut verrühren. Die noch heiße Marmelade in Gläser verteilen, diese mit dem Deckel schließen und für etwa eine halbe Stunde auf den Kopf stellen. Danach ruhen und abkühlen lassen.

Die Marmelade mit frischen Brötchen, Scones, Waffeln oder auf Vanilleeis genießen.

DANKE

Weihnachten, die schönste Zeit des Jahres. Bei mir weckt sie immer Erinnerungen an eine wunderschöne Kindheit, an Schlittenfahrten und Ausstechplätzchen, an gebrannte Mandeln und Kinderpunsch, an Weihnachtslieder und Christbaumkugeln. Und an liebe Menschen, die längst von mir gegangen sind, die aber in meinem Herzen weiterleben – besonders an Weihnachten. Diesen Menschen, die mich so geprägt haben, möchte ich Danke sagen. Ohne sie wären meine Erinnerungen nur halb so schön.

Danke außerdem allen Menschen, die noch heute in meinem Leben sind, besonders meiner Familie und meinen Freunden – ihr wisst, wer gemeint ist.

Danke der besten Agentin der Welt, Anoukh Foerg, sowie Andrea Schneider und Maria Dürig. Auch dem gesamten Blanvalet-Team, allen voran Julia Fronhöfer und Angela Kuepper, danke.

Meinen wunderbaren Lesern danke dafür, dass ihr meine Bücher lest, mir Feedback gebt und mich nicht nur zu Weihnachten reich beschenkt. Ich halte all eure Präsente – Teebecher, Lesezeichen, Postkarten – in Ehren.

Und nun bleibt mir nichts, als euch allen ein fröhliches Weihnachtsfest zu wünschen. Ich hoffe, ihr verbringt es mit so lieben Menschen, wie Susan es tut. Und

ich hoffe, es liegen viele, viele Bücher unter euren Tannenbäumen.

Merry Christmas!
Eure Manuela

Leseprobe

Manuela Inusa

Der fabelhafte Geschenkeladen
Valerie Lane 5

Orchid liebt ihren kleinen Geschenkeladen, mit dem sie sich ihren Lebenstraum erfüllt hat. In *Orchid's Gift Shop* gibt es alles, was das Herz begehrt, wie wunderbare Düfte, Badeperlen und selbst gemachte Kerzen. Doch das größte Geschenk, das Orchid anderen gibt, ist ihre Zeit. Immer gut gelaunt hat sie stets ein offenes Ohr für jedermann. Nur ein Mensch vertraut sich ihr nicht an, und das ist ausgerechnet Orchids Freund Patrick. Schon länger scheint es in der Beziehung zu kriseln, doch selbst ihre besten Freundinnen wissen keinen Rat. Und als Orchid endlich beschließt, Patrick vor die Wahl zu stellen, erfährt sie etwas, das sie nie für möglich gehalten hätte …

Prolog

An einem sonnigen Frühlingstag kurz vor Feierabend holte eine junge Frau in ihrem Laden einen Karton hervor, der ihr am Morgen geliefert worden war. Er beinhaltete neue Badeöle, die sie auspackte und sorgsam ins Regal stellte – immer schön nach Farbe und Größe sortiert. Als sie damit fertig war, betrachtete sie die hübschen kleinen Flaschen, die Namen trugen wie »Himbeerschaumtraum« oder »Apfelküsschenblubberbad«, und lächelte zufrieden. Dann suchte sie ihre Sachen zusammen, sah sich noch einmal in ihrem Geschenkeladen um und öffnete die Tür. Obwohl es bereits kurz nach sechs Uhr abends war, schien die Sonne noch immer strahlend am Himmel und durchflutete mit ihrem Licht den Raum, in dem man nicht nur Präsente aller Art fand, sondern auch immer ein offenes Ohr, wenn man Rat suchte oder Sorgen hatte.

Die schlanke Frau Ende zwanzig mit dem langen blonden Pferdeschwanz drehte den Schlüssel zweimal herum und setzte sich noch eine Weile auf die Stufen vor ihrem Laden, wie sie es so oft tat. Sie befand sich am Ende der kleinen Gasse namens Valerie Lane, und von hieraus hatte man den besten Ausblick auf alle Geschäfte, ihre

Inhaber und die liebenswerten Menschen, die diesen Ort belebten und besuchten.

Sie sah sich um, blickte die kopfsteingepflasterte Straße hinunter bis zur Ecke, wo eine ihrer Freundinnen einen heimeligen Teeladen führte, der Liebhaber aus ganz Oxford anlockte. Nebenan schloss die Inhaberin der Chocolaterie gerade ihren Laden ab und winkte ihr zu, als sie sie entdeckte. Die junge Frau winkte zurück, und ihr Blick wanderte weiter zum früheren Antiquitätengeschäft, das seit knapp einem Jahr ein zauberhafter Buchladen war. Vor langer Zeit hatte er der ersten Ladeninhaberin und Namensgeberin dieser Straße gehört, Valerie Bonham, die ihnen allen noch heute ein Vorbild war, da sie so eine großherzige Seele gewesen war.

Die junge Inhaberin der Buchhandlung wurde gerade von ihrem Freund und ihrem Vater abgeholt. Letzterer trug eine knallorangefarbene Mütze, die ein wenig an eine Karotte erinnerte. Auch diese Freundin winkte ihr zu, als sie sie sah.

Die letzte der fünf Ladeninhaberinnen trat mit ihrem Cockerspaniel aus ihrem Wollparadies und bog um die Ecke. Und dann erblickte die blonde Frau auf den Stufen einen jungen Mann – den einzigen Mann unter ihnen – und biss sich auf die Lippe. Sie beobachtete den Blumenverkäufer dabei, wie er seine Pflanzen in den Laden holte. Als er sie bemerkte, schenkte er ihr ein Lächeln, so strahlend wie die Sonne, und ihr Herz pochte schneller und machte Sprünge, die es überhaupt nicht machen sollte …

KAPITEL 1

»Hast du Lust, heute Abend ins Kino zu gehen?«, fragte Orchid ihren Freund Patrick am Telefon und spielte dabei mit einer Haarsträhne, die sie sich mehrmals um den Finger wickelte.

»Wenn du willst«, antwortete Patrick gefügig.

Das war wieder einmal so eine typische Antwort. Orchid wusste nicht wirklich, was sie davon halten sollte.

»Wenn ich nicht wollte, hätte ich dich ja nicht extra angerufen und gefragt«, erwiderte sie und versuchte, guter Stimmung zu bleiben. »Also? Hast du auch Lust?«

»Klar. Was gibt es denn?«

»Wollen wir *Shape of Water* gucken? Der hat mehrere Oscars bekommen, und ich will ihn mir schon seit Wochen ansehen.«

»Okay. Wenn du das gern möchtest, bin ich dabei.«

»Andererseits bist du diesmal dran mit Aussuchen«, sagte Orchid, denn sie wollte nicht immer für Patrick mit entscheiden. »Du kannst ja schon mal googeln, was sonst noch läuft. Am besten hole ich dich von der Arbeit ab, das Kino ist näher an deinem Laden.«

»Es ist nicht mein Laden.«

»Du weißt doch, wie ich es meine.«

Patrick hatte im Gegensatz zu ihr nicht das Glück, ein eigenes Geschäft zu besitzen, sie glaubte aber auch nicht, dass er das unbedingt wollte. Patrick war mit dem zufrieden, was er hatte: einem Job als Handyverkäufer Schrägstrich Handyreparateur. Er bekam einfach jedes Mobiltelefon wieder hin, sogar wenn es in die Toilette gefallen war oder Ähnliches.

»Dann sehen wir uns gegen Viertel nach sechs?«, fragte sie.

»Klar. Ich hab Kundschaft und muss auflegen. Bis später.«

»Bis später. Ich freu mich.«

»Ich mich auch.« Er legte auf, und Orchid hörte nur noch einen langgezogenen Piepton.

Sie überlegte gerade, ob sie rüber zu Laurie huschen und sich einen Tee holen sollte, als ihre Ladenglocke erklang. Es war einer dieser elektrischen Bewegungsmelder, der zwanzig Sekunden lang den Refrain von Here Comes The Sun von den Beatles spielte. Auch nach knapp drei Jahren zauberte er ihr noch immer ein Lächeln ins Gesicht, denn dieser Song bedeutete Kundschaft – Menschen, die sich extra in die Valerie Lane und in ihren kleinen Laden begaben, um hier etwas zu kaufen, womit sie ihren Lieben eine Freude machen konnten. Diese Kunden hätten natürlich auch in eines der großen Geschäfte in der Cornmarket Street gehen können; dass sie dennoch zu ihr kamen, bedeutete für Orchid die Welt.

Zwei Jahre und zehn Monate lang durfte sie ihren Traum nun schon leben. So lange besaß sie ihren Gift

Shop, nachdem sie jahrelang hier und da gejobbt und sich nirgends wirklich wohlgefühlt hatte. Überhaupt war sie damals ein ziemlich ruheloser Mensch gewesen. Deshalb hatte ihre Schwester Phoebe sie auch mit in diesen tollen Teeladen geschleppt, den sie kurz zuvor entdeckt hatte. Dieser führte eine Auswahl an Beruhigungstees, die Phoebe ihr andrehen wollte. Doch auch wenn sie Laurie's Tea Corner gleich total niedlich und gemütlich fand und die Inhaberin ihr auch unglaublich nett vorkam, waren irgendwelche Kräutertees nicht das, was sie brauchte, um zur Ruhe zu kommen. Das, was ihr dann wirklich half, war der Bummel durch die Läden der hübschen kleinen Einkaufsstraße, den sie und ihre Schwester unternahmen. Sie sahen sich im Antiquitätenladen um und kauften sich Schokolade bei Keira und ein Eis in Donna's Ice Cream Parlour. Als sie Donna gegenüber erwähnte, wie schön sie es hier in der Valerie Lane fand, erzählte diese ihr, dass der leere Laden nebenan noch zu haben sei.

»Ehrlich? Er ist noch nicht vergeben? Bei dieser Lage?«, staunte Orchid.

»Bisher noch nicht, soweit ich weiß.«

Sofort kamen Orchid eine Million Ideen, was man mit einem Laden in so einer tollen Gegend machen könnte.

»Wie genau kann man sich denn um die Räume bewerben?«, erkundigte sie sich.

»Da sollten Sie am besten unseren Verwalter Mr. Spacey fragen, falls Sie ernstes Interesse haben.«

Phoebe sah ihre Schwester überrascht an. Bisher hatte Orchid ja auch noch nie über einen eigenen Laden nachgedacht. Richtig Spaß machte ihr der Job als Verkäuferin in einer Kinderboutique aber nicht gerade.

»Ich bin mir nicht sicher … Die Miete hier ist doch sicher nicht günstig, oder?«

»Nun, Millionärin wird man mit einem Laden in der Valerie Lane bestimmt nicht, aber man macht schon so viel Umsatz, dass man die Miete wieder reinbekommt und genug zum Leben hat. Zumindest ist es bei mir und meinen Freundinnen so. Woran haben Sie gedacht? Was würden Sie gerne anbieten?«

»Auch darüber habe ich mir noch keine Gedanken gemacht.« Sie überlegte, bedachte, was für Läden es schon gab, und hatte dann einen Geistesblitz. Patrick hatte ihr zum ersten Jahrestag ein paar Tage zuvor ein kuscheliges Kissen in Herzform geschenkt, über das sie sich total gefreut hatte. »Also, wenn ich wirklich mein eigenes Geschäft eröffnen würde, würde ich gerne Geschenke verkaufen.«

»Oh mein Gott, das ist perfekt!«, sagte Phoebe. »Geschenke werden doch immer benötigt: zu Geburtstagen, an Weihnachten, Hochzeitstagen und zum Muttertag. Du würdest sicher immer Kundschaft haben. Ruf da doch einfach mal an und sprich mit dem Verwalter. Wie hieß er noch?«

»Mr. Spacey«, wiederholte Donna.

»Ich schreibe mir die Nummer gleich von dem Schild ab«, sagte Orchid auf einmal ganz begeistert.

»Das brauchen Sie nicht, ich gebe sie Ihnen.« Donna holte einen Notizzettel und ihr Handy hervor und schrieb

Name und Nummer auf. »Ich wünsche Ihnen viel Glück. Vielleicht sind wir ja schon bald Nachbarn.«

»Das wäre super, oder?« Orchid strahlte und steckte sich den kleinen Plastiklöffel mit einem Berg voll Erdbeereis in den Mund.

Donna lächelte ebenfalls und wünschte noch einen schönen Tag.

»Ihnen auch. Ihr Eis ist übrigens das beste, das ich seit Langem gegessen habe.«

»Vielen Dank.«

Orchid dachte an ihren ersten Besuch in der Valerie Lane zurück und bedauerte ein wenig, dass Donna die Eisdiele geschlossen hatte, um nach Holland zu ziehen. Andererseits wäre dann daraus kein Blumenladen geworden … Sie rüttelte sich wach und schenkte Susan, die den Laden betrat, ein Lächeln. Susan war mit sechsunddreißig die Älteste der Ladeninhaberinnen. Bis vor Kurzem war sie eine richtige graue Maus gewesen, doch seit Neujahr war sie mit einem total lieben Typen namens Stuart zusammen, der sie richtig aufblühen ließ. Sie trug zwar noch immer ihre schlichten Jeanshosen, aber ab und zu tauschte sie ihre dunklen Schlabberpullis gegen etwas Fröhliches, Farbenfrohes aus, so wie auch heute. Das himmelblaue Oberteil sah super aus zu den schwarzen Haaren, die Susan neuerdings in Locken und offen trug.

»Hi, Süße. Wie geht's dir?«, begrüßte Orchid sie.

»Sehr gut, danke. Und dir?«

»Fantastisch. Ich habe heute schon mindestens fünf

Herzkissen verkauft, und etliche Kaffeetassen. Total irre. Ist im April irgendein Feiertag, von dem ich nichts weiß?«

»Ich denke nicht.« Susan zuckte die Achseln. »Aber ich brauche ebenfalls ein Geschenk.«

»Ein Herzkissen?« Orchid grinste.

»Nein, nein. Etwas Nettes für Charlotte, sie hat morgen Geburtstag.« Charlotte war Susans Mitarbeiterin und gleichzeitig Stuarts kleine Schwester. Durch sie hatten sich die beiden kennengelernt, nachdem Susan Charlotte Ende letzten Jahres in ihrem Laden eingestellt hatte, um sie in dem Vorhaben zu unterstützen, endlich unabhängig zu werden. Nach einer Ehehölle hatte sie mit ihren Kindern bei Stuart gewohnt. Ob sie das immer noch tat, wusste Orchid gar nicht.

»Oh, sie hat Geburtstag? Gut, dass du es mir sagst, natürlich schenke ich ihr auch was Kleines.«

»Da wird sie sich aber freuen.«

»Wie geht es Charlotte? Lässt ihr Ex sie inzwischen in Ruhe?«

Susan nickte. »Er hat wohl endlich eingesehen, dass es aus und vorbei ist. Er sieht die Kinder zweimal in der Woche unter Aufsicht, das ist aber auch alles.«

»Zum Glück.«

»Ja. Sie spart fleißig, damit sie sich demnächst endlich eine eigene Wohnung suchen kann.«

Ah, da hatte Orchid ihre Antwort.

»Ooh. Und wenn bei Stuart dann mehr Platz ist, könntest du ja …«

»Pfff!«, unterbrach Susan sie. »Du glaubst doch nicht,

dass ich aus der Valerie Lane wegziehe! Ich wohne in der schönsten Straße der Welt, meine Wohnung werde ich nie und nimmer aufgeben.«

Susan war die Einzige von ihnen, die auch in der Valerie Lane wohnte, direkt über ihrem Laden. Und sie hatte die Straße nicht von ungefähr die »schönste Straße der Welt« genannt, es hatten schon mehrere Online-Portale, Blogs und sogar Zeitungen sie als genau das bezeichnet.

»Na gut. Aber falls du es dir doch anders überlegst, sag mir Bescheid. Ich nehm die Wohnung sofort.«

Susan lachte. »Da kannst du lange drauf warten.«

»Also, womit kann ich dienen? Woran hattest du für Charlotte gedacht?«

»Das weiß ich ehrlich gesagt selbst noch nicht. Vielleicht würde ihr ein kleiner Korb mit verschiedenen Sachen zum Baden gefallen.«

»Eine gute Idee! Welche Frau freut sich nicht über ein Wellnesspaket? Guck mal, ich hab gerade vor ein paar Tagen neue Badeöle reinbekommen. Dann habe ich noch Badeperlen im Angebot und coole Schwämme.« Sie holte eine Reihe von bunten Schwämmen hervor, Susan schnappte sich den rosafarbenen in Form eines Flamingos.

»Der ist ja toll. Den nehme ich. Und warte mal, was hast du denn für Badeöle zur Auswahl?«

»›Himbeerschaumtraum‹ ist sehr beliebt.« Orchid reichte ihr eine Flasche. Sie hatte eine glitzernde Plastikhimbeere um den Hals gebunden.

»Perfekt. Was passt noch dazu?«

»Rosa Badeperlen? Und vielleicht noch ein Shampoo? Eins, das auch nach Beeren riecht?«

»Ich vertraue dir voll und ganz. Machst du mir einen Korb für ungefähr fünfundzwanzig Pfund zurecht? Ich hole ihn nach der Arbeit ab.«

»Mach ich.«

Susan gab ihr das Geld sofort und verabschiedete sich, dann blieb sie aber doch stehen und zeigte ihr ein seliges Lächeln. »Wusstest du, dass Michael nächste Woche zurückkommt?«

»Ehrlich? Aus Australien? Ist das Jahr schon um?«

Susan nickte euphorisch. Jeder wusste, wie sehr sie ihren Bruder Michael liebte, der für ein ganzes Jahr nach Sydney gegangen war, um da irgendwas in der IT-Branche zu arbeiten. Da Susan die Valerie Lane nie verließ, vor allem wegen ihres Ladens und ihres Hundes, hatte sie ihn auch ein ganzes Jahr nicht gesehen und freute sich nun riesig auf ein Wiedersehen. Orchid kannte Michael nicht persönlich, da er auch vor Australien ständig beruflich unterwegs gewesen war, in Kanada und sonst wo, deshalb war er ihr immer mehr wie eine Legende vorgekommen als wie ein richtiger Mensch. Fast so wie Valerie, über die man sich jede Menge Geschichten erzählte, die aber doch immer irgendwie unreal war.

»Das freut mich so für dich, Susan. Du hast ihn sicher sehr vermisst.«

»Du kannst dir gar nicht vorstellen, wie sehr.«

»Du kannst ihn ja mal an einem Mittwochabend mitbringen.« Da trafen sie sich nämlich immer in Laurie's

Tea Corner und führten somit eine Tradition der guten Valerie fort, die zu ihren Lebzeiten vor über einhundert Jahren an jedem Mittwoch nach Ladenschluss ihre Türen geöffnet hatte, um den Menschen eine heiße Tasse Tee, ein offenes Ohr oder eine Schulter zum Anlehnen zu geben.

»Ich werde ihn mitzerren, ob er will oder nicht.« Susan zwinkerte vergnügt.

»Na dann … Bis später.«

»Bis später.«

Susan ging und ließ Orchid mit ihren Gedanken zurück. Sie holte die beiden Kartons mit den neuen Glückwunschkarten hervor, die am Tag zuvor geliefert worden waren. Als sie sie in den Ständer einsortierte, stieß sie auf eine pinke Karte mit der Aufschrift DANKE! Sie erinnerte sich an eine ähnliche Karte, die Patrick ihr geschenkt hatte, kurz nachdem sie sich kennengelernt hatten. Sie waren sich auf einer Party von Freunden begegnet und hatten sich sofort zueinander hingezogen gefühlt, was Orchid überrascht hatte, denn sie hatte sonst eher auf Männer gestanden, die wie sie gesprächig, lustig und offen für alles waren. Patrick dagegen war eher still, fast schon unnahbar. Er sprach kaum mehr als drei Sätze, erzählte auch keine Witze, obwohl er schon einige Biere intus hatte, doch er hatte diesen schwermütigen Ausdruck in den Augen, der sie in seinen Bann zog und den sie unbedingt ergründen wollte. Patrick war ein Vogel mit einem gebrochenen Flügel, um den sie sich kümmern wollte … Leider war es ihr bis zum heutigen Tag nicht gelungen, zu ihm durchzudringen.

Die Karte hatte sie noch immer. Er hatte etwas hinein-geschrieben. *Danke, dass es dich gibt. Ich liebe dich. Dein Patrick.* Das hatte sie damals total süß gefunden. Solche Geschenke hatte er ihr schon lange nicht mehr gemacht.

Sie seufzte und stellte die leeren Kartons beiseite. Viel-leicht würde sie heute Abend mal wieder einen Versuch wagen, womöglich würde sie endlich die Tiefe seiner Seele erforschen. Vielleicht machte sie sich aber auch nur etwas vor und sollte sich endlich eingestehen, dass sie das niemals schaffen würde. Denn wer sich nicht in seine Seele blicken lassen wollte, hatte höchstwahrscheinlich Gründe dafür. Und wenn Patrick Geheimnisse vor ihr hatte, hatte sie viel größere Probleme als nur, dass er ihr keine Dankeskarten oder Herzkissen mehr schenkte.

KAPITEL 2

Am Nachmittag kam eine Touristin zu Orchid in den Laden. Sie erzählte, dass sie aus Brighton stamme und Arwyn heiße.

»Sind Sie die Inhaberin dieses Geschäfts?«, fragte sie.

»Die bin ich«, antwortete Orchid fröhlich. »Was kann ich für Sie tun?«

Arwyn, um die dreißig, mit einer Kamera um den Hals ausgestattet, kam gleich zum Punkt. »Ich wollte mal fragen, ob ich eventuell Ihr Schaufenster fotografieren darf beziehungsweise die ganze Ladenfassade. Ich bin durch Zufall auf diese süße Straße gestoßen und stelle immer gerne Bilder von neuen tollen Orten bei Instagram rein.« Weil Orchid nicht gleich antwortete, fügte die junge Frau schnell noch hinzu: »Ich habe bereits über zwanzigtausend Follower.«

Orchid lächelte. »Na klar, machen Sie ruhig. Fotografieren Sie drauflos. Wie heißen Sie auf Instagram? Ich hinterlasse Ihnen gerne ein Like.«

»Oh, das ist aber nett.« Arwyn nannte Orchid ihren Instagram-Namen, lief mit ihrer Kamera herum, und bald hörte man nur noch »klick, klick, klick«.

Nachdem sie fertig fotografiert und sich noch mal

341

bedankt hatte, verabschiedete Arwyn sich, und Orchid freute sich auf den Feierabend und einen hoffentlich romantischen Kinobesuch mit Patrick. Ein bisschen Romantik konnten sie gut brauchen.

Um Punkt sechs schloss sie den Laden ab und brachte Susan Charlottes Geschenk vorbei, da sie wusste, dass diese nur bis zwei Uhr nachmittags arbeitete und es daher keinesfalls schon vor ihrem Geburtstag sehen würde.

»Danke, dass du es mir extra rüberbringst«, sagte Susan. »Das wäre aber nicht nötig gewesen.«

»Kein Problem. Ich will heute nicht so spät loskommen, weil ich mich nämlich gleich mit Patrick treffe. Wir wollen ins Kino.«

»Was guckt ihr euch an?«

»Keine Ahnung. Diesmal ist er dran mit Aussuchen, es dürfte also irgendein amerikanischer Actionfilm sein.«

Patrick kam aus Amerika, genauer gesagt aus West Virginia. Er war erst seit seinem achtzehnten Lebensjahr in England und stand noch immer auf alles Amerikanische.

»Na, dann wünsche ich euch viel Spaß.«

»Danke.«

»Ach, übrigens … Da wir doch vorhin darüber geredet haben, dass die Valerie Lane die schönste Straße der Welt ist. Heute kam eine junge Frau in meinen Laden und hat gefragt, ob sie unsere Straße und mein Schaufenster fotografieren darf. Sie meinte, sie habe noch nie so eine hübsche kleine Straße gesehen, und sie sei schon viel gereist.«

»Ah, diese Touristin? Arwyn? Die war auch bei mir und hat gefragt.«

»Ja, genau, die. Hach, ist es nicht schön, wie berühmt unsere Straße wird? Wenn du bei Instagram den Hashtag *valerielane* eingibst, erscheinen unglaublich viele Beiträge, und es werden jeden Tag mehr.«

»Ja, ich denke, das haben wir hauptsächlich Ruby zu verdanken. Seit sie Valeries Tagebuch ausgestellt hat, kommen die Leute in Scharen in unsere Straße. Sie pilgern regelrecht her, als wäre die Valerie Lane eine Art Wallfahrtsort.« Orchid lachte.

»Ja, so kommt es mir auch vor.«

Ruby, die Besitzerin von Ruby's Antiques & Books, hatte schon als Kind Valeries Tagebücher unter einer alten Holzdiele im Laden ihrer Mutter entdeckt. Damals gab es dort lediglich staubige Antiquitäten, und genauso alt und antik und besonders waren diese Tagebücher, die Ruby ihnen allen viele Jahre vorenthalten hatte. Ruby war mit achtzehn zum Studieren nach London gegangen und erst wieder zurückgekommen, als ihre Mutter Meryl bereits im Sterben lag; das war ein Jahr, bevor Orchid in die Valerie Lane fand. Ruby übernahm dann den Antiquitätenladen, war bei den Mittwochstreffen dabei und war Orchid und den anderen eine richtig gute Freundin geworden. Erst im letzten Jahr hatte Ruby dann an einem Mittwochabend eines von Valeries Tagebüchern mitgebracht und ihnen von ihrem wertvollen Fund erzählt. Obwohl Orchid ihr anfangs übel genommen hatte, dass sie es so lange vor ihnen verheimlicht hatte, konnte sie ihr doch nicht lange böse sein. Und seit Ruby ihnen aus den Büchern vorlas, war sowieso alles vergeben und vergessen, und sie alle freuten sich einfach nur, jedes Mal ein bisschen mehr über ihr großes Vorbild zu erfahren.

Valerie Bonham war eine ganz besondere Frau gewesen. Orchid war sich sicher, dass die Welt nie wieder so eine gutherzige Person gekannt hatte, jemanden, der so selbstlos war und immer erst an andere dachte, bevor er auch nur einen Gedanken an sich selbst verschwendete. Valerie hatte niemals Kinder bekommen, obwohl es ihr größter Wunsch gewesen war, und deshalb hatte sie ihre Liebe und Fürsorge anderweitig verteilt. Orchid musste oft an sie denken, und sie fragte sich in gewissen Situationen, was Valerie wohl getan hätte. Vielleicht hielt sie ihretwegen so an der Beziehung zu Patrick fest, weil auch sie ein guter Mensch sein und Patrick helfen wollte, weil sie nicht aufgeben und kein Verlierer sein wollte. Womöglich war das auch der Grund, warum sie ihren Freundinnen gegenüber so tat, als wäre alles in bester Ordnung.

»Na, vielen Dank auf jeden Fall«, sagte Susan. »Der Korb sieht toll aus, Charlotte wird sich bestimmt riesig freuen.«

»Das hoffe ich. Ich komm morgen mal vorbei, um ihr zu gratulieren.«

»Alles klar. Dann habt viel Spaß im Kino, du und Patrick.«

»Werden wir garantiert haben. Was machst du heute noch Schönes?«

»Ach, das Übliche. Ich werde gleich noch einen kleinen Spaziergang mit Terry machen, und später kommt dann Stuart vorbei. Er bringt seine Gitarre mit, er sagt, er will mir ein paar neue Songs vorspielen.«

Orchid seufzte innerlich. Sie fand es so süß, wie Susan Stuart zu inspirieren schien. Stuart war Gitarrenlehrer und brachte sogar den Leuten im Gemeindezentrum kostenlos das Spielen bei. Seit er mit Susan zusammen war, hatte er schon mehrere Songs nur für sie geschrieben, wunderschöne Liebeslieder, ein paar davon hatte er auf Susans Geburtstagsparty vergangene Woche zum Besten gegeben. Vor allen Leuten! Manchmal wünschte Orchid sich auch so einen romantischen Freund wie Stuart. Oder wie Barry, das war Lauries Mann, der vor versammelter Mannschaft auf die Knie gegangen war und ihr einen Antrag gemacht hatte. Aber sie wollte sich nicht beklagen, Patrick hatte auch seine guten Seiten. Er war aufmerksam, hörte ihr zu, war für sie da. Nur würde sie sich wünschen, dass er sie endlich mal für ihn da sein ließe. Dass er ihr nur einmal sein Herz ausschütten würde.

Sie machte sich auf zu dem Handyladen, in dem er arbeitete. Als sie die Cornmarket Street entlangging, kam sie an einem Straßenkünstler vorbei, der riesige Seifenblasen zauberte. Sie waren größer als er selbst und platzten mit einem Plopp auf dem Boden, dass es spritzte. Orchid beobachtete die Blasen fasziniert. Das liebte sie an Oxford, es gab immer irgendwas Cooles zu bestaunen, und obwohl es nur ein Städtchen war, wurde einem nie langweilig.

Als sie sich endlich von dem Seifenblasenzauber löste, weil sie Patrick nicht warten lassen wollte, eilte sie um die Ecke George Street und kam ein wenig japsend bei ihm an. Er lächelte ihr zu, als er sie durch die Tür kommen sah. Da er in einer der Hauptverkaufsstraßen arbeitete, wo die Geschäfte teilweise bis sieben oder sogar acht geöffnet hatten, war er noch beschäftigt, obwohl er offiziell ebenfalls um sechs Uhr Feierabend hatte.

»Ich brauche noch einen Moment, muss nur noch herausfinden, warum der Akku hier ständig ausgeht«, sagte er und wirkte sofort wieder schwer konzentriert.

»Kein Problem, lass dir Zeit. Die Filme beginnen erst um acht, ich dachte aber, wir könnten vorher vielleicht noch was essen gehen.«

»Klar, warum nicht. Worauf hast du Lust?«

Wieder dieses Spiel …

Da sie keine Lust auf ein langes Hin und Her hatte, erwiderte sie: »Mir ist heute nach einem Burger. Und Süßkartoffelpommes.« Ihre Freundinnen waren neidisch auf sie, weil sie essen konnte, was sie wollte, ohne zuzunehmen. Aber so war es schon immer gewesen. Sie konnte riesige Mengen in sich hineinschaufeln, sie war einfach mit einem guten Stoffwechsel gesegnet.

»Burger und Pommes hören sich gut an.« Patrick lächelte wieder, und sie dachte, wie sehr sie sein Lächeln doch liebte. Es hatte etwas Warmes, etwas Zuversichtliches, etwas, das Patrick in Worten nur selten aussprach.

Zehn Minuten später hatte er das Problem behoben und das Handy wieder zusammengebaut. Er sagte seinem Kollegen, dass er jetzt Schluss für heute machte, zog seine Lederjacke über und kam auf Orchid zu. Er gab ihr einen Kuss und nahm ihre Hand. So gingen sie zwei Straßen weiter zum Burger-Restaurant, wo Patrick für sie beide bestellte. Er wusste genau, was sie wollte, und das war richtig schön. Dass er sie so gut kannte, dass sie so vertraut miteinander waren ... Oder war es schlicht die Gewohnheit, die so schön war? So bequem? Waren sie dabei, zu einem von diesen Paaren zu werden, bei denen alles nur noch gewohnt und langweilig und überhaupt nicht mehr aufregend war?

Sie aßen überwiegend schweigend, erzählten sich in knappen Worten von ihrem Tag und begaben sich dann zum Kino. Dort kaufte Orchid das Popcorn, während sie Patrick den Film aussuchen und die Karten besorgen ließ. Während des Films kuschelte sie sich an ihn, an ihre große Liebe, und bat ihn schweigend um Entschuldigung, dass sie diese Gefühle hatte, die sie nicht mehr ausblenden konnte.

»Wie fandest du den Film?«, fragte Patrick, als der Abspann lief.

»Spannend.« Das war er wirklich gewesen. Sie hätte ja lieber *Shape of Water* gesehen, aber Patrick hatte sich für *Death Wish* mit Bruce Willis entschieden. Der Film handelte von einem Familienvater, der nach der Ermordung seiner Familie das Gesetz selbst in die Hand nahm und auf Rache gesinnt war.

Das brachte Orchid darauf, wieder einmal das Thema Familie anzusprechen. Sie sah Patrick aus den Augenwinkeln an und überlegte, wie sie es am besten anstellen sollte, ohne dass er gleich dichtmachte. Wie war denn dein Vater so? Hatte er Ähnlichkeit mit Bruce Willis? Verflixt und zugenäht – sie hatte absolut keinen Schimmer, wie sie beginnen sollte. So ging ihr das seit Jahren! Und selbst wenn sie Patrick mal was hatte entlocken können, war sie danach auch nicht wirklich schlauer als vorher gewesen.

Sobald sie draußen waren, fragte Patrick: »Wollen wir den Bus nehmen oder laufen?«

Sie hatten es vom Kino nicht weit nach Hause, es waren keine zwanzig Minuten zu Fuß.

»Lass uns ruhig laufen, ein bisschen frische Luft tut sicher gut.« Vielleicht würde ihr dabei ja etwas Geniales einfallen.

Patrick nickte und hielt ihr den Arm hin, in den sie sich einhakte.

»Du, Patrick ...«, begann sie vorsichtig. »Dieser Film ... Es muss wirklich hart sein, wenn man auf einen Schlag seine gesamte Familie verliert ... Vermisst du deine Familie sehr?«

Seine Eltern waren bei einem Autounfall gestorben, als er vierzehn war, das hatte er ihr anvertraut. Viel mehr hatte er aber nicht darüber erzählt.

Patrick nahm sogleich wieder diesen Gesichtsausdruck an, der irgendwie versteinert wirkte und auch ein wenig genervt. So, als wollte er ihr wortlos mitteilen, dass er ihr doch schon mehr als einmal gesagt hatte, er wolle nicht darüber sprechen.

»Klar tue ich das«, antwortete er. »Ich werde aber nicht zum blutigen Killer mutieren, keine Sorge.« Er lachte, wollte, dass es wie ein Witz rüberkam, doch es wirkte einfach nur verkrampft.

»Das musst du auch nicht, deine Eltern wurden ja nicht getötet. Oder hat der andere Autofahrer etwa mit Absicht diesen Unfall gebaut?«

Keine Antwort von Patrick.

»Es war doch ein anderer Fahrer beteiligt, oder sind sie etwa gegen einen Baum gefahren oder von einer Klippe gestürzt oder so was?« Sie konnte nicht glauben, dass sie nicht einmal das wusste. Nach vier gemeinsamen Jahren.

Patrick warf ihr einen unmissverständlichen Seitenblick zu. Noch immer kein Wort von ihm.

»Patrick, ich weiß nicht, warum du mir immer noch nicht erzählen willst, was damals passiert ist. Ich meine, wir sind schon so lange zusammen. Denkst du nicht, ich habe ein Recht darauf, ein bisschen was von deiner Vergangenheit zu erfahren?« So langsam wurde sie sauer, wenn auch ungewollt.

»Das hast du wohl«, sagte er und blieb stehen. »Es ist nur nicht so leicht für mich, darüber zu reden.«

»Das hab ich auch schon mitbekommen«, sagte sie und versuchte mühevoll, es nicht sarkastisch klingen zu lassen.

»Ich kann nicht darüber reden, weil … weil ich dabei war.« Patrick fiel praktisch in sich zusammen, er kam ihr auf einmal so unglaublich klein und zerbrechlich vor.

»Oh mein Gott! Das wusste ich ja nicht, Patrick. Warum hast du nie …«

»Weil ich wie gesagt nicht drüber reden kann. Würdest

du das einfach mal akzeptieren? Bitte?« Seine Augen flehten sie an.

»Okay. Tut mir leid, dass ich immer wieder darin rumstochere.«

Patrick nickte und ging weiter.

»Ich würde nur so gerne ein wenig mehr über dich erfahren. Selbst wenn du nicht über den Unfall reden willst, was ich absolut verstehe, sprichst du auch nie über irgendwas anderes. Gib mir doch wenigstens ein bisschen was, irgendetwas. Erzähl mir, wie es war, in West Virginia aufzuwachsen. Erzähl mir von deinen Freunden. Oder von deinen Hobbys als kleiner Junge. Irgendwas!«

Patrick seufzte. Ohne sie anzusehen, sagte er: »Ich hab dir doch schon erzählt, dass meine Kindheit in Union eben war, wie eine Kindheit in einem kleinen Kaff auf dem Land so ist. Ich bin mit meinen Freunden Fahrrad gefahren, auf Bäume geklettert, und wir haben uns eine Schleuder gebastelt, mit der wir Murmeln auf Briefkästen geschleudert haben. Ich hatte einen Hund, Buster, mit dem ich den ganzen Tag draußen im Garten herumgetollt bin.«

»Ja, von Buster hast du mir erzählt. Was war das noch gleich für ein Hund? Ein Rottweiler?«

»Genau. Ich habe ihn bekommen, als ich acht war. Zum Geburtstag. Er war mein bester Freund.«

Orchid hörte Patrick zu, und sie beschlich wie jedes Mal ein merkwürdiges Gefühl. Denn irgendwie hörte es sich einstudiert an, als wäre Patrick ein Roboter, dessen Knopf man gedrückt hatte und der einem das aufsagte, was er auswendig gelernt hatte.

»Danke, dass du mich teilhaben lässt«, sagte sie dennoch und sah hinauf zu den Sternen, als könnten die ihr mehr Antworten geben als ihr Freund.

Zu Hause gingen sie sofort ins Bett und liebten sich. Das war zwischen ihnen nie ein Problem gewesen; was körperliche Intimitäten anging, verstanden sie sich, denn da brauchte man keine Worte. Sie verstanden sich sogar erstaunlich gut. Manchmal, fand Orchid, war es, als würden ihre Körper miteinander verschmelzen. Und dann wusste sie wieder, dass sie zueinandergehörten. Wer brauchte denn Worte, wenn er Liebe und Leidenschaft hatte?

»Kommst du am Samstag mit zu meinen Eltern?«, fragte sie, als sie danach aneinandergekuschelt unter den Decken lagen.

»Am Samstag? Ich glaube nicht, dass das was wird. Da muss ich arbeiten.«

»Ich doch auch. Aber André übernimmt nachmittags.« André war ihre Aushilfe, ein französischer Austauschstudent. »Es wäre doch nett, wenn wir alle mal wieder zusammenkämen. Phoebe, Lance und das Baby kommen auch.«

»Ich denke nicht, dass ich früher von der Arbeit wegkomme.«

»Dann nach der Arbeit.«

»Hm … Ich wollte mich eigentlich mit Dave treffen. Hab ihm versprochen, ihm seinen DVD-Player zu reparieren.«

Warum sagst du nicht einfach, dass du keine Lust hast?,

dachte Orchid ein wenig genervt. Manchmal fragte sie sich aber auch, ob es einfach schwer für ihn war, an einem heilen Familienleben teilzunehmen, nachdem er selbst keine Familie mehr hatte. Mit seinen Eltern hatte er jeden noch lebenden Verwandten verloren, hatte er ihr erzählt. Sie fand es so schade, dass er ihre Familie nicht als das ansah, was er stattdessen haben könnte: neue Verwandte, Menschen, die sich um ihn sorgten.

Aber er sagte ihr ja nichts!

»Okay, dann geh halt zu Dave.«

»Bist du sauer?«, fragte er.

»Nein, schon gut.« Sauer war sie nicht, enttäuscht aber sehr. Denn Patrick kam so gut wie nie irgendwohin mit. Nicht zu ihren Eltern, nicht mit auf Susans Geburtstagsfeier und nie in Laurie's Tea Corner an einem Mittwochabend. Dabei waren doch diese Stunden die schönsten der Woche für sie. Sie hätte es einfach nett gefunden, wenn er – wenigstens ab und zu – mal dabei gewesen wäre. Denn guter Sex war nun mal nicht alles, was eine Beziehung ausmachte …

Andererseits war Patrick schon seit Längerem nicht mehr die eine Person, die sie bei den Treffen vermisste … Das war jemand ganz anderes.

KAPITEL 3

Auf dem Weg zu Laurie's Tea Corner lugte Orchid in den Blumenladen hinein. Emily's Flowers. Tobin hatte ihn, um ihn den anderen Läden der Valerie Lane anzupassen, nach seiner Grandma benannt, die stille Teilhaberin war. Orchid hatte die alte Dame seit der Eröffnung im Februar letzten Jahres ein paarmal gesehen und fand sie trotz ihrer Strenge und ihres schnippischen Verhaltens großartig. Sie stand mit beiden Beinen im Leben und hatte viel erreicht – das wollte Orchid auch sagen können, wenn sie eines Tages achtzig war. Zumindest schätzte sie die gute Dame so ein, sie konnte sich aber auch täuschen, denn das ständige Stirnrunzeln, das Emily Sutherland begleitete, machte sie faltiger und älter, als sie wahrscheinlich war. Tobin aber schien sie trotz ihrer immer tadelnden Worte sehr zu schätzen.

Bei Tobin war zwar noch Licht an, sie konnte aber durchs Fenster keinen Blick auf ihn erhaschen, also überquerte sie die Straße und betrat den Teeladen.

Noch bevor sie das zauberhafte kleine Geschöpf entdeckte, wusste sie, was los war. Das entnahm sie der Sprache, die ihre Freundinnen plötzlich angenommen hatten. Man hörte nur noch »Gutschigutschigu« und

»Dutzidutzidu«, und man hätte denken können, dass die Erde von einer außernatürlichen Intelligenz erobert und eine neue Sprache eingeführt worden wäre. Doch natürlich galten diese komischen Laute nur der zuckersüßen Clara, die Laurie heute Abend mit dabeihatte.

Laurie hatte Clara ein paar Tage vor Neujahr zur Welt gebracht, an einem Mittwoch – wie sollte es anders sein? Orchid zerfraß es noch immer, dass sie, die eigentlich als Geburtshelferin hatte dabei sein sollen, ausgerechnet in der Woche krank gewesen war. Sie hatte mit Grippe flachgelegen, und Susan hatte ihren Part übernommen. Orchid war eigentlich kein Babymensch, zumindest dachte sie nicht im Mindesten darüber nach, in absehbarer Zeit eigene Kinder in die Welt zu setzen. Doch sie war auch schon bei Emilys Geburt dabei gewesen – bei Baby-Emily, nicht bei Schnippische-alte-Dame-Emily, die Phoebe übrigens exakt nach dieser benannt hatte, oder besser nach Tobins Laden, nachdem sie das Schild gesehen hatte. Sie wäre wirklich gerne auch in Lauries schwerster Stunde da gewesen und hätte ihr beigestanden, Atemübungen mit ihr gemacht und ihr lustige Geschichten erzählt, um sie von den Schmerzen abzulenken. Andererseits, wenn sie sich Laurie und Barry und ihr junges Familienglück so ansah, war sie sich ziemlich sicher, dass da bald wieder Nachwuchs angesagt war. Dann könnte sie vielleicht doch noch die Freundin sein, der Laurie die Hand zerquetschte während der unerträglichen Wehen, von denen Orchid sich fragte, wie nur irgendeine Frau auf der Welt sie freiwillig auf sich nehmen konnte.

Sie vermied jede Art von Schmerz. Früher einmal hatte sie sich vorgenommen, sich den ganzen Unterarm tätowieren zu lassen, mit wunderhübschen bunten Blumen, Schmetterlingen, einer Sonne und einer Biene. Doch schon nachdem sie sich die erste Blume hatte machen lassen, hatte sie genug gehabt und beschlossen, es bei dem einen Tattoo zu belassen. Auch putzte sie sich ihre Zähne dreimal am Tag, um einem Zahnarztbesuch vorzubeugen. Sie trug nur flache, bequeme Schuhe, weil sie sich keine engen High Heels antun wollte, und natürlich vermied sie jede Art von Streit, weil seelische Schmerzen die schlimmsten waren. Orchid Hurley war ein harmoniebedürftiger, ein fröhlicher Mensch, einer, für den das Leben wirklich eitel Sonnenschein war, und selbst wenn es mal regnete, schloss sie einfach die Augen und zauberte sich in ihrer Fantasie die Sonne herbei. So war sie schon immer gewesen, das war ihre Natur, und ihre Freundinnen sagten ihr, dass sie sie genau deshalb so schätzten. Wenn der Haussegen oder der Ladensegen nämlich mal schiefhingen, brauchte man einfach nur Orchid herbeizuholen, die wusste schon Rat. Die hellte mit ihrer Fröhlichkeit, mit ihrem Elan, mit ihrer heiteren Art alles wieder auf.

Ja, so war Orchid, zumindest war sie immer so gewesen. Nur in letzter Zeit, ziemlich genau seit Februar letzten Jahres, war irgendetwas mit ihr geschehen, und ihr eigener Haussegen war es, der schiefhing. Ihr Herzsegen hatte einen verschleierten Vorhang vor die Sonne gehängt und ließ diese nur noch teilweise hindurch. Mehr und mehr verdüsterte sich ihr Gemüt, besonders wenn sie an eine bestimmte Person dachte, an die sie gar nicht so viel denken sollte. Denn es war nicht derjenige, den sie vor vier Jahren in ihr Herz gelassen hatte, nicht der, mit dem sie Heim und Bett teilte.

Patrick war derjenige gewesen, der sie damals runtergeholt hatte von ihrer Ich-date-mal-hier-und-mal-da-Einstellung. Er war es gewesen, der ihr Geborgenheit geschenkt hatte. Und damals hatte sie es schön gefunden, dass er so ein guter Zuhörer war, dass er sie nie unterbrach, wenn sie ihm stundenlang unbedeutendes Zeug erzählte. Sie hatte ihn für aufmerksam gehalten, nicht ahnend, dass er ihr nur einfach nichts über sich erzählen wollte. Das brachte sie fast um den Verstand. Es fehlte ihr so sehr, dieses Gefühl, gebraucht zu werden. Sie sehnte sich nach innigen Gesprächen, nach Vertrautheit, nach peinlichen Geständnissen, nach lustigen Geschichten und traurigen Erlebnissen und wunderschönen Erinnerungen, die man nur mit seinem Herzensmenschen teilen mochte.

Tobin war da anders. Tobin erzählte viel und gerne. Er war lustig und offen, und bei ihm hatte man nicht das Gefühl, gegen Windmühlen anzukämpfen. Tobin verdeutlichte ihr nur mehr und mehr, was sie sich in einer Beziehung eigentlich wünschte. Doch an Tobin durfte sie jetzt gar nicht denken …

»Hi, Orchid, schön, dass du da bist«, begrüßte Laurie sie.

»Hi, Laurie. Wie ich sehe und höre, hast du heute Clara dabei?«

»Ja, ich dachte, ich bringe sie mal wieder mit. Barry trainiert heute seine Jungenmannschaft.«

»Sie ist wirklich jedes Mal, wenn ich sie sehe, noch ein bisschen niedlicher geworden.« Orchid beugte sich zu dem Maxi-Cosi hinunter, in dem Clara mit großen Augen lag. Sie blickte in die Gegend, als wollte sie die ganze Welt auf einmal erkunden. Ein neugierigeres Kind hatte Orchid nie gesehen.

Laurie hatte der Kleinen ein typisches pinkes Outfit und ein hübsches weißes Mützchen aufgesetzt. Falls Orchid doch jemals eine Tochter hätte, würde sie ihr ganz provokativ blaue Sachen und Baseballkappen aufsetzen, um die Leute zu irritieren. Sie musste schmunzeln.

Statt Gutschigutschigu fragte sie Clara: »Na, meine Kleine, wie geht's dir? Darfst du schon ekligen Karotten-brei essen?«

Laurie lachte. »Sie ist gerade mal dreieinhalb Monate alt. Mit Brei werden wir frühestens mit sechs Monaten anfangen.«

»Klappt es gut mit dem Stillen?«, fragte Keira.

Orchid verzog das Gesicht, denn das war nun ein Thema, über das sie sich nicht unbedingt die nächste halbe Stunde unterhalten wollte.

»Es klappt immer noch super. Am liebsten würde ich sie stillen, bis sie acht ist.«

»Urgs«, machte Orchid und sah zu Thomas hin, den Keira, die Besitzerin der Chocolaterie, heute mitgebracht hatte. Er lächelte fröhlich vor sich hin. Wahrscheinlich hatten die beiden ihr zukünftiges Familienleben auch schon haargenau geplant. Bei Thomas konnte sie sich sogar gut vorstellen, dass er in Elternzeit gehen und Keira weiterarbeiten lassen würde. Laurie hatte die ersten drei Monate nach Claras Geburt nur ab und zu mal im Laden geholfen, seit Anfang April stand sie wieder drei Tage die Woche in der Tea Corner. Dann passte Barrys Mutter auf die Kleine auf. »Können wir bitte über was anderes reden?«, bat Orchid nun.

»Habe ich euch schon erzählt, dass Michael nächste Woche aus Australien zurückkommt?«, fragte Susan ganz aufgeregt.

»Mir hast du es erzählt«, erwiderte Orchid.

»Mir auch«, sagte Ruby.

»Ich glaube, du hast uns allen schon ausführlich davon berichtet«, lachte Laurie.

»Na, wie auch immer. Er hat ein Angebot für eine feste Anstellung aus London bekommen, über das er ernsthaft nachdenkt. Ich bete, dass er es annimmt, dann wäre er nämlich immer ganz in meiner Nähe.«

Orchid sah Susan an. Manchmal vergaß sie, wie wenige Menschen Susan um sich herum hatte. Sie hatte zwar ihren Hund Terry und seit Kurzem auch Stuart an ihrer Seite, doch ihre Mutter war bereits verstorben, ihr Vater, zu dem sie kein sehr gutes Verhältnis hatte, lebte in einem Seniorenheim, und Geschwister hatte sie außer Michael keine. Sie musste wirklich überglücklich sein, dass er bald wieder da sein würde. Orchid konnte sich ein Leben ohne Phoebe überhaupt nicht vorstellen, sie war nämlich nicht nur ihre Schwester, sondern auch ihre beste Freundin, ihr vertraute sie alle Sorgen an und hatte so viele schöne Momente mit ihr zusammen erlebt. Seit ihrer Kindheit waren sie unzertrennlich. Wäre Phoebe nicht zwei Jahre älter und früher immer einen Kopf größer gewesen, hätte man sie fast für Zwillinge halten können. Inzwischen waren sie in etwa gleich groß, hatten beide langes blondes Haar, und man sah ihnen auf hundert Meter Entfernung an, dass sie Schwestern waren. Sie dachten gleich, sie hatten die gleichen Vorlieben und Abneigungen; einzig dass Phoebe sich immer schon eine eigene Familie gewünscht hatte, unterschied sie voneinander.

»Wann genau kommt er an?«, erkundigte sich Keira.

»Am Montag, dem dreiundzwanzigsten. Ich hole ihn natürlich vom Flughafen ab. Und ich bringe ihn gleich mit in die Valerie Lane, denn er wird fürs Erste bei mir wohnen. Bis er sich wegen London entschieden hat.«

»Ooooh, noch ein heißer Typ in unserer Straße!«, sagte Laurie.

»Noch einer? Was meinst du damit, wer ist denn hier noch heiß?«, fragte Orchid und lachte, Tobin gekonnt ausblendend. »Mr. Monroe etwa oder Mr. Spacey?«

Mr. Monroe war ein Ende fünfzigjähriger Anwohner, der über ihrem Laden lebte, Mr. Spacey war der Verwalter der Valerie Lane und ungefähr genauso alt. Beide waren klein, gedrungen und hatten eine Vorliebe für Hüte.

Apropos Hüte. In diesem Augenblick betraten ihre liebe Freundin Mrs. Witherspoon und deren Göttergatte Humphrey, der wie immer seine alte Pilotenmütze trug, die Tea Corner.

»Guten Abend, ihr Lieben«, sagte die alte Dame und zeigte ihnen ihr herzallerliebstes Lächeln.

Mrs. Witherspoon war einer dieser Menschen, die seit Jahren Stammkunden bei ihnen allen waren. Sie war ihnen sehr ans Herz gewachsen, sie alle waren sogar dabei gewesen, als sie im vergangenen Jahr ihrem Humphrey das Jawort gegeben hatte. Wenn Orchid sie jetzt betrachtete, konnte sie nur denken, dass dieser Mann das Beste war, was Mrs. Witherspoon auf ihre alten Tage hatte passieren können. Die beiden waren so süß miteinander.

»Guten Abend, Mrs. Witherspoon!«, grüßten sie alle zurück. Die Gute hatte ihnen schon so oft angeboten, sie beim Vornamen anzureden, doch für Orchid und ihre Freundinnen war und blieb sie einfach Mrs. Witherspoon, obwohl sie seit bald einem Jahr eigentlich Mrs. Graham hieß. »Und guten Abend, Humphrey«, fügten sie hinzu.

»Guten Abend, Ladys«, grüßte Humphrey, hob die Pilotenmütze und verbeugte sich, ganz Gentleman.

»Ist das die kleine Clara?«, fragte Mrs. Witherspoon ganz begeistert. Sie war früher einmal Hebamme gewesen und vergötterte Babys. Leider hatte sie, wie die gute Valerie, nicht das Glück gehabt, selbst Mutter zu werden, doch mit Humphrey hatte sie gleich vier Enkelkinder bekommen, was Orchid riesig für sie freute. Wenn es einen Menschen gab, der unbedingt eine Grandma sein sollte, dann Mrs. Witherspoon.

Die alte Dame mit den verwüsteten weißen Haaren beugte sich nun über das Baby und staunte. Auch sie machte diese Laute, die alle machten, dann bot Laurie ihr einen Stuhl an, und sie setzte sich. Humphrey tat es ihr gleich.

»Darf ich Ihnen einen Tee anbieten? Heute trinken wir eine Zitrusmischung, weil es draußen schon so schön frühlingshaft ist.«

»Habt ihr die Krokusse überall gesehen? Sie sehen so hübsch aus«, sagte Mrs. Witherspoon.

Orchid nickte lächelnd. Die Krokusse waren ihr am Morgen auf dem Weg zur Arbeit tatsächlich auch aufgefallen. Sie schienen wie aus dem Nichts aus der Erde geschossen zu sein, blühten nun in Lila und Gelb und verbreiteten Freude und Frühlingsgefühle.

»Was meine Frau eigentlich sagen möchte«, meldete sich Humphrey zu Wort. »Wir hätten liebend gern einen Zitrustee. Nicht, mein Schatz?«

Mrs. Witherspoon griff nach Humphreys Hand, nickte und lächelte. Orchid überkam ein Gefühl, das sie nicht richtig einordnen konnte, da sie es bisher überhaupt nicht gekannt hatte. War das etwa der Wunsch nach dem hier? Nach einer Beziehung, die so war wie die der beiden wunderbaren Alten? War es der Wunsch nach ewigem Glück? Nach Heirat sogar? Nach einer Familie?

Sie schüttelte den Kopf. Nein, das war nicht das, was sie im Leben wollte. Noch nicht zumindest. Erst mal wollte sie leben, was natürlich nicht bedeuten sollte, dass man das mit einer Familie nicht tun konnte. Es wäre aber ein anderes Leben, eines, das einem viel abverlangte. Da steckte so viel Verantwortung drin, das sah sie bei Phoebe. Vor allem aber benötigte es absolute Hingabe und

Aufrichtigkeit, und ehrlich gesagt war sie sich nicht sicher, ob Patrick der Richtige für den Job als Familienvater wäre. Dass sie diesen Gedanken hatte, erschreckte sie selbst ein wenig, denn so richtig hatte sie darüber noch nie nachgedacht. Sähen ihre Gefühle, ihre Einstellung zu einer eigenen Familie anders aus, wenn sie mit einem anderen Mann zusammen wäre?

Während Laurie Tee einschenkte, machte Clara sich lauthals bemerkbar.

»Oje, ich glaube, sie hat Hunger.« Sie füllte alle Becher, stellte die Kanne ab, nahm Clara auf den Schoß und machte Anstalten, die Strickjacke aufzuknöpfen.

Orchid sah, wie Thomas unbehaglich wurde. Sie musste schmunzeln.

»Thomas, hattest du nicht vor einer Weile mal vorgeschlagen, uns eine private Stadtführung zu geben?«, lenkte sie ihn von den Brüsten ab.

Er schien dankbar und nickte überschwänglich. »Ja, ja. Genau! Das sollten wir auf jeden Fall mal machen.«

»Ja, das finde ich auch«, sagte Susan. »Schließlich bist du Geschichtslehrer und weißt so viel mehr über unsere Stadt als wir.«

»Ja, das tut er«, sagte Keira, noch immer ganz verliebt, und legte Thomas eine Hand auf den Oberschenkel.

Keira hatte ihnen allen erzählt, dass Thomas sie einmal nach oben auf die Aussichtsplattform der St. Mary's Church gebracht und ihr dabei auch noch die Geschichte der »Bloody Mary« erzählt hatte, die im sechzehnten Jahrhundert England regiert und wohl das Hobby gehabt hatte, irgendwelche Männer auf den Scheiterhaufen zu schicken. Irgendwie gefiel sie Orchid.

»Und bitte keine blutigen Details weglassen«, forderte sie.

»Na gut, wenn das euer Wunsch ist.«

»Ich wäre auch sehr gern dabei«, meinte Ruby, die bisher noch gar nichts gesagt hatte. Was nichts Außergewöhnliches war, weil sie von der stillen Sorte war. Dass sie mitkommen wollte, überraschte Orchid nicht, da Geschichte und Antiquitäten zu ihren großen Leidenschaften zählten.

»Wollen wir gleich was ausmachen?«, fragte Keira. »Damit wir nicht wieder davon abkommen?«

»Klar.« Thomas überlegte. »Wann könnt ihr denn überhaupt alle mal? Ihr steht doch sieben Tage die Woche in euren Läden.«

»Ein Feiertag wäre gut. Dann sind unsere Geschäfte geschlossen«, sagte Susan.

»Welcher ist der nächste Feiertag?«, grübelte Orchid.

»May Day!«, kam Ruby als Erste drauf.

»Stimmt.« Laurie nickte. »Der fällt dieses Jahr, glaube ich, auf den … siebten.«

Orchid rief die Daten der nächsten Montage im Kopf auf. Der erste Montag im Mai, der May Day, der in Großbritannien ein offizieller Feiertag war, fiel auf den siebten.

»Jap! Laurie hat recht. Es ist der siebte.«

»Perfekt. Wer ist dabei?« Thomas sah in die Runde. Und alle hoben eifrig die Hand, sogar Mrs. Witherspoon und Humphrey. »Dann ist das ein Plan!«

Orchid würde Patrick fragen, ob er auch Lust auf die private Sightseeingtour hatte. Sie waren im letzten Jahr zur Weihnachtszeit zusammen mit Laurie, Barry, Keira und Thomas nach London gefahren, um das Winter Wonderland, einen coolen weihnachtlichen Jahrmarkt, zu besuchen. Es hatte richtig Spaß gemacht, und sogar Patrick war ausgelassen gewesen. So war er nur selten. Vielleicht würde aber diese Tour auch wieder einen Funken Unbeschwertheit in ihm auslösen, die sie so vermisste.

Hmmm, überlegte sie, kann man etwas vermissen, das nie wirklich da war?

Es waren nicht alle so wie sie, das war ihr klar. Trotzdem gab es sie, diese Menschen … diese Männer, die einfach das Gute im Leben sahen, die immer ein Lächeln auf den Lippen hatten, die offen waren und fröhlich, die ihrem Gegenüber das Gefühl gaben, sie freuten sich, ihn zu sehen …

Wie auf Knopfdruck kam Tobin aus seinem Laden und ging die Straße hinunter. Orchid beobachtete ihn unauffällig durchs Fenster und hoffte, keiner ihrer Freundinnen würde es auffallen. Die nervten sie schon genug mit ihren Anspielungen, sie empfinde etwas für Tobin – wieso kannten die sie nur so gut?

Tobin sah zur Tea Corner, und beinahe hatte sie das Gefühl, er entdeckte sie und hielt ihrem Blick stand. Schnell sah sie weg, zu Clara, die nun müde und zufrieden vor sich hin schlummerte.

»Oh, da ist ja Tobin«, sagte Susan, die ihn ebenfalls

bemerkt hatte. »Ich finde es so schade, dass er nicht öfter an unseren Treffen teilnimmt. Er ist doch einer von uns.«

»Ja, das finde ich auch sehr schade«, stimmte Laurie zu und sah vorwurfsvoll zu Orchid. Innerhalb von Sekunden hatten alle ihre Blicke auf sie gerichtet.

»Wieso gebt ihr denn mir die Schuld daran? Ich hab gar nichts getan.«

»Ja, genau. Seit über einem Jahr tust du gar nichts«, erwiderte Susan sarkastisch.

»Vielleicht ist es an der Zeit, endlich mal was zu tun«, fand Keira.

»Ihr spinnt doch. Ich bin glücklich mit Patrick, das wisst ihr.«

»Ob du dir da nicht nur was vormachst ...«, nuschelte Susan.

Orchid verschränkte die Arme vor der Brust. »Ihr spinnt doch«, wiederholte sie.

Verdammt! Ihre Freundinnen kannten sie *zu* gut, und sie hatten ja recht. Nicht nur, was ihre Gefühle betraf, sondern auch damit, dass Tobin einfach fehlte. Das empfand sie genauso, und sie beschloss, ganz dringend mal mit ihm darüber zu reden. Auch wenn sie es kaum mehr ertrug, in seiner Nähe zu sein, war es ja fast noch schwerer auszuhalten, dass ihre Freundinnen sie für seine Abwesenheit verantwortlich machten.

Ja, sie würde mit ihm reden, gleich morgen, und sie hoffte, dabei würde ihr Herz nicht davonhüpfen

Wenn Sie wissen möchten,
wie es weitergeht, lesen Sie
Manuela Inusa
Der fabelhafte Geschenkeladen

ISBN 978-3-7341-0682-8
ISBN 978-3-641-23630-4 (E-Book)
Blanvalet Verlag